强国逐鹿

春秋 3

小马连环 / 著

天地出版社 | TIANDI PRESS

图书在版编目（CIP）数据

强国逐鹿 / 小马连环著. —成都：天地出版社，2021.9
（春秋）
ISBN 978-7-5455-6398-6

Ⅰ.①强… Ⅱ.①小… Ⅲ.①散文集–中国–当代 Ⅳ.①I267

中国版本图书馆CIP数据核字（2021）第090340号

QIANGGUO ZHULU

强国逐鹿

出 品 人	杨　政
著　　者	小马连环
责任编辑	袁静梅
装帧设计	挺有文化
责任印制	王学锋

出版发行	天地出版社 （成都市槐树街2号 邮政编码：610014） （北京市方庄芳群园3区3号 邮政编码：100078）
网　　址	http://www.tiandiph.com
电子邮箱	tianditg@163.com
经　　销	新华文轩出版传媒股份有限公司
印　　刷	北京文昌阁彩色印刷有限责任公司
版　　次	2021年9月第1版
印　　次	2021年9月第1次印刷
开　　本	710mm×1000mm 1/16
印　　张	23.25
字　　数	263千字
定　　价	52.80元
书　　号	ISBN 978-7-5455-6398-6

版权所有◆违者必究

咨询电话：(028) 87734639（总编室）
购书热线：(010) 67693207（营销中心）

如有印装错误，请与本社联系调换

自 序

春秋可以说是中华民族的青春期。春秋以前，夏商的尘太厚，黄土掩埋了我们的神态，再往上，我们更像神话里的人物。

当历史来到春秋，在无韵之离骚的《史记》中，在婉转高歌皆相宜的《诗经》里，在字字机锋的《春秋》里，在循循善诱的《论语》中，在四书五经、诸子百家中，从尧舜古老部落里走出来的我们，面目逐渐清晰。让人惊奇的是，无数的贤人如雨后春笋般冒将出来。执礼的孔子、无物的老子、逍遥的庄子、治国的管子、用兵的孙子……一定有我们未熟知的历史造就了这些贤人，而这些贤人的智慧重构我们，丰满我们。短短数百年间，东亚大陆，长江黄河流域，黄色的土壤养育的我们脱离蒙昧，告别神秘，成为最真实最本质的我们。

这对我们的民族来说，无疑是一次极其重要的淬火与锻打。正是这样充满火花与冰水的淬炼，充满力与血的锻造，将我们从一块生铁变成一块精钢，进而使我们的文明不为时间所腐,不为重压所折,成为世界上延续至今没有中断、泯灭的文明。

让我们翻动史册,做一次穿越两千多年的时光之旅,去寻找最初定型时的我们吧。

临淄,齐国都城,国相管仲徘徊街头,他喃喃自语:"吃饱饭啊,不让人民吃饱饭,怎么要求他们懂礼仪?不让他们穿暖和,怎么好跟他们讲荣誉和耻辱?"

商丘,宋国国都,国君宋襄公将走完人生的最后一程,腿上的箭伤在发腐溃烂,半年前与楚国的泓水一战常常浮现在他眼前,几乎所有国人都在指责他没有抓住楚军半渡的大好时机,可他并不服气:"君子不重伤,不擒二毛。寡人将以仁义行师,岂效此乘危扼险之举哉?"

柯邑,这里刚举行一场诸侯盟会,气氛不算融洽,鲁国大夫曹刿刚刚用刀子挟持了盟主齐桓公,在齐桓公答应归还侵地之后才肯放开。齐桓公大怒,而根据要盟可犯的惯例,被逼签下的协议也不必遵守,可国相管仲告诉他:"守信吧,如果要取信诸侯,没有比守信更好的途径了。"

雍城,秦国的宫门外,楚国的使者申包胥已经哭了七天七夜,终于打动了秦国,为沦陷的祖国请来了复国的救兵。

彭衙,战鼓震天,晋国与狄国激战正酣,晋将狼瞫察觉到自己等到了那个时刻——一个证明自己的时刻。出征前,他被主帅先轸从车右的位置上撤了下来。朋友中,有的诘问他遭此大耻为何还不赴死?有的怂恿他刺杀先轸以正其名。狼瞫拒绝了,他在等待与敌交战的时机。狼瞫拔剑,冲向敌阵战死沙场。他选择用勇破敌军的方式证明自己。战场上的狼瞫,是愤怒的狼瞫。君子曰:"小人怒,则祸国殃民;君子怒,则祸止乱息。"

翼城,晋国之都,刑狱官李离将自己捆住,到达宫殿后,李离恳请国君晋文公处死自己,因为他刚刚错判案件,误杀无辜。晋文公令人将他松绑,让他赶快离去。李离拔剑出鞘,伏剑而死。只因为他知道职责所在——法之精神。

礼之要义,仁之坚持,信之价值,忠之可贵,勇之所用,责之所重……春秋里充满着这样的故事。

这就是我们的春秋,这就是曾经的我们。

在走向创新的星辰大海时,我们也应该回望一下,我们最初的样子。

目 录

第一章
诸国的起点／001

第二章
好运总有用完之时／013

第三章
骊姬之祸／039

第四章
世子之死／055

第五章
大夫的抉择／081

第六章
百里奚的不堪往事／093

第七章
秦穆公的收获／105

第八章
国君候选者／115

第九章
韩原之战/135

第十章
拯救国君夷吾/151

第十一章
重耳流浪记/167

第十二章
双雄的第一次亲密接触/195

第十三章
秦晋之好/203

第十四章
王者归来/215

第十五章
王室之难/229

第十六章
诸国的角逐/245

第十七章
围卫打曹/261

第十八章
伐谋与对决/277

第十九章
开会的窍门/295

第二十章
盟友的背叛／309

第二十一章
最后的牛鸣／317

第二十二章
成王之死／333

第二十三章
称霸西戎／345

《第一章》

诸国的起点

第一章 诸国的起点

公元前770年，周平王做出了一个艰难的决定，他要将都城从镐京搬到东边的洛邑。其中的原因想必大家都知道了。因为他的父亲周幽王用江山来爱美人，为了博老婆褒姒一笑，导演了一场烽火戏诸侯的好戏，还将时为太子的周平王赶了出去。

周平王靠着外公申公，引来外援犬戎，成功坑了一回爹。反抗军将周幽王斩杀于骊山之下，褒姒被犬戎抢走，大概是一笑倾友邦去了。

周平王虽然完成了逆袭，但请神容易送神难。盟友犬戎没有打完收工的意思，开始在周朝的京城附近大搞打砸抢活动，一时之间，繁华的镐京沦为战场，镐京也立刻从最宜居城市变成了最危险的城市。

镐京太危险，那就往东去洛邑吧。

王车向东行进，在周平王的车后，聚集着数位诸侯。

卫国的武公、晋国的文侯、郑国的武公以及秦国的襄公纷纷领兵前来帮助领导搬家。

这是一趟充满未知的旅程。周平王大概不会想到，他这一去，就再也没有办法回到镐京。郑武公也不会料到自己的儿子有一天会箭射周王。卫武公也不会想到自己这一次风光无限，但他的卫国离衰败越来越近。而秦襄公更是借他一百个胆子也猜不到将来灭亡周朝的人将是他的后人。

但他们所有的人都知道，从这一天开始，天下不再是以前的天下，将来的将来是他们从未遇过的时代。

一切都已经改变，而想要在未来生存下去，唯一的应对是在天下改变之前，改变自己。

在帮助周平王搬到洛邑后，郑国的武公以天子上卿的身份，打着替周平王讨不臣的旗号，灭掉了东虢国，从而得到了郑国最重要的一块军事要地：制（虎牢）。

秦国的襄公大概是变化最大的一位，因为在走这一趟天子镖之前，他还只是一个大夫，秦国也只是挂靠在周朝这个上级单位的一个办事处（附庸）。在完成任务后，周平王告诉他，从今天开始，你可以跟诸侯行聘享之礼了。也就是说，周平王将襄公正式提拔为诸侯，可以跟天下的诸侯平起平坐，没事可以互相送点礼沟通感情。也意味着秦从此以后要独立核算，自负盈亏，当然也可以搞一搞兼并的经营活动。除此之外，周平王还开了一张支票给他。

"戎无道，侵夺我岐、丰之地，秦能攻逐戎，即有其地。"

翻译过来就是，戎人不讲道义，夺走了我的岐、丰之地（也就是周朝的发家之地），你要是能把戎人赶跑，这些地就是你的了。

秦襄公兴高采烈地回去了，开始去将周平王开的这张支票兑现成土地。大家对谥号应该也有一些了解的，这位秦襄公跟我们的老朋友齐襄公都谥襄。而要得到襄这个称号，最硬的指标就是开疆辟土。

《第一章》诸国的起点

晋国的文侯回国之后,没有任何松懈,再接再厉,于十年后发兵击杀了与周平王并立称王的周携王,替领导周平王去掉了一块心病,诚然,晋文侯也不是白出工的,在杀携王的同时,他将汾水流域这块地皮划到了自己晋国的疆土。

卫国的武公是最年长的一位,据推算,押镖这一年,他已经八十三岁了。这种老当益壮、发挥余热的精神让周平王很感动,特地给卫武公提了职称:爵位从侯提到了公。卫武公并没有因此骄傲自满,作为与鲁国齐名的礼仪之国,他继承并发扬周礼,修德养性,搞好国内的农业生产。

这四位诸侯都察觉到了天下格局的巨变,在这个巨变中,他们作为当时的精英,纷纷做出了合格甚至是优秀的应对。在更为残酷的大国竞争潮来临之前,努力强大自己。但大家应该知道,对老一辈的诸侯来说,最关键也是最重要的比拼项目其实是儿子。

帮助周平王迁都的十二年后,卫武公终于寿终正寝,享年九十五岁。他的儿子卫前庄公继位。这位卫国春秋二代唯一值得一提的事情是宠爱妾室生的儿子公子州吁。

郑武公是个妻管严,他的老婆武姜也有特别宠爱的儿子:公子段。但郑武公在最后的时刻,抵制住了十级枕头风的威力,坚持将君位传给了长子姬寤生。

秦襄公是保镖团中最早离开春秋的人,在护送结束的四年后,秦襄公进军西岐,准备将周平王开出的空头支票兑现,不幸承兑方很暴力,进行了武装抗兑,秦襄公战死在沙场之上。

他的儿子秦文公将他埋葬在秦人的故地西垂。守孝三年之后,秦文公从国内挑选了七百名士兵。

走吧,向东,沿着我父襄公的足迹。

一年之后,这个七百人的探险团来到了汧渭两河的交汇处。秦文公停了下来。

"这曾经是我们秦人居住的地方。这么多年过去了,我们秦国终于成为诸侯。"

这里会成为秦人再次崛起的基点吗?

秦文公叫来了卜士,得到了"吉"的卜语,于是,就在这里修建城邑,这个地方日后就成为秦国向东扩张的堡垒。

七年后,秦文公开始用三牢(牛猪羊)祭祀天地,称为鄜畤,这说明一直游荡于边疆,跟戎人用放大镜也区别不开来的秦人已经开始懂得周礼了。又过了三年,秦文公开始任命史官。

有了历史,一个民族才能成为文化的载体。这个跟刀剑无关的举动起到了武力无法起到的作用。史书记载,秦民开始了高速进化(民多化者)。

又一个三年过去了。秦文公十六年(前750),秦文公终于迈出完成父亲未竟事业的关键一步:用兵岐山。

秦文公的稳健得到了回报,秦国击败戎人,收复岐地。这一天,离当年周平王开出那张空头支票已经过去了二十年。

有子如此,秦襄公可以含笑九泉。

在护送平王东迁的二十四年后,晋文侯离开了人世,他挥一挥云袖,带走啥不知道,但他给继任者晋昭公留下了一个强大的晋国。在当年的晋

《第一章》诸国的起点

郑秦卫四大护卫当中，晋国不像秦国底子薄起点低，也不像郑国那样国土面积小，要想扩张只有从兄弟单位中抢，也不像卫国那样有礼仪包袱。按理说，在春秋的这些大国中，最有霸主相的可能就是晋国了。可晋国先是被郑国抢了跑，后又眼睁睁看着齐国称霸四十年，直到春秋过了一小半，还只是被齐桓公传唤去参会的国家。可谓起了个大早，赶了个晚集。究其原因，大概就是晋文侯之子晋昭公做出的一个决定。

在当上国君之后，晋昭公将自己的叔叔桓叔封在了晋国的曲沃。

曲沃，晋国的大邑，大到什么程度呢？比当时晋国的首都翼城还要大！

这种大，从经济上说是好事，但从政治上来说，就不是什么好事了。

晋国，翼城。

公元前671年，平王东迁的一百年后……

晋献公最近有些心神不宁。这位晋国的国君姓姬名诡诸，据记载，他的父亲晋武公因为活捉了夷人的首领诡诸，遂给他起了这个名字。

用战场上的成败来给儿子起名字已经是晋国的老传统了，比如前面我们介绍的那位给周平王押镖的晋文侯的名字叫姬仇。得名的原因就是晋文侯出生时，他的父亲晋穆侯刚打了败仗，满腔都是报仇的怒火。这样看来，姬痦生还不是最倒霉的。而没过多久，晋文侯的弟弟出生了，刚好晋老爹在千亩之战打了胜仗，高兴之下，就给儿子起名为"成师"。

这只能说明晋穆侯跟武姜女士一样，起名字太不负责任了。他若是打仗碰到僵局，或者碰到曹操打的鸡肋之战，不知道又该取什么名了，总不能是姬僵或者姬肋吧。

对于这样的事情，晋国的大夫师服点评道：国君给儿子起名也太奇了怪哉（异哉，君之命子也！）。长子叫仇这么不吉利的名字，少子反而叫成师这样的大号。现在，嫡庶的名字倒了过来，晋国想不乱都不行了。

当然，这是封建迷信。估计就是晋国也没有人相信他，但接下来发生的事情，更让这位师服判断晋国要出事了。

我们提过，晋文侯的继任者晋昭公将自己的这位成师叔叔封到了大邑曲沃，这位成师先生谥号为桓，史称曲沃桓叔（跟郑国的京城大叔差不多）。

眼下，在翼城坐着的忧郁的晋献公不是晋文侯的后人，而是这位曲沃桓叔的后人。

当年桓叔被封到了曲沃，晋国大夫师服再次断定：晋国马上就要因为曲沃而大乱了。

末大于本而得民心，不乱还等什么！

借他的"吉言"，晋国果然大乱。桓叔在曲沃逐渐做大（得民心），开始向翼城的大宗发起了挑战，经过桓叔以及儿子曲沃庄伯和孙子晋武公三代不懈的努力，一共花了六十六年的时间，干掉了翼城六位大宗晋君，才正式由晋武公灭掉翼。而为了得到诸侯的称号，晋武公走了周王室的路线，将从翼城得来的战利品送给了当时的周天子周僖王。

自春秋以来，周王室的日子过得一直很紧巴，周平王死了没钱下葬，周桓王周庄王隔三岔五还要厚着脸皮到鲁国要点车，而到了周僖王这一代，一下阔了起来，不但没有向诸侯伸手要钱要物，还开始请诸侯吃大餐了。

《第一章》 诸国的起点

经过六十六年的努力，晋国的内乱终于平定。

等晋献公继承父亲晋武公的君位时，却开始有点坐不住了。

晋献公先生因为自己这一脉原本是一小宗，经过太爷以及爷爷父亲三代的努力，才逆袭成功转为大宗。可成为大宗之后，就会成为新的目标。

难保不会有人走自己走过的路，让自己无路可走，而让晋献公担心的也不是当年晋文侯一脉的人。毕竟这六十六年的对抗下来，失败者文侯一脉已经没有什么公子到达需要认真对待的地位。真正让晋献公担心的是他的堂兄弟们，也就是桓叔、庄伯两位小宗。在这大半个世纪的曲沃代翼运动中，这两族中不少人立下了汗马功劳，同时也培育起雄厚的势力。

而据我的猜测，这些有功的堂哥堂弟们已经开始在打曲沃的主意了，等着被封到曲沃，再上演一次曲沃逆袭记。

这绝不是晋献公可以容忍的。

但如何除掉这样的心腹之患呢？直接下手，确实有点不好意思，毕竟都是堂兄弟。还有可能引起暴力抗法。

这件事情成了晋献公的心病，关键时刻，有人给他出了一个主意。

这位军师叫士蒍，晋国的卿大夫。

士蒍察觉到领导最近心情不太愉快，又联系到最近晋国的这些公族活动有些猖狂（晋桓、庄之族逼），马上明白了领导的心病。针对领导的这个病症，他开出了一个药方。

士蒍找到晋献公，仔细分析了晋国国内这些公族，认为这里面最难缠的就是富子（有人认为所谓富子就是公子当中最有钱的那位）。我们离间众公子，让众公子去对付富子，只要搞定了富子，其他公子就好对付了。

这位士蒍提供的是一个借刀杀人计，比自己直接动手风险要小很多，成功率也高,可听到这样一个可行性建议。晋献公没有大喜,更没有电视剧常见的一拍桌子:就这样办。而是想了一会儿,十分委婉地说了一句:

"那你试试看吧。"

士蒍怔了一会儿,他应该明白国君已经同意了这个办法,但国君的态度是暧昧的。你去试,成功了,我不会忘记你的。但失败了,这个事情就不要扯到我身上来了。

士蒍提供了一个借刀杀人计,但在晋献公的眼里,士蒍同样是一把刀。

于是,士蒍马上点头,领命而去。能成为领导的刀总比成为领导刀下的肉要好一些。

经过士蒍的大力运作,晋国的公子们对富子群起而攻之(运作方法不详),最后终于靠诬陷富子而铲除了他。

事情出乎意料地顺利。可士蒍并不满足于现状,第二年的年底,也就是公元前670年,士蒍发现在打倒富子的过程中,群公子又产生了新的领导人:游氏的二位公子。于是,士蒍再次照方抓药,离间游氏跟诸公子的关系,鼓动群公子刺杀了游氏的二位公子。

晋国群公子终于群龙无首,再也无法对晋献公形成威胁。士蒍先生擦擦手,跑去跟晋献公汇报工作。

"这下妥了,不用两年,君王您就没有内患了。"

士蒍认为干得漂亮利落,是时候得到提拔了,可晋献公望着他,眼里充满了疑惑。

我真的没有内患了吗?

士蒍额头开始冒汗了,他突然明白过来,只要有一个反对的公子存在，国君就一天不会安枕无忧。

只有明面上的敌人以及潜在的敌人全部变成死人，才是最安全的。

士蒍终于明白自己离干完这一步还差得太远。擦擦汗，继续努力吧。

又一个第二年，士蒍再次出手。唆使公子将游氏的族人全部杀死，似乎是为了表示对公子们努力杀人的奖赏，士蒍专门修了一座聚邑请群公子住到一起。

等他们全部住进去之后，刀终于挥到了他们的头上。

这一年的冬天，眼见快过年了，晋献公将聚邑围起来，把群公子全部杀死（有个别漏网之鱼）。

春秋采取世袭制以及分封制，掌握一国权力的多是一些显赫的公族。这些公族成为国家的支柱，与此同时，也会成为内乱的隐患。从卫国的州吁到郑国的公子突再到齐国的公孙无知以及鲁国的庆父之乱，所有的春秋大国都发生过公族内乱，而且层出不穷。晋国自此之后，算是断了根（不蓄群公子）。这个政策为以后晋国保持长达百年的霸权提供了一个坚实的基础，与此同时，公族凋零，异姓士大夫权力膨胀，最终也导致晋国被六卿架空，三家瓜分。

历史向来如此，成于斯，毁于斯。

经过这次清扫，晋献公终于没有了内患，他总算可以把所有的精力放到对外扩张上。

留给晋国的时间已经不多了。

在这个世纪里，天下发生了许多的变化，郑国的姬寤生率先称霸，楚国在南方称雄，紧接着齐国的桓公成为中原霸主。有意思的是，在曲沃小宗正式取代翼城大宗的那一年，齐桓公的幽盟组织成立了。

更为重要的是，西边的秦国已经不是当年的诸侯插班生，不但将不可能兑现的平王白条全部支取，还将都城搬到了雍城（陕西凤翔）。春秋中，各国因为各种各样的原因，经常迁都，比如郑国就从京邑迁到了新郑，卫国因为亡了国，被安置在楚丘，当然，周平王也搬了一次家。在这些国家中，据我所知，秦国搬家是搬得最频繁的。

秦国从最初的西垂搬到过秦邑、汧邑、汧渭之会、平阳，以及现在的雍城，以后还搬了数次，有人统计前后共九次，最终定于咸阳。秦国频繁搬家的目的，跟南方的楚国每一次大举动的战略是一样的。楚国是为了北上中原，秦国是为了东进中原。

雍城位于现在的陕西凤翔，离中原几步之遥，再走两步，就可以到晋国的境内搞新城开发了。

在秦国东进岐山之前，必须强大起来。

晋献公将目标对准了虢国。

《第二章》
好运总有用完之时

《第二章》 好运总有用完之时

西虢的始祖为周文王的异母弟，这个国家面积不大，实力不强，但地理上比较靠近洛邑（在河南陕县），跟周王室关系一直很好，历任国君中有不少曾在周王室里任职。仗着中央有人，一直喜欢惹是生非。比如当年就曾经帮着周桓王抢走了姬寤生天子上卿的铁饭碗。而在曲沃代翼的过程中，西虢国一直在周王室的率领下帮助翼城的大宗对抗曲沃。

当然，这些都是过去的恩怨了，曲沃的小宗已经跟周王室达成了谅解。跟西虢国也没有什么不共戴天之仇，大家完全可以放弃成见，一块儿喝酒嘛。

比如鲁庄公十八年，也就是公元前676年，晋献公刚当上国君那年，就跟虢国国君姬丑约好一起去朝见也是这一年登基的周惠王。周惠王相当高兴，请他们一起喝了酒，喝完酒后还各送五双玉、三匹马。虽然鲁国的君子对此不以为意，还批评周王送礼不讲爵位高低，但对周虢晋三国来说，这是一个难得的增进三方关系的好事。

喝完这次酒后，三国行又加进郑国来。郑国的公子突也就是郑厉公也跑到了洛邑拜见了周惠王，还跟姬丑、晋献公三方做媒，帮周惠王娶了陈国的陈妫。

此时，齐桓公的霸业初现峥嵘，按照郑厉公的规划，应该是周郑晋虢陈组成另一个联盟，来对抗齐桓公的幽盟。

这个计划初见成效，接下来的三年，齐国一改四面出击的态势，难得地老实了一阵，大概也是想观察这个西部联盟到底想干什么。

事后来看，齐桓公还是多虑了，这个西部联盟没两年，就因为周惠王雨露不均——赐了姬丑酒爵，却赐给郑厉公一条老婆的腰带而出现裂痕，紧接着，一向爱挑事的郑厉公就薨了。

没有了挑大梁的郑厉公，西部联盟就此宣告解体。在这之后，再没看到晋献公跟姬丑还有周惠王在一起愉快地喝酒了。当然，晋献公也挺忙的，接下来用了三年时间清除国内的公子。等忙完这件事情。晋虢两国终于又有了交集，这一次，是虢国打上门来。

秋，虢人侵晋。冬，虢人又侵晋。（《左传·庄公二十六年》）

看起来，是虢国有些不依不饶，秋天打完冬天打，事实上，虢国的同志是路见不平一声吼，跑到晋国主持正义来了。

晋献公在围杀群公子时，因为网收得不牢，有些公子逃跑了。这些公子跑到虢国，控诉了晋侯的凶残行径。姬丑还在周王室担任着卿士的职务，在周天子已经不把自己当天子的情况下，姬丑还把自己当干部，碰到这样公然挑战宗法底线的国君，毅然决然出兵干涉。秋冬两季接连出兵，效果不大，也没有将杀人凶手晋献公捉拿归案。何况，本该管这事的伯主齐桓公连态都没有表一个。

虢国军队秋天来的时候，晋献公忍了；冬天再来的时候，晋献公实在忍不住了。

说起来，晋献公也是一个暴脾气的人，据史书统计，在春秋的这些国家里，要论灭国最多的国家，一个是南方的楚，另一个就是西边的秦国。晋国大概能排到第三，这是集体成绩，要是论个人成绩，据我所知，没有人能超过晋献公，晋献公在位二十六年，一共灭掉了十七个国家，打服了三十八个国家（并国十七，服国三十八）。平均一年要制服两个国家。

看着大家平时关系不错，还在一起喝过酒聊过人生谈过理想，一直没对你下手，你还找上了我，那就不要怪我不讲历史渊源了。

晋献公操练兵马，准备袭击虢国。关键时刻，士茧站了出来，告诉他先不要着急，等等看。

"人家都两次进攻我晋国了，"晋献公愤然说道，"还需要等什么？"

士茧的话让晋献公大吃了一惊："等虢公多攻打一下我们，最好让他打胜仗。"

一般两国交恶，一方无不希望对方倒大霉，自己好去捡现成的便宜，还从来没有等对方大胜多胜的。晋献公望着士茧。在解除国内公子的内患后，他将这位大夫提拔为大司马，他相信士茧这样说一定有自己的理由。

"你说说看为什么？"

"虢公这个人骄傲，要是让他多胜几次，他一定会自满膨胀，最后就会抛弃自己的百姓，等他没有了百姓的支持，我们再去打他，他就是想反抗，也没有人跟从他了。"

接下来，士茧进一步阐述了要发动战争，就必须获得国内民众的支持的思想，这个思想也可以简称为重民思想。在春秋时，虽然大家都搞封建迷信，年年要祭神，但各国尤其是一些大国比如齐郑，都奉行的是重民轻神思想，到了孔老师这里，干脆不语怪力乱神。

有个规律：重视百姓的基本上都成了强国；忽视百姓的，基本都被消灭了。不幸的是，姬丑正好是后者。

有一年的七月，据《左传》记载，有神灵降临到莘地，这个大概相当于现在的UFO报告，基本上是不靠谱的，孔老师本人又不信鬼神这一套，干脆就没记，而左丘明的思想没有达到孔老师的高度，就把这个事情记录下来了。

莘地在虢国境内，虢国离洛邑又很近，消息就传到了周王室这里，周惠王登基以来，也是第一次听到这种事情，不知道怎么应对。就把一个叫过的内史召过来问一问。

"这是什么原因？"（是何故也？）

内史过回答："国家要兴旺，神灵就会降临，是要考察他们的德行；国家要灭亡，神灵也会降临，这是要观察他们的罪过。所以说，有的国家见到神灵就兴旺了，有的见到就灭亡了。这种事情虞、夏、商、周都有。"

显然，这段话就是传说中的废话了，什么都说了，却什么都没说。考虑到伴君如伴虎，圣意难测，大家就原谅这位内史过吧。

"那我们该怎么办？"（若之何？）

内史过想了一下，回答："用物品祭祀就可以了。"

言下之意，神仙显个灵也不容易，多少也打发点，把神送走就完事了。

周惠王考虑了一下，也想不到更好的办法，就派内史过到虢国传达这个指示精神。

于是，内史过兴冲冲地跑到虢国，一看，虢国已经祭过神仙了。这个处理方法是对的，但姬丑先生在祭祀时，提了一个要求：赐两块土地给虢国吧。

姬丑等神仙显灵很多年了，现在好不容易现身了，怎么会错过这个好机会。不过，他奉献两块祭肉，就想得到两块土地的心态跟现在砸两块钱就想收获五百万的心态差不多。他的这个行为跟鹿力、虎力、羊力看到三清庙的爷爷们显灵了，赶紧弄三个容器过来求原味圣液差不多。

见到周朝的内史过来访问，虢国的太史嚚跑过来跟同行交流了一下，得出一个结论：

国家将兴，听命于民；国家将亡，听命于神。虢国只怕要灭亡了。

熟读历史的人都知道，各国的史官往往都有先知的色彩，他们凭借自己丰富的历史知识，总结前人的经验教训，掌握到其中的兴亡规律，总能够发现一个国家未来的走向。但他们也不是万能的。他们能预见结局，却未必能料到其中的过程。

结果的可预测性是历史的价值所在，而不可预测的过程，却是历史的精彩之处。

听完士艿的建议，晋献公决定先让姬丑再蹦两下。而姬丑也没有辜负晋献公的期待，频频在国际社会出手。

公元前664年，一个叫樊的小国的国君樊皮得罪了周惠王，周惠王派姬丑前去讨伐。姬丑先生不辱使命，攻到了樊的都城，活捉了樊皮，还将他押回了京师。

在天下诸侯都把周天子的话当耳边风的时候，还有虢公这样的人能够听招呼，而且一出手就活捉一个反动派，这样的功绩实在让人赞叹。虢公在周朝的地位无疑更巩固了，虢公的自信心也更强了。

两年后,就出现了神仙在虢国显灵的事情。姬丑自我发掘了一下,感觉应该是来给自己发奖状的,于是赶紧率领大夫送了块肉,然后再次提出要土地。

也不知道神仙批没批。我相信姬丑的自我感觉应该是不错的,他相信接下来就该是虢国做霸主了。

又一个两年后,姬丑主动出击,在渭水边上击败了来犯的犬戎。这些年,正是犬戎闹得最凶的时候,从东到南,除了霸主国齐国没有受到犬戎的骚扰外,像鲁宋郑这些曾经的大国都遭受过犬戎的攻击。就在这一年,传统强国卫国还被犬戎灭了。

搞得中原鸡犬不宁的犬戎竟然败在了自己的手上。一时之间,姬丑的自信心达到了顶点。与此同时,他离亡国之时也越来越近。

大概是上回给神仙送了祭肉的原因。神仙也不忍心看着虢国灭亡,专门来托梦示警。

姬丑做了一个梦,梦见一个脸上长白发手上有虎爪的神拿着斧钺站在虢国宗庙西边的屋檐下。姬丑虽然信神,但也怕神,一看这神长得不像来赐地的样子,撒腿就跑。结果神大喊一声:"不要走,上帝命我告诉你一句:让晋国人进入你的国门!"

姬丑连忙下跪,点头如捣蒜,好在及时醒过来了,不至于第二天要晒床单。

可这个梦还是给姬丑留下了不少的心理阴影,上帝给我的土地还没有兑现,怎么还让晋国人进我的国门呢?

想了一下,还是问一下文化人吧。姬丑把太史嚚叫了过来,问他这是什么意思。

第二章 好运总有用完之时

听完姬丑的描述，太史嚚断定这是西方之神蓐收，在天上主要管刑罚。言下之意，这是派出所找上门了，应该没什么好事。

这个答案把姬丑激怒了，自己这些年干了这么多好事，神仙下来视察工作，我也好好招待了，怎么还会有蓐收这样的恶神上门呢？

肯定不是这样的！

姬丑马上命令太史嚚重新算一下。说不定是来送祝福的呢？

显然，姬丑先生并不是坚定的信徒。他本人相当有追求，从不盲目信奉神仙，而是有选择地相信，具体来说就是对自己有利就信，不利的……假装有利然后去信。

面对国君的这个请求，太史嚚发挥史官的优良传统，有一说一，绝不改口。一气之下，姬丑先生将太史嚚关进了牢里，还发通告，让国民祝福他做了一个吉祥如意的好梦。据他本人解梦，晋国的士兵是要进攻虢国，而自己将会得到神灵的帮忙，击败晋国。

这个举动彻底让一个人失望了。

听闻姬丑在庆祝美梦，虢国大夫舟之侨赶紧召集自己的族人，让他们收拾东西，马上离开虢国，因为虢国马上就要亡国了。

舟之侨早就看不惯领导的作风了。据史书记载，为了让虢国早点亡国，晋献公特地送了不少美女给姬丑。这也是姬丑这些年没去惹晋国的原因。

舟之侨看穿了晋国的这些把戏，劝国君不要把有限的精力浪费在无穷的姑娘身上，而姬丑否决了这个建议。

人要是腐败起来，是很难劝回头的，舟之侨寄希望于国君能够在外面吃点苦头，然后痛下决心洗心革面从头做人。哪知道姬丑先生年年走狗屎运，抓人诸侯，击退犬戎，神仙还显灵。现在好不容易做个噩梦，以为能吓一吓他，哪知道姬丑天赋异禀，不看周公解梦就把噩梦化成了吉梦。

没救了没救了！一个人如果满身是缺点，还到处走好运，这好运就比老鼠药还致命。看到益发膨胀自满的国君，舟之侨大夫彻底放弃对他的治疗，率领族人跑到了晋国。

当舟之侨出现在士蒍的面前时，士蒍知道晋国一直在等待的机会来了。

春秋时，每一个国家都有其核心卿士，这些卿士成为国家的支柱，对他国的侵犯还能起到一些威慑的作用。楚国要打随国，要等随国的季梁失宠之后才敢动手。鲁国的季友一死，齐国就把鲁僖公给抓了起来。

舟之侨就是虢国的支柱。

舟之侨弃虢投晋，姬丑也就蹦不了两天了。但姬丑的运气再一次帮了他。说起来，是晋献公太忙了。接下来的两年，晋献公一来忙着处理家务事（后面再说），二来他的眼里也不只有姬丑一个人，以他的标准一年就要灭两个国家。而虢国在晋献公的眼里，已经成了下锅的野鸭子，怎么也飞不走了。

这样又过了两年。晋献公找到士蒍，告诉他，我们必须马上对虢国动手。因为再不动手，可能就会被另一个人抢先下手。

士蒍郑重地点点头，他明白国君说的是谁。

这位不讲先来后到的人是秦国的秦穆公。

秦穆公，嬴姓，名任好，秦国第九任国君，以资历来说，秦穆公是诸侯新丁。他于公元前659年登上国君之位，那时，晋献公的工龄已经有

《第二章》 好运总有用完之时

十八年，而齐桓公更是已经当了二十七年的国君。

因为来得晚，秦穆公显得比任何人都着急，在当上国君的第一年，位子还没有坐热，就亲自出征，攻打处于茅津的戎人。

茅津位于今天的山西平陆县，境内有重要的黄河渡口。从茅津渡过黄河，就直接面对中原西边的门户：崤函。

所谓的崤函是指崤山与函谷，两地连成一片，共同组成了中原腹地洛邑最重要的西部屏障，也是春秋战国最为重要的军事要地（没有之一）。它是秦国东进的必经之路，也是晋国南出的门户。

这两个地方正是虢国的地盘。

晋献公盯上了虢国，明着是因为人家攻了他两回，实质上正是看上了虢国这块地皮的军事意义。但晋献公迟迟不动手，除了给姬丑一个自我膨胀自我灭亡的机会，也实在是因为这块地皮太打眼了。

现在齐桓公的霸业如日中天，但晋国从来都没有参加过齐桓公的大会。齐桓公因为他离得远，也就没搭理他。要是晋国再将崤函这块地皮抢走，就是笨蛋也猜得出来晋国想干什么了。

在晋献公的计划里，虢国应该是最后吞并的对象，等他在山西大地将那些小国兼并后，再取虢国，出崤函与齐桓公一较高下。

当然，这个美好的计划被愣头青秦穆公打乱了。

这个举动十分不友好，毕竟虢国这个市场，晋献公已经培育了近十年，眼见市场要成熟了，秦穆公却下山摘桃子。

为了防止秦穆公捷足先登，晋献公只好调整自己的战略，将灭虢放到了日程表上。

姬丑的幸运终于快到头了。

晋献公摩拳擦掌，准备大干一场。为此，他还进行了动员，提起了当年虢国经常跟在周王室后面跟曲沃作战，这些年又藏匿我国逃亡的公子，一向粗暴干涉我国内政，可谓乱我之心不死，要不把虢国除掉，只怕将来要贻害子孙。

这个动员引起了晋国国内广泛的共鸣，一时之间，国内群情激愤，纷纷要求打到虢国去，活捉姬丑。

虢国的大夫跑路了，国内的好战情绪也被点燃了。可还剩下一个问题，晋国跟虢国并不接壤，当时又没有空降兵，要打到虢国去，还要经过一个叫虞的国家。

这个国家也是姬姓国家，面积不大。可你打或不打它，虞国就在那里，不避不让，是晋国攻虢的必经之路。而且虢虞两国关系还不错。有一年虢国跟周王室闹别扭，虢国国君还曾经到虞国避过难。

先打虞国，虢国就会帮助虞国。先打虢国，只怕晋国军队一开拔进虞境，虞国老乡就会放倒消息树。

为了解决这个难题，晋献公只好把自己的高参士䓕请了过来。

士䓕盯着这个虢国很多年了，对这个军事上的难题也有研究。听完国君的疑惑，他不慌不忙地告诉对方，自己有把握让虞国借路让我们去攻打虢国。

借路？晋献公怀疑地摇了摇头。抛开虞虢两国的友好关系不说，主要借路这个招数已经被人用过了。相信大家还记得，当年楚成王就借申国的路先去灭了邓国，回头又把申国给灭了。虽然楚国地处偏僻的南疆，但这些年，楚国屡屡进攻中原，大家对楚国这个强敌的发家史应该还是有些了解的，自然也知道这么一件事。

第二章 好运总有用完之时

有了申国这个前车之鉴，虞国怎么会上当？而且申国国君说起来还是楚成王的舅舅，晋献公跟虞国国君的亲戚关系则要追溯到四百年前，虞国始祖虞仲跟晋国始祖唐叔虞共一个高祖父。这么远的关系，就是见了面，一时半会儿也说不清楚。

顺便再提一下，晋献公这个人在国际上，尤其是在同姓诸侯国中名声不太好，他灭的国家中，十有八九都是姬姓小国，是窝里横的杀熟能手，素来不受姬姓国家欢迎。这个行为也直接坑了他的儿子重耳，差点让他的这个儿子饿死在路上。这个以后再说。

综合以上原因，晋献公怎么也找不到一个对方会借路给自己的理由。可士蒍神秘地笑了笑，然后说道：

"这容易，只要借国君的两样东西。"

"哪两样？"

"屈产之乘与垂棘之璧！"

晋国的屈地盛产良马，垂棘有玉矿，这里应该指其中最好的一匹宝马跟最好的一块玉。这两件东西是晋国的国宝。晋献公的脸开始变黑了，他已经明白，士蒍是让他用这两样东西给虞国当过路费。

虞国喜好玉璧是有传统的，五十年前，虞国曾经发生了一件有关玉璧的事情。虞国的大夫虞叔有块宝玉，虞公跟他索要。虞叔不给，过了一会儿，虞叔后悔了，表示：匹夫无罪，怀璧其罪。我要这块玉干什么呢？于是，虞叔将自己的宝玉献了出去。过了一段时间，虞公又看上了他的宝剑。虞叔实在愤怒了，拔出剑就开始攻打虞公。

这件事情已经过去了半个世纪，当年的虞公应该不是今天的虞公，但好玉贪利这个传统还是被虞国国君继承了下来。用这两样宝物去开路，自然胜算很大。

可宝玉，虞公好之，献公也好之。

犹豫了一会儿，晋献公瓮声瓮气地回答："这是我的宝贝！"

士蒍又笑了。

"若得道于虞，犹外府也。"

言下之意，只要虞肯借道给我们，那虞国就相当于我们的仓库，把玉给他们，也就放一放而已。

晋献公明白过来，士蒍不但要灭虢国，还要顺便将虞国也灭了，这个构想是很好的，但咱们一直在虢国搞演变，虢国的支柱型卿士舟之侨也到了晋国，可虞国的基础工作还没有做扎实，虞国的贤大夫还在。

虞国起中流砥柱作用的大夫叫宫之奇，是虞国国君的发小。此人见识过人，力主联虢抗晋，使得有兼并症的晋献公一直不敢对虞国下手。

就算我舍得宝马良玉，但宫之奇岂是好忽悠的？要是虞国拿了我的宝贝不让我过路，那岂不是做了赔本买卖。而且在晋献公看来，这个可能性很大，因为据他了解，宫之奇跟虞公关系很好，一定会劝阻虞国借道。当晋献公把他的担忧说出来后，士蒍表示正因为宫之奇跟虞公关系太近，虞君反而不会认真听取他的意见，而且宫之奇这个人比较懦弱，有远见却不能坚持己见。

从这一点看，宫之奇大概就相当于随国的季梁。

晋献公终于被说服了。

好吧，舍不得孩子套不住狼，舍不得宝马借不到道。

最后一个问题，派谁去完成这个任务呢？想了一会儿，晋献公说，召集大夫们开个会吧。

在会议上，晋献公愁眉苦脸，向大夫们陈述自己最近每天晚上睡不着觉，这是什么原因呢？

大夫们你看我，我看你，都不好回答，终于有一位勇敢的大夫上前，说出了自己的诊断。

"国君晚上睡不着，大概是心爱的侍妾不在身边吧。"这位大夫应该是根据自己的实际生活经验得出的这个诊断，而且晋献公在夜生活上确有一些不太合理的地方。但我们知道，这位大夫的政治前途只怕比较黯淡了。

因为晋献公听到这个判断，没有吭声，大概在内心已经亲切问候了这位大夫的家人。

沉默中，终于有一位大夫做出了靠谱的判断。

"国君是不是想着虞国跟虢国呢？"

说话的是大夫荀息。

晋献公连忙从座位上起立，走下来，朝荀息作了一揖，请他到内殿说话。

据《公羊传》记载，荀息在内殿也献了贿赂虞国宝马跟白玉的主意。而《左传》则说是士芮出的，到底是谁出的，就不深究了，就当是晋国常委们的集体智慧吧。

可以确定的是，出使虞国的任务落到了荀息身上。

荀息带着宝马跟白玉前往虞国，不久后，荀息回来了，带来了好消息。

虞国不但答应借道给晋国，还愿意当带路党，带头攻打虢国。

经过前期的分析，借个道应该是不成问题的，可荀息竟然超额完成了任务，这应该归功于他高超的外交手段。

来到虞国后，荀息献上了两件宝物，果然，虞公两眼放光。到了这里，感情已经到位，只要提出借道的事，多半是没有什么问题了，但荀息并没有把谈话的重点放在这两件宝物上，而是话锋一转，说起了最近发生的一件事情。

“冀为不道，入自颠軨，伐鄍三门。冀之既病，则亦唯君故。今虢为不道，保于逆旅，以侵敝邑之南鄙。敢请假道以请罪于虢。”（《左传·僖公二年》）

意思是：那年冀国不仁道，从颠軨入侵你们，攻打了你们三座城门。我们马上攻打冀国，让它吃了苦头，这些都是为了君侯您啊。现在虢国也不仁道，到处修建堡垒，侵犯我国边境，现在我们只好冒昧向贵国借道，好去虢国问罪。

想来，晋国为了向虞国借道，主动替虞国出了一次头，关键是，大家看上面这么长一句话，有半个字提到那些价值连城的宝马与白玉吗？

这就是行贿的艺术，大家看看就算了，不要模仿。

虞公彻底感动了。有晋国这样的邻居，实在是感动啊。

在来虞国之前，在内殿与晋献公的密谈中，荀息就分析到虞君的智商在中等以下，只看得到眼前的宝物，而看不到远处的祸患。现在看来，荀息还是高估了虞君的智商。

感动之下，虞公不但表示愿意借路，还自告奋勇要替晋侯出一次力，率兵一起攻打虢国。

当然，晋国的这些把戏骗骗低智商的虞公是可以的，骗大夫宫之奇就有些吃力了。宫之奇进行了劝谏，但如士蒍所料，宫之奇这个人不是一个据理力争的人，而虞公也没有把他的话当回事。

南下的通道已经打通。

姬丑先生的灭亡可以倒计时了，当然，还有虞公的。

"虞师、晋师灭夏阳。"（《春秋·僖公二年》）

公元前658年，晋国跟虞国两国军队一起进攻虢国。晋国吞并了虢国的夏阳。两国国君都没有亲自出征，晋国派的是大夫荀息跟里克。值得注意的是，孔老师把虞放在了前面。

这不是因为虞国的部队打先锋，而是虞国拿了晋国的好处，看不到自己的危机，帮着晋国打邻国。孔老师特地不嫌弃虞国国小，提拎到前面来当成首犯接受批判。

奇怪的是，晋国竟然没有彻底灭掉虢国，打完这一仗，弄了点战利品就回去了。

这应该是有原因的，从国际大环境来说，这一年，中原霸主齐桓公在贯地开了一个诸侯大会，这一次，连远在南方的江国黄国两国都跑来开会了。这次会议主要是针对楚国的，但考虑到齐桓公一直呼吁大家不要窝里斗，尤其不要灭他人之国（存亡继绝），那还是不要去触齐桓公的霉头比较好。

另外，秦国的兵锋已经延伸到了茅津，这一次晋国南下还是从茅津渡的河，要是玩得太过分，引来秦国干涉就不好了。

最重要的原因，当然是虞国。

在晋国的兼并计划里，灭虢跟灭虞是捆绑在一起的，晋虢之间隔着虞国，单灭了虢国，以后管理起来也不方便。而灭虞的时机还不成熟，因为虞国的宫之奇还在。

面对可以马上灭虢的诱惑，晋献公缩回了双手，再次潜伏下来。这不是常人能够做到的。为了这一次攻打虢国，晋献公运作了十年的时间，这跟他一年服两国的频率并不相符合。这是因为他知道，治大国如烹小鲜，灭大国也应该如做菜一样，有的可以大火猛炒，有的必须小火炖煮。

只是，下一次进攻还需要多久？

晋国的卜官郭偃给出了答案。这位郭偃是春秋知名的半仙，曾经成功预言了数件大事。比如，有一年，晋献公灭了一个魏的国家，将魏封给了国内的大夫毕万做采邑（福利田）。郭偃一算，断定毕万的后代一定会兴旺。毕万是三分晋国的战国七雄之一魏国的祖先。

郭偃第二个著名的预言正是针对虢国的。

被晋虞两国打败之后，戎人大概是想趁火打劫，也来进攻虢国。姬丑竟然回光返照了一次，在桑田击败了戎国。收到这个消息后，郭偃断言虢国撑不了五年了。

大家应该对街上的算命先生有些认识，这当中，真有一些人能说中许多事情，可他们不是根据手中的卜牌，也不是捻着指头算出来的，而是通过与你不停地聊天，把你的情况了解个大概。而像春秋的这些卜官们，他们往往能够一言中的，也不是靠着手上的两块乌龟壳，而是有着一套严密的逻辑推理。

唐太宗李世民先生发表了著名的以人为镜可以明得失的理论，但不是每个男人都有一个像魏徵的男人站在面前当镜子用。而郭偃先生认为，失败就是人的一面镜子，我们可以通过失败了解自己的缺点，改正自己的错误。

虢君刚刚大败一次，正好可以借机检讨自己，可马上就行大运，打赢了一场他自己都不知道怎么赢的仗，因此，他丢掉了自己的镜子，失去了纠正错误的契机。这样的幸运对他来说，更像是一剂毒药。

虢君沉醉在莫名的胜利中，忘掉了晋国对他的威胁。无德而行运，他的灭亡无可避免了。

郭偃还是有一些保守，因为姬丑先生干不满五年了。三年后，晋献公再一次将兵锋指向了虢国。

这个时机把握得非常巧妙，因为这一年，国际上发生了一件大事。

齐桓公在首止召开诸侯大会，郑国的郑文公在誓盟之前跑路了。

我们已经介绍过，郑文公突然给大会添乱是因为去年齐桓公办了一个不太讲究的事，他擅自做主把郑国的制封给了郑国的大夫申侯，让郑文公心存不满，这个不满被周天子周惠王察觉到了。周惠王遂授意郑文公在大会上早退以破坏这次诸侯大会。而周惠王要破坏这个大会，是因为齐桓公邀请了惠王不喜欢的太子姬郑，意图干涉王室的王位传承。

周惠王特意指示郑文公背齐盟楚（吾抚汝以从楚），而让郑文公下定决心的是，周惠王说的一句话：

"辅之以晋，可以少安。"

不要害怕，我让晋国帮你！

周惠王敢说出让晋国帮忙的话，应该是得到了晋献公的某种许诺。而晋献公没事揽这个活，应该就是想给齐桓公添点乱，分化一下齐桓公的幽盟组织。

按晋献公的推算，当郑文公早退之后，以齐桓公的傲娇脾气，肯定会联兵攻打郑国,那就没有时间管晋国打谁了。这个推断是正确的,第二年,齐桓公就纠集鲁宋陈卫等国伐郑。

郑国挨打,谁来拉郑国一把呢?翻开史料就知道,楚国人还是挺讲究的,马上把许国围了起来以救郑,而周惠王口中的"辅之以晋"的晋国连个鬼影都没有看到。

在齐桓公广发英雄帖,召集小弟进攻郑国时,晋国的兵马已经开拔向虢国。同样,晋国要借虞国的路过一下。

虞国大夫宫之奇陷入深深的忧惧当中。三年前,晋虞联军击败虢国,晋国为了表示感谢,特地送了一些俳优给虞君。所谓俳优,就是说笑话给人解闷的人。

这应该是晋献公对症下的药。知道虢君喜欢美女,就送歌伎,知道虞公喜欢相声,就送俳优。自从有了这些俳优之后,虞君忙着听相声,再没心思打理国家。而这些俳优正是晋侯派来卧底的,经常把宫之奇编进相声段子里贬低一下。久而久之,跟虞君是发小的宫之奇也说不上话了。

听到晋军又来借路之后,宫之奇决定做最后一次努力。

为了说服国君,宫之奇用了辅车相依、唇亡齿寒两个成语来说明虞虢两国的关系,指出虢国一亡,虞国必定跟着灭亡。

面对宫之奇的劝说,虞公反而问了一句:

"晋国跟我同宗,难道会害我吗?"

宫之奇惊讶了,大哥啊,晋侯这些年灭的就是同宗啊!他马上告诉对方,论同宗,虢国跟晋国更亲,现在晋国不是一样要亡虢国。而且就算不提虢国,难道你还能比晋国桓庄两族的公子跟晋侯亲近?晋侯连桓庄两族近亲都灭，哪里管得上这论关系要往前数四百年的亲戚？

话说到这份上，是个地球人都应该醒悟了，可虞公先生大概是来自星星的男人。迟疑了一会儿，果然搬出了星星理论：

"我祭祀的祭品丰盛而且很干净，神灵一定会保佑我的！"

这个话当年的肉食者鄙的鲁庄公也说过，已经被曹刿批判过了。虞公又拿出这一套，说明封建迷信思想根深蒂固。直到今天，还有人指望着大年初一烧个头香就能升官发财。

宫之奇再一次耐心进行了劝导，表示祭祀神灵最好的东西不是猪头牛头羊头，而是光明的德行（明德惟馨）。

"要是晋国攻占了虞国，然后用明德为祭献给神灵，神灵会吐出来吗？"

宫之奇不是一个强辩的人，他心里明白但不懂得怎么表达出来，性格又比较软弱，不能抗争到底。话说到这里，已经是他的极限了。

国君，作为臣子，作为朋友，都只能帮你到这里了。

虞公再一次拒绝了宫之奇的建议，决定借路给晋国。

从宫里出来，宫之奇最后眺望了这座城邑。他生于斯长于斯，他的朋友、国君、百姓亦在这里，可从此他就要当一个流浪者了。

秋风乍起，宫之奇感觉到了风中的寒意。秋风冷如斯，冬天就快到了。往年的腊月，宫之奇都随他的朋友、国君虞公一起去郊野打猎，然后用猎来的禽兽祭祀祖先。只是这一年的冬天，不再需要这样的腊祭了。

回到家中，宫之奇叫来了儿子，让他收拾一下。

"虞国将灭亡，就在这一次，晋国再不会需要第二次发兵。"

宫之奇率领着族人，离开了虞国。

八月，晋献公亲自出征，他做好了吞并虢国的一切准备，十余年的谋划与等待终于到了收获的季节。十七日。晋献公围住了虢国最后的堡垒——国都上阳。

幸运儿姬丑先生此时可能在求神拜菩萨，请天神降临帮忙。与此同时，晋献公盯着这座坚固的城邑，心里也犯起了嘀咕。

"这一次我能成功吗？"晋献公向旁边的郭偃问道。

这位专职算命大师给出了肯定的回答："能拿下！"

"我什么时候开始进攻比较好？"这位郭偃大概也是从星星来的男人，为了回答国君的这个问题，他说了一大堆天文学上的东西。

"丙子这一天的早晨，日光掩盖了尾星的光芒，月亮出现在天策星的区域，而鹑火星将出现在南方，那时我们就可以斩获虢国的旗帜。虢君就会跑路。"

《春秋》这本书里有不少有关天文的记录，经过对比，绝大多数天文现象是与现在的推算相符的。这说明孔老师不是胡编的。郭偃先生的卜也不是乱算的。经过郭偃夜观天象，得出一个让晋献公松了一口气的结论——克敌制胜，当在此年九至十月之间。

天上的星星真能预示胜负，甚至连日子都定好了？受过教育的你们应该知道地球只是银河系的一个小球球。地球上发生什么事，星星是不会关心的。郭偃的言之凿凿，不过是根据交战双方的实力对比得出的结论。

十月一号的时候，《左传》记载发生了一次日食。在古代，日食往往跟军事活动紧密相连，比如汉代发生日食就会停战，但在郭偃看来，这正是发起进攻的信号。

第二章 好运总有用完之时

晋军向上阳发起了猛烈的攻击，在亡国的恐惧下，姬丑组织了顽强的反抗，但他的病根在十多年前就由晋献公种下了，这个时候醒悟已经太迟。

到了十二月的时候，上阳沦陷。姬丑先生倒是突围而去，逃到了周国。

西虢国就此灭亡。

晋献公的这一次出差任务完成了一半。领着部队，晋献公原路返回，再一次进入虞国。虞君特地前来劳军。于是，就发生了下面的一幕。

冬，晋人执虞公。（《春秋·僖公六年》）

晋军发动突然袭击，活捉虞公，吞并虞国。孔老师对于受害者虞君没有一点同情，特地用了"执"这个贬义词来批评虞引祸上身，并表示虞国的灭亡太容易了。

大概晋献公是不会同意这个点评的。他苦心经营，费尽心机，十五年的忍耐，才有了这一袭得手，岂是容易二字可以形容的。

抓住了虞公之后，晋献公走向了虞国的宫城，先期入城的荀息一手拿着垂棘之璧，一手牵着屈产的宝马来到晋献公的身边。

晋献公仔细端详着白玉，白玉依旧无瑕，再看看宝马，宝马依旧体健。晋献公哈哈大笑起来。

"白玉没有变，马也还是我的马，只是马的年岁大了一点。"

据史学家推测，晋献公说这句话是戏谑荀息，因为荀息同志也是一匹老马了，在晋武公时代就替晋国效力。

荀息，您也老了，而我亦不年轻了，晋国的霸业，却才看到一个模糊不清的影子。

在晋献公还是一个公子，他的父亲也只是曲沃的一个割据势力时，齐侯就已经在幽地会盟，正式成为中原的伯主。等晋献公登上国君之位，齐桓公的霸业更是如日中天，隔三岔五就开大会，把诸侯叫过去进行思想改造。晋献公一次都没有去。他不想成为别人霸业的注脚。在他的心中，自己才是这个世界的中心！

在假道灭虢，将中原最为重要的军事要地崤函划入到晋国的版图后，晋献公觉得是时候去参加一下齐国召开的这个诸侯大会，看看这个霸主到底是个什么东西。

接下来的数年，中原一片混乱，先是齐桓公率领诸国攻打敢于从会场开溜的郑文公，楚成王围许救郑，最终郑文公抵不住齐桓公的猛烈进攻，再次回到了幽盟的组织框架。紧接着，周惠王崩掉，齐桓公扶持太子姬郑当上新任周天子，是为周襄王。

在这些动荡中，齐国霸业达到了顶峰，齐桓公也迎来了他人生当中最辉煌的时刻：葵丘大会。

接到会长又要开会的消息，晋献公兴致勃勃地也跑去开会。据史料记载，去之前，晋献公已经生病，但他依然抱病前往，应该不是去共襄齐侯的霸举，而是带着叫板伯主，挑战盟主的意味去的。

天下，谁执牛耳，尚未定矣！

接下来的事情我们都知道了，他迟到了。晋献公在路上的时候，齐桓公已经在葵丘发表了重要讲话并吃上了特供腊肉：文武胙。而在半路上，晋献公碰上了周王室派去赐胙的宰孔。

看到正兼程往会议地点赶的晋献公，宰孔好心地叫住他，告诉他可以打道回府了，因为齐侯在这个会议上暴露出骄横之色，这种会不参加也罢。

齐桓公的思想错误，晋献公是很欢迎的，但宰孔接下来的话让晋献公的笑容僵住了。

"晋侯还是专心解决国内的祸乱，不要着急去参加盟会了。"

我的晋国还有什么祸乱？

晋献公望着宰孔，对方毫不退缩，晋献公终于低下了头，承认自己的晋国并不是太平盛世，就在前年，他的国内就发生了一件大事：他的长子自尽，两个儿子现在正逃亡国外。

不知不觉，我的晋国怎么面临这么重大的危机？

这大概还是源自那个怪异的占卜吧。

第三章

骊姬之祸

第三章 骊姬之祸

公元前672年,晋献公出任国君的第五个年头,他决定发起一次军事行动,攻打骊山附近一个叫骊戎的小国。按照惯例,出征之前要请卜官预测一下战争的结果。

这一次承担占卜任务的是晋国的卜官史苏。春秋最常用的占卜方法是将一块乌龟壳放到火上烧,然后根据龟壳产生的裂痕来推断吉凶。在玩儿完火之后,史苏说出了他的答案。

"胜而不吉。"

"这是什么意思?"(何谓也?)

史苏指着裂开的龟壳解释道,根据兆象(裂痕)显示,在相会的这个地方有一块像骨头一样的东西。兆象交会表示骊戎跟晋国冲突,最终晋国会通过这个冲突取胜。但国君先不要高兴,因为兆象中的这根骨头实在让人担心。

"这有什么担心的?"晋献公虚心请教。

"这个骨头在犬牙交错的地方出现,代表着口舌之争,以后会有人搬弄是非,离间亲人的关系,最终导致国家的权力转移。"

这到底怎么推出来的，大家就凭空想像吧。

听到这一句，晋献公松了一口气，他只怕打不赢骊戎，至于家务事，他自认是一个强势的家长，在自己的领导下，还会有人来搬弄是非，最终还搞得家庭分裂？绝不可能！

于是，他告诉史苏不用担心，不会发生什么搬弄是非的事情，因为晋国都是我说了算，只要我保持头脑清醒，谁还敢生出是非来。

公正地说，到目前为止晋献公的工作成绩还是很好的，没有出现昏招，家里也挺和谐，但并不代表着以后不会出现问题。史苏提醒国君还是要小心，因为离间的话都是糖衣炮弹，稍不留神就会被击中（其入也必甘受，逞而不知）。咱们还是小心一点，最好听从这个卦象的显示，不要轻易去攻打骊戎。

晋献公否决了这个提议，亲自领军出征，晋国因为内乱，已经浪费了六十多年的时间，再不急起直追，就要在大国的游戏中彻底被淘汰出局。

一个莫名的卜象，一个耸人听闻的预言，怎么可以阻止晋国的征途？

等晋献公攻破骊戎，更确定了史苏说的不过是无稽之谈，他也无比庆幸自己最终选择了出征。

晋献公大败骊戎，斩杀骊戎国的国君，在血与沙的废墟中，他看到了两个瑟瑟发抖的美女，这是骊戎国君的两个女儿，姐姐在历史上被称为骊姬。据史书记载，这两位都是绝世美女，尤其是骊姬，其美貌与春秋著名美女宣姜跟息妫相当。

晋献公收回滴血的宝剑，上前扶起美人。

回到晋国的第一件事情，晋献公要将骊姬册为夫人。

第三章 骊姬之祸

按照老规矩，在册立夫人之前，要请人来打一下卜。

晋献公没有请史苏，也没有请晋国的神算子郭偃，而是叫了一个不知名的卜人来算。他大概猜到以这两位的个性，只怕不会配合他，毕竟把一个抢来的女人册立为夫人，似乎有点不合礼法。要是这两位再起点哄，就要坏了他的好事。

让晋献公没有想到的，就是这个位卑言轻史上无名的卜人也不是那么好指挥的。

一般来说，打个卜就是走个形式。册不册夫人，还是国君说了算。一般聪明点的卜人都懂的，只要按照领导的意思乱说一通就可以交差，反正龟壳上的纹路跟天书似的，怎么说都没人挑错。可这位卜人明知道晋侯先生对骊姬一见钟情，可打完卦，极其认真地看完了卜象，然后汇报：不吉！

不吉也就是上天不批，勉强在一起也是不幸福的，可晋献公想起火焰中的倩影，想起佳人正在宫中等他的佳音，他黑着脸说了一句：

"筮之！"

所谓筮之，就是用蓍草摆出八卦来推算，主要理论依据是伏羲、文王、周公合著的《周易》（也有人认为孔子先生对此书也有贡献），到底是这三位前辈靠谱，还是乌龟靠谱呢？答案可能让你吃一惊。大家认为还是乌龟更值得信赖。

大家认为龟壳上的裂痕是一种形象，而蓍草是一种数理推算，而阴阳学一个重要的观点是数从象生。

于是，晋献公的这个要求就是一个不太合理的要求，已经用最尖端的预测术检测了，再用低端的去测有意义吗？而且占卜界有个老规矩叫：卜筮不相袭。相当于一个是和尚，一个是道士，你要是在和尚那里算了命，就算不吉利也不要跑去道观再问了。所谓卜不吉，则又筮，这个是对乌龟的亵渎。龟灵一生气，是不会告诉你真相的。

但领导非要蛮干，就管不了乌龟的感受了。卜人只好老老实实摆出蓍草，一推算，卜人的额头开始冒汗。

蓍草显示：吉！

两种预测术给出了相反的答案，晋献公喜笑颜开：好了，好了，就按占筮为准！

话音刚落，卜人的反对声就响起了。

"占筮的效果差，占卜的效果好，我看应该听占卜的！"停了一会儿，卜人说出了他刚才没有说出口的占辞，"刚才的占卜显示，国君将会因为专宠而失去珍贵的东西。就像香草和臭草放在一起，十年后还会有臭气。一定不可以册骊姬为夫人！"

反对无效！

有了蓍草的支持，晋献公心安理得将骊姬册为夫人。这时候，他突然想起出征前史苏给他算的那一卜。

这小子是不是早就知道骊戎国有这样的美女，故意破坏我的好事？

不行，得让他看看我现在幸福的样子！

晋献公专门设宴请大夫们喝酒，请大家坐好之后，晋献公叫服务员（司正）倒满酒赐给史苏。

史苏面前的桌子上只摆着这尊酒，下酒的不说肉了，连花生米都没有一粒。这怎么喝？

晋献公看着史苏不知所措的样子，哈哈大笑。

第三章 骊姬之祸

"当日我出征，你说胜而不吉，现在我胜了，算你说得对，赏你酒喝。可你只说对了一半，你看现在我得到了爱妃，这不是吉利的事情吗？说错话，罚你没肉吃！"

史苏将酒一饮而尽，又向晋献公稽首再拜。

"卜象是这样显示的，臣不敢隐瞒，隐瞒就是犯罪，犯了罪就不是没有肉吃这么简单了。再说国君你让我占卜，是想听吉利的，然后防备凶险。就算凶险没发生，但防备总没有害处。而万一发生了，我们有了防备，就不怕它。我倒是愿这次我算得不准，这是国家的福分，我哪里害怕被处罚呢？"

晋献公被史苏的大义凛然折服了，他原想好好羞辱一下史苏，但没想到，这位算命的骨头太硬，就是不服一个软，事情搞到这一步，了无趣味，那就散席吧。

从酒宴退下了，史苏准备回家，至少得吃点肉压压酒，却看到有人在朝他招手。

招手的人是晋国的大夫里克，我们介绍过，这是一位猛人，晋国攻打虢国，他就是主将之一。

里克是奔着八卦消息来的，想打听一下史苏到底给国君占了一个什么卜。而且里克很敬业，拉了不少大夫搞了一个八卦座谈会，列席人员就有占卜界权威人士郭偃以及晋献公的心腹士芳。

史苏先生是一肚子气，看到里克请他讲课，立马把当初的卜象全盘托出，表示自己的专业技能不容诋毁，明明卜兆是一个离散的图像，而且有根骨头在其中，一定会有人搬弄是非。最后，史苏一气之下，说了一句惊人的话："这个世界上有男人的战争，也有女人的战争，现在我们晋国男人打败了骊戎，但将来只怕骊戎的女人会战胜晋国。到时看会怎么样吧。"（有男戎必有女戎。若晋以男戎胜戎，而戎亦必以女戎胜晋，其若之何！）

这句话现在很流行，只是换了一个样子，其实就是：男人靠征服世界来征服女人，女人靠征服男人来征服世界。

在座的大夫吓了一跳，尤其是里克，自从国君领回了骊姬，他就感觉到晋国政局已经埋下了变化的种子。他关心的是自己怎么应对。

"会发生什么？"里克连忙问道。

史苏瞄了里克一眼："你们没听过妹喜，苏妲己、褒姒？"

众人的脸色凝重起来，他们当然都知道这三人，一位是夏桀的宠妃，一位是商纣的爱人，最后一位是周幽王的烽火俏佳人。三位都为亡国做出了突出的贡献，而且这三位跟现在的骊姬除了都是美女之外，还有一个共同点，她们都是战利品。

人家骊姬来到晋国，还没怎么露脸，就把人家定性为亡国妇人，似乎有点危言耸听了，但史苏接下来的话更是让里克吃了一惊。

"你们想想看，周朝是怎么亡的？不就是褒姒生了伯服，然后把太子宜臼逐走（周平王先生），最后太子逃到申国，召西戎攻打周朝嘛。"

直接受到冲击的是晋国的世子。

在将骊姬册为夫人前，晋献公已经结过婚生了儿子。

晋献公本来娶了一个贾国的女子做夫人，结果贾夫人没有小孩。无后为大，大概被晋献公休掉了。为了解决传宗接代的问题，晋献公又跟齐姜睡到了一起，这位齐姜是齐桓公的女儿，论来头，要比贾国的厉害。但有一点，这位齐姜是献公父亲的小老婆，献公见了她，还得叫一声小妈。关于这一点，孔老师已经批评过了（烝于齐姜），我们就不落井下石再进行道德批判了吧。

齐姜为晋献公生了一个女儿和一个儿子，女儿后来嫁给了秦国的穆公，史称秦穆夫人。男孩就是晋国的世子申生。在传宗接代上，齐姜女士立了功。生完小孩没两年就去世，又为晋献公顺利册立骊姬让了贤。

骊姬真的会成为晋国的褒姒？会威胁申生的世子地位，最后还将灭亡晋国？

在旁边一直认真听的占卜专家郭偃终于打破了沉默，跟史苏的悲观论断不同，他认为这个骊姬确实有些危险，卜象也确实不吉，但要是认为凭她就可以灭亡晋国也不一定正确。

郭偃列举了两条最重要的理由。

理由一：晋国跟夏商周三国的情况不同，夏商周三国大，晋国小。夏商周形势本来向好，国君自然就骄奢，而晋国四面到处有敌人，晋国就不会掉以轻心。只要晋国有惧怕之心，就不会灭亡。这个理由大概可以用生于忧患死于安乐来总结。

理由二：骊姬并没有那么可怕，因为她所倚仗的不过是国君的宠爱，而依靠宠信搞阴谋的话，最后只怕倒霉的是她自己。

晋国两位优秀的占卜大师对晋国的未来给出了不同的见解，而裁判只有一个，那就是时间。

时间会裁定谁才是晋国第一卜官。八卦会议到此就该结束了。

最后，德高望重的士蔿进行了总结发言，老同志爱和稀泥，表示大家说得都有道理，我们提高警惕，做好防备。

会议结束了，但每个人都将调整自己的战略。他们知道，因为这个女人的到来，他们的未来将变得不确定。

骊姬是否是春秋最美的女人，这似乎是一个没有答案的问题，但如果评选春秋最为厉害的女人，我愿意投她一票。

她是骊戎国的公主，在童话故事里，公主常常碰上王子，然后过上幸福的生活。可惜春秋是没有童话的，她的王子确实出现了，不是骑着骏马，而是驾着战车，不是拿着鲜花，而是挥舞着长剑，剑尖滴着她父亲的血。

于是，她成了杀父仇人的妻子。

生活对她来说，实在是太残忍了。

当她望着身边呼呼大睡的晋侯，有没有动过为父报仇的念头？如果她这样做，只能称之为勇敢的女人，而不能称之为厉害的女人。

以血偿血是痛快的，也是简单的，但效果却不是最佳的。杀掉了晋侯，她的生命也会走向终点，更重要的是，杀了晋侯，也改变不了骊戎被灭的事实。

一定还有更好的办法，更为痛快更为彻底的报复方法。

不知道从什么时候开始，骊姬突然想到了这个办法。

生下自己的儿子，然后让他成为晋国的国君，这样骊戎的血脉就在晋国得到流传。这不是比单纯杀掉晋侯更好的报复吗？

于是，骊姬开始收起内心的仇恨，堆起笑容侍奉起晋献公，她知道要达到目标，唯一可以依靠的就是自己的美貌。

第三章 骊姬之祸

因为先天条件优越,后天十分努力,骊姬很快就取得了不俗的成绩。晋献公宠爱她已经到了没有她就睡不好觉的地步。这个情况甚至都被国内的大夫摸清了。

有一回晋献公准备攻打翟国。晋献公这个人有个习惯,想出兵时就会说自己睡不着觉,让大夫们拿主意。当他故技重施时,一位叫郤叔虎的大夫猛不丁来了一句:国君睡不着,是不是夜生活不太和谐(床笫之不安邪?)这应该是骊姬不在你身边的缘故吧?

这不是晋献公第一次被这样调侃了,打虢国那次,晋献公同样被揶揄过。

晋献公相当生气,不过是爱自己的老婆,至于动不动就嘲谑我的私生活吗?晋献公马上请他下班(公辞焉)。

这件事情说明,晋献公离不开骊姬就像鱼离不开水,树木离不开土壤。

数年后,这样的努力开始结果,她生下了一个儿子:奚齐。

听到这个消息,里克大夫决定是时候跟同僚们再开一个碰头会了。

这一次两位卜官没有参加,里克邀请了大夫丕郑跟荀息。

这两个人是里克精心挑选的碰头对象,因为在他看来,这两位似乎是晋国的中立派。

在晋国除了世子申生,还有重耳跟夷吾两位公子。晋国的大夫早已经站好了队,唯有这两位,跟里克一样,是没有明确表态的人。

骊姬生下儿子,新的力量加入到晋国的政局,晋国的政坛平衡将被打破,再不选择站队,以后插队的机会都没有。在做出决定之前,里克想听听同行的看法。

"大夫史苏所说的马上就要应验了，我们该怎么办啊？"

两人猜到了里克的用意，荀息率先发言。

"我听说侍奉君主应该尽心尽力，不违抗君主的命令，君主立谁，我们跟着干就行了，哪需要想这么多？"

丕郑几乎是以抬杠的方式说出了他的选择："我听说侍奉君主不能盲从，君主做得对我们就支持，做得错我们就反对，不管怎样，君主已经立了世子，我是坚决支持世子的。"

里克明白了，荀息选择站在国君一边，这也就意味着他最后将选择支持骊姬，而丕郑则决定站到世子的身后。这并不是里克所希望看到的，他原本以为这两位能够达成一致，自己再跟随这两位，以三人之力，足以决定晋国未来的局势。

两位给出了截然不同的答案。局势变得更加混乱。而经济学告诉我们，当市场处在一个高度不确定的状态的时候，最好的策略应该是持币观望。

里克谦虚地表示自己的才能不足，自己不懂道义，但也不会附和国君错误的决定。我还是等等看吧（吾其静也）。

碰头会就此结束，三位没有达成任何共识，而他们的命运也由此走向不同的终点。

骊姬正在努力争取自己的同盟。团结大多数，孤立打击极少数，这是政治斗争的不二法门。

很多参与权力的女性都受益于一个窍门，比如中国第一位女皇帝武则

《第三章》 骊姬之祸

天为了拉拢同盟，搞了一个同中书门下平章事的新岗位，在不用提高品级的情况下，把支持自己的低品阶官员提拔到宰相的位置。有一次，武则天要求组织一些人修撰一下史籍，最后她把编书的人（史称北门学士）培育成了自己的智囊团。

这里面的关键是掌握官位升迁权。

骊姬并没有这样的机会，作为一个亡国的公主，她能争取的人员有限。这是由于春秋的政治特点决定的。

春秋采用的是官爵世袭制。老子干完儿子接着干，儿子干完孙子接班。官职总是掌握在一个十分稳固的小圈子里。就晋国来说，这些官职迟早都是晋国大夫的，用不着去巴结一个外地来的女人。

找不到大夫当同盟，骊姬只好退而求其次了。经过认真选择，她挑选了一个叫施的人。

如果说骊姬是靠脸皮吃饭的话，这位施大概就是靠嘴皮吃饭的了，他的身份是优人，遂名优施，相当于公职小品演员，平时就是编些段子说个笑话来个二人转逗国君开心。当然，这个小品演员也是有追求的，不可能白给骊姬干活。而骊姬掌握的资源又有限，思考了一下，她把自己奉献了出去。

优施是骊姬集团中最重要的一位成员，因为这位仁兄实在是一个搞阴谋的高级人才。一上骊姬的船和床，就给骊姬指出了问题的关键。

当骊姬向优施说出心中的理想：打倒晋国三位公子，把自己的儿子从第四顺位继承人提到第一顺位时，优施给她提了一个建议。

尽早让国君提拔三位公子，而且要提拔得越高越好。

我们不是应该打击这三人吗，怎么还提拔他们？骊姬露出了困惑的表情。

优施神秘地笑了:"把他们提高到最高位,让他们知道自己的地位已经到顶了,就不会再生出其他的想法。而且要搞倒一个人,最好让他先爬上去,这样摔下来才能造成重度伤残(易残也)。"

想不到搞阴谋还有这样玄妙的办法。骊姬觉得自己的奉献没有白费,她的头脑开始发热了,决定马上就按这个方法动手。可自己的儿子前面有三个人,公子重耳与夷吾以及世子申生。

"我想现在就动手,该从谁开始下手?"

想了一会儿,优施慎重告诉对方:"一定要从世子申生下手。"

优施仔细分析了世子申生的为人,这个人有道德洁癖(小心精洁),而且心气很高(大志重),不忍心对别人作恶。这样的人最受不了的就是侮辱,他舍不得对别人作恶,就只会要求自己,这样的人用不义的侮辱来对付再好不过了。

小人之所以常常战胜君子,那是因为小人是没有原则的。骊姬将优施引上了自己的大床,而优施则将骊姬引进了阴谋的大门。

显然,骊姬搞阴谋还是新生,一下没领会其中的意思,表示申生这个人既然懂得自重,有羞耻心,只怕不好对付吧。

优施笑着摇摇头,然后用他丰富的经验告诉对方,就是有羞耻心的人才好对付。这种人最受不了被泼污水,而且污水来了也不知道躲。一打一个准。

上面这段话翻自史料原话,可能不好理解,用通俗的一句话来总结的话,那就是申生这个人是要脸的,我们一群不要脸的难道还收拾不了一个要脸的?

第三章 骊姬之祸

骊姬终于相信了自己的这位盟友兼床友的阴谋技术。她也信心满满地表示，自己在国君那里正得宠，说得上话，没事刮上两级枕头风，不信吹不掉申生。

优施再次否决了对方这个幼稚的行为，指示她以后不但不能说申生的坏话，还要说申生的好话。

光说好话怎么搞垮申生？

面对骊姬困惑的表情，这位阴谋大师告诉她，已经有卜官在国君那里提醒过要注意口舌之争，你要是亲自出面，就会引起国君的怀疑和反感，你应该保持一个贤妻良母的形象，坏话让别人去说，坏事让别人去做。

骊姬恍然大悟，然后她告诉对方，其实她心中已经有两个合适的人选了。

骊姬另找的两个人，是晋献公的外嬖梁五跟东关嬖五，所谓外嬖指的就是晋献公的男宠。当时晋国人对他们有个亲切的称呼：二耦。这个耦有燕成双、鸾对影的意思，相当于"耦合"。我又专门搜索了一下，耦也是一种古代农具，由二人操作，主要用来翻地。不得不说，晋国人民太调皮了，天天拿国君开玩笑。

自此，以骊姬为核心，优施为参谋，二耦为骨干的一女三男四人团伙正式成立。四人分工合作，各施所长，迅速迈出了抢班夺权的第一步。

第四章
世子之死

第四章 世子之死

晋献公最近做了一个安排，他决定将世子申生封到曲沃，而将公子重耳跟夷吾分封到蒲邑与屈邑。当然，大家都知道了，这是二耦的建议，据他们讲，曲沃这块地皮，是国君发家的地方（君之宗也），而蒲与屈这两个地方，是国家的边疆重地，交到谁手上都不放心，不如交给二位公子。

这个建议为国为民，正大光明。晋献公当即拍板同意。

晋献公是个骄傲的人，从他并国十七、服国三十八的丰功伟绩看，他确实有骄傲的资本。在国内，他也自认为英明无比，晋国的话语权都掌握在他的手里，没有谁可以动摇他。可从这一刻开始，一向黑别人的晋献公终于沦为别人操控的对象。

又过了一段时间，晋献公扩充军队，将晋军分为上下二军，自己执掌上军。世子申生成为卿士，执掌下军。申生不但成为象征意义上的晋国第二人，而且成为事实上的晋国第二人。

不久后，申生被委以重任，亲自率领下军前去攻打霍国。

当日优施给骊姬出的捧杀申生的计划正在一步步变成现实。这个计划实施得非常巧妙，晋国国内人才辈出，但许多人还是被蒙在了鼓里，但这些小动作还是没有瞒过一个人的眼睛。

士蒍察觉到了这其中的不寻常。说起来，这位士蒍也是搞阴谋这个领域的老前辈了，离间这个技术活玩得倍儿熟。优施们想骗过他是不太可能的。

士蒍马上跑到大夫当中发布消息，高调表示国君这样做是不对的，世子是备胎，哪里需要什么官职（恭以俟嗣）。现在国君分地又封官，明显是把太子当外官看，我现在就要去问一下国君，他到底是什么意思。

旁听的大夫中，就包括里克。

在晋国发生这些变化时，里克一直作为一个旁观者，冷静观察着政局的变化。以他的智商，他应该猜到了骊姬的阴谋，但他并没有打算挺身而出，仅仅是对士蒍的呼吁表示支持。

一切还没有到时候。

在众大夫的支持下，士蒍跑去见晋献公了。没过多久，他回来了。

一向对他言听计从的晋献公已经变了，他红脸粗脖子地表示自己的儿子自己会教，不用你老人家来操心。

士蒍失望地从宫里出来，外面是对他翘首以盼的晋国大夫们。士蒍摇了摇头，说出了自己的判断。

"世子不会被立为国君了。国君已经有了新的想法。"

这句话可谓一石激起千层浪，大夫们交头接耳，议论纷纷。有人还是不相信这个现实，明明世子手握兵权，而且马上要出征，怎么可能会失掉储君之位呢？

士蒍解释道："这一次世子出征无论胜负都会获罪！如果胜利，就会因为立了大功遭受猜忌；如果失败，只怕马上就会被问罪。"

第四章 世子之死

众人恍然大悟，同时都为申生担忧起来，这位世子因为品行端正，在晋国人缘很好，他跟一个人十分相似，就是卫国的公子急。

"那世子该怎么办？"有大夫问道。

"逃！"

不反抗就会丢掉性命，反抗就违反孝道。士蒍唯有给出这个不是办法的办法。

申生没有逃跑，他听到了士蒍的建议，也听到了最近有关他地位动摇的传闻。但他依然决定按原计划领兵出战，并一战而胜，吞并霍国。

事情如士蒍所料，这样的胜利并没有给申生带来什么好处，在二耦的积极努力下，申生被打造成了一位对晋献公构成威胁的人。最终，晋献公动了易储的心。

有一天，晋献公趁着四下没人对骊姬说道："我想废掉申生，用奚齐取代他。"

骊姬一直期待的东西突然摆到了自己的面前，只要伸手就可以拿到。骊姬犹豫了一下，还是缩回了手。

经过优施这位阴谋高手的教育，她已经知道欲速则不达，欲取先拒的道理。

此时，绝没到摘取胜利果实的时候。骊姬下了这个判断，然后马上哭泣了起来。

"世子之立，诸侯们都知道的，而世子数次领兵，百姓又归附于他，为什么要因为贱妾的原因废嫡立庶呢？如果君上执意这么做，臣妾就自杀！"

晋献公满意地点点头，收回了这个想法并同时确定，自己的这个宠妾是一个识大体知礼节的女人，绝不会发生像史苏所说的口舌之争。

从此以后，骊姬继续发扬这种毫不夸己专门夸人的风格，经常公开表扬申生；另一边，二耦则扮演了黑脸的角色，对申生进行了三百六十度无死角的抹黑。在这种双重夹击下，晋献公的头越来越大，脑细胞却越来越少。

可这样的攻击什么时候才到头？二耦还好说，抹黑他人对他们来说不过是本色演出。骊姬就不一样了，明明对申生恨得牙痒痒，却要说对方的好话，这种强烈的反差再搞下去，可能晋献公没疯，骊姬都要疯了。

在这个关键的时候，军师优施终于救场了，他告诉骊姬：“以后你不用光说好话了，你也加入到抹黑的队伍来吧。”

"为什么？"骊姬惊喜地问道。

"因为士蒍已经不在朝中了。"

士蒍是从一处工地上回来之后告别晋国政坛的。

自申生打完胜仗回来，晋献公高兴了一阵，决定帮太子修建曲沃的城池。与此同时，安置公子重耳跟夷吾的蒲城与屈邑两处城池的加固工程同时开工建设。

得到了屈邑为封地，公子夷吾很高兴，听说要扩建城邑，他更是喜出望外。兴奋之下，他连忙跑到屈邑视察进度，结果一去就发现问题了：屈邑的城墙里夹塞了木棍之类的杂物。

这样的城墙怎么经得起战火的考验？夷吾再一打听，负责工程监理的不是别人，正是大夫士蒍。

夷吾很生气，这个屈邑是封给他的，现在城墙修成了豆腐渣，以后还

第四章 世子之死

怎么住人？气愤之下，他把这个事情捅到了他的父亲晋献公那里去。

晋献公火气更大，前段时间士蒍在都城发布未经官方证实的谣言已经让他很恼火了，现在连个城都修不好，还能不能干活了！晋献公将士蒍叫出来，严厉地批评了一通。可他没想到的是，对方明明犯了错误，竟然毫无悔改之意。

事实上，士蒍确实工作上有些不负责任，工程质量把关不严，他监管的两处工程都出了问题，而一向靠谱的士蒍出现这样的失误，倒不是因为他老人家年老发昏，而是故意渎职。

在士蒍看来，这些城墙根本就不应该修。

等晋献公说完，士蒍大大咧咧地站出来，行了一个礼。动作上是很恭敬的，但春秋大夫们的厉害多半在嘴上。

"我觉得这个事情我没办错啊，要说这个事情有错，就是城本不该修！国君你想啊，没有战事而修城，这城以后肯定会被国内的敌人占用，修这样的城我又何必谨慎。我看，这城也不用修了，因为诗里讲了'怀德惟宁，宗子惟城。'只要国君有德行，公子地位巩固，就是最坚固的城池。"

就是因为国君你德行不够，所以才要修这个城嘛，要批评就请先自我批评。

搞了半天，该批判的不是渎职的工程监理士蒍，而是晋献公本人。晋献公瞠目结舌，估计反驳的话起码要等下了班晚上躺到床上才想得起来。于是，他只好挥手示意对方退下。

这是士蒍最后一次在历史的舞台上露面，从殿上退下来后，他即兴作了一首诗：狐裘龙茸，一国三公，吾谁适从？

狐皮袍子已蓬松，一个国家有三公，我该跟从谁呢？

这是一个没有答案的问题。他曾经为晋献公出过诛群公子的计策，知道权力游戏的残酷性。站错了队伍，是要掉脑袋的。于是，他最终选择了退出。

这位晋国前期最杰出的权谋家从此隐退晋国政场，参与游戏角逐的资格让给了那些摩拳擦掌急不可耐的后来者。

晋国新都绛城，宫，深夜。

晋献公被一个声音吵醒，睁开眼，他发现身边的骊姬坐起身，低着头，双肩耸动，发出轻微的哭声。晋献公连忙扶住她的肩，问她有什么伤心事。

"我听说申生在外面宽厚仁慈而爱护百姓，已经大得人心，现在他说君王您受我的迷惑，一定会祸乱晋国，万一他因为我而对君主动手，就会害了国君，国君不如杀掉我，不要因为我一个女人而使百姓受难。"

这就是传说中的以退为进：我退一步，海阔天空；我进一步，你死无葬身之地。

晋献公当然不愿意杀掉骊姬，虽然跟骊姬结婚十多年了，但依然没有达到审美疲劳的地步。于是，他连忙安慰对方，表示不至于此，既然申生还知道向百姓施恩，怎么会不爱自己的父亲呢？

是啊，既然你说申生宽惠而慈于民，怎么解释他会向父亲下手呢？

骊姬的哭声更悲伤了，将晋献公哭得心慌意乱大脑缺氧时，她给出了一个解释：

"我听外面的人说，有政治抱负的人把百姓当亲人，只要对百姓有利就敢杀君。要是他杀了国君，然后为百姓谋利益，只怕大家都会称赞他大义灭亲。"

晋献公怔住了，他一直觉得自己的世子申生为人仁厚，是个可靠的人，没想到申生的可怕之处就藏在仁厚之下。一向狡猾过人的晋献公也慌了神。

"那怎么办才好？"

"国君何不称老退位，把国君之位交给申生。这样他大概就会放过您了。"

晋献公的脸开始阴沉起来。

"口在寡人，寡人弗受，谁敢兴之？"

当年晋献公对着史苏充满自信地认为自己不会受到任何言语的欺骗。史苏就断言离间的话一定是披着甜蜜的外衣，这个世界上鲜有人对它们具有免疫力。

在人的五官中，最容易为我们招祸的是口，最容易被诱惑的是眼，最容易被欺骗的可能就是耳朵了，即所谓耳根软。

当然，晋献公也算是春秋诸侯中的一流人才了。普通的招数并不一定能起作用，但骊姬的这套言辞算是离间中的核武器，首先有坚实的理论为基础，而且句句直指晋献公的要害。作为一个国君，他最担心的不是儿子们相争，甚至也不太担心骊姬跟儿子之间的矛盾，他最关心的是权力是否掌控在自己的手里。

晋献公听过许多有关申生的传言，但他认为这不过是诸儿之间的一些竞争，可没想到儿子竟然竞争到了他的头上。晋献公在国君之位上正干得不亦乐乎，谁也别想夺走这个位置。连自己的儿子也不行！

"你不要担心,我绝不会让出国君之位,我来想办法对付申生!"晋献公缓缓说道。

烛光闪烁,照亮了晋献公狰狞的脸,烛光摇曳,将骊姬得意的笑容隐藏。

骊姬的离间之计终于起到了作用,以骊姬的思想水平,她应该是想不到这样高明的说辞,这些话是德艺不双馨的国君艺术家优施教给她的。而且还指定她亲自出马。

晋侯身边第一谋士士蔿都离开了,再没有必要分头夹击,应该集中火力,攻击一点。这个策略取得了效果,晋献公终于下定决心对付申生。

在公元前660年的冬天,申生接到一个命令,攻打东山皋落氏。

上回攻打霍国,太子申生已经忐忑了一次,这一次又要攻打东山皋落氏,想起士蔿的话,申生更加惶恐了。

"父亲又叫我率军出战,这是不是真的如士蔿所说,要废掉我了?"不安的申生找到了里克,请他到父亲那里打听一下。

本来德高望重的士蔿是这个任务的最佳人选,但他老人家已经退休在家,其他大夫都是有组织的人,未必能套到话,而这位里克走位一直模糊,请他去试探再合适不过。

想了一下,里克答应了,虽然投下自己所有的赌注为时尚早,但做个人情,先放两个筹码看看局势总是好的。

里克跑去觐见了晋献公。在这之前,他一直以一个看客的姿态对待晋国的局势,这一次终于入场了。

不久后,里克出来了。

世子申生早已经在焦急地等他的答复。

《第四章》 世子之死

"我要被废掉了吗？"申生连忙问道。

里克微笑着望着对方："放心吧，没事的，国君给你曲沃，让你治理百姓，又让你领兵打仗，这都是为了锻炼你，你应该担心能不能做好这两件事。"

最后，里克勉励申生严格要求自己，继续努力，就一定能免除祸难。

申生松了一口气，连连表示感谢，然后高兴地告辞而去。

望着申生兴奋而松弛的背影，里克不禁叹了一口气。

他说了一个美丽的谎言。

就在刚才，他见到晋献公后并没有直接问出申生的困惑，而不断强调申生的世子身份不适合领军出征，在一再追问下，晋献公终于说出了心底的秘密。

"不要再跟我说申生不能出征了，我有几个儿子，还不知道立谁呢！"

听到这一句，里克立刻打住，起身告退。

申生的前途已经一片黯淡，可自己要倒向越来越有希望的骊姬一方吗？

最终，士大夫的尊严让他拒绝了这个想法，他决定依旧握住手中的筹码。

申生再一次穿上铠甲，这已经是他第二次作为统帅出征了。虽然有迹象显示这一次他的对手东山皋落氏比霍国实力更强，而且已经提前得到了消息，准备跟晋国决一死战，但申生相信自己不会让父亲失望。

申生前往祖庙，向祖先祷告。然后到父亲晋侯那里领兵器。

晋献公主持誓兵仪式，鼓励申生拼命工作，努力砍人，将狄人全部杀光，然后，晋献公送了儿子申生两样东西。

申生回到家里，出征团的人都在这里等着他，等申生拿出父亲的两件东西，世子府的气氛顿时变得紧张起来。因为这两件东西太奇怪了。

其中之一是一件衣服，国君给下面的人发套工作服很正常，怪就怪在这个衣服的样式有点另类，它是一件双色衣服。其中一种颜色跟晋侯本人衣服的颜色是一样的。

春秋战国各诸侯的着装并不像后来的国君一样，都是清一色的黄袍龙服，而是各有各的地方特色，比如齐桓公就喜欢穿一身大紫袍，楚人的衣服最花里胡哨（杂色），北方的燕国喜欢蓝色，秦国人喜欢穿黑袍，宋国崇尚白色，晋侯是正宗的周室诸侯，应该穿周朝最流行的红色。

另外一种颜色是什么，史书没有记载，考虑到后面从晋国分出来的韩国崇尚绿色，我们就假定另一种颜色是绿色吧。这一半红一半绿的大袍无异于今天T台上的前卫服装。

另一个东西是金子做的玦，所谓玦是一种用于佩戴的环形装饰品，一般挂在腰间，但这个玦并不是完整的环形，而是有缺口。在古代，送什么东西通常都有特别的意思，比如拜见领导或者到国外访问，最好用玉圭当见面礼（寓意天圆地方的一种玉工艺术品），请教大夫最好用玉璧。要是召见下属，就送玉瑗（中间有大孔的玉璧）。而如果你想跟某人断绝关系，又有钱没处花的话，那就送个玦，这个东西有缺口，是断绝关系的不二良品。当年项羽为刘邦办鸿门宴，范增没事就把自己腰带上的玉玦举给项羽看，示意项老大赶紧动手干掉刘邦。

一个父亲送儿子一件杂色的衣服，一个玦，这是什么意思？

申生一头雾水回到家，把这两件东西拿给他的谋士们看。

他的副驾驶员（车右）大夫先友一看，喜出望外，连连恭喜申生。

第四章 世子之死

衣服一半的颜色已经跟国君的相同了，世子您又有兵权在手，成败就在此举，申生同志您不要担心，好好干。

言下之意，只要完成了任务回来，说不定国君就会赏下全色的衣服了。

话音刚落，旁边响起一声长长的叹息，这个不和谐的声音来自晋国大夫狐突。

狐突大概是晋国最为聪明的大夫，他两个女儿狐季姬、小戎子都嫁给了晋献公，狐季姬生下了公子重耳，小戎子生了公子夷吾，他本人又跟世子申生走得很近。

无论晋献公把位子传给谁，他都有硬关系。布局如此成功，只怕让里克大夫都自叹不如。但狐突还是漏算了，晋献公娶了骊姬，又生出一个强有力的挑战者。

而且这个挑战者已经越来越强大，这一次已经逼到了世子申生的跟前。

在这一次军事行动中，狐突被晋献公任命为申生战车的正驾驶员（御戎），这一次军事行动一开始就让狐突感到困惑不已，因为命令来得太突然了。

一场重大的军事行动是需要周密策划的，灭虢就用了十来年，虽然东山皋落氏不至于强大到需要另一个十年，但至少也得上半年发布命令，让大家做好准备工作。哪有到了冬天发布命令，要求大军马上出战的。更让狐突感到不祥的是这两件礼物。

要送衣服就送全色，就像亲子装，都是同样款式同样色彩表示这是一家人，送个偏色明显表示这不是自己亲生儿子。送佩饰就该送整环的玉佩,送个有缺的玦,是要断绝父子关系吗?而且还是金子做的。

据狐突解释,金子性属寒凉,这明显是要寒人的心。

狐突猜到了晋献公这两样东西的隐含意义,并指出临行时国君说的杀光狄人,也是坑儿子的话。就算在座的各位拼了老命,也杀不光狄人呀。

这个分析得到了出征团骨干的广泛认同,一位叫先丹木的大夫马上大嚷,这种衣服就是神经病也不会穿,狄人我们也杀不光,就算杀光了,还会有人从中陷害,不干了,不干了,我们干脆跑路算了。

狐突郑重地点点头,自告奋勇护送太子离开都城前往曲沃。

曲沃逆袭已经有成功的先例,这一次未必不可以复制。

这一刻申生动摇了,忠孝与生存对某些人来说并不难选择。忠义诚可贵,死了才糟糕。但对于申生来说,这成了一个两难的问题。

关键时刻,出征团的军尉,一位叫羊舌的大夫帮他下定了决心。他告诉申生,虽然国君的用心寒凉,但你还是不能逃跑,因为你是臣,你是子。

没有出路了,拼死效命吧(子其死之)。

就这样,申生穿着偏色的衣服,腰间挂着金子做的玦走向了战场,在那里,他再一次拒绝了狐突让他逃跑的建议,而是毅然冲向了敌阵。

如果能死在战场上,对他来说,未尝不是一件幸事。这大概就是申生当时的心境。

可命运并不愿意如此结局,面对强劲的敌人,视死如归的申生勇往直前,最后大败东山皋落氏。

《第四章》世子之死

骊姬再次失望了，这一次攻打东山皋落氏她是策划者，按她跟晋献公做的计划，要是申生败了，可以借机把他杀掉，如果申生胜了，晋国也得一块地皮，反正不吃亏。

当然，她本人是无比期望少一块地皮少一个敌人，无奈狄人太不争气。而通过这件事，更让骊姬意识到对手的强大。

自己已经怂恿国君给了申生两个不祥的礼物，已经暗示大夫们国君的心意已经发生了变化，为什么这些大夫还愿意紧随申生，并同他出生入死呢？

困惑不解的她再次找到了优施以及二耦，经过一番探讨，他们认为自己的大方向是正确的，还是应该紧紧抓住申生好仁义的弱点。只是这一次的暗示搞得太玄乎了，不够直接，大夫们并不完全相信国君已经抛弃了申生，甚至还有人以为国君赐这两件礼物是器重申生。

必须向大夫们发出一个明确的信号，让他们知道跟着申生是没有前途的。

冬祭的时候到了。

冬祭是一国之中最重要的事情之一。大家都相信，要是祖宗在那边吃得不好，是不会保佑子孙的。

按常例，这样重要的活动由国君亲自主持，但这一年，晋献公突然说自己生病了，今年就不主持了。他是领导，就算没有病假条，也没人敢不准假，况且，先人在发明这个祭祀时也充分考虑到这样的突发情况，认为要是国君不能去，储君去也是可以的。毕竟世子的一个别号就是冢子，其主要工作内容就是主持祭祀活动。可晋献公拖着重病之躯又说了一句：

"今年的冬祭就由奚齐主持吧。"

奚齐？！大夫们都惊讶了，骊姬的这个儿子不但名分不够，而且还没成年，别说烧香念祭词了，能在祭祀进行到一半时不哭着找妈要奶吃就不错了。这个决定让人怀疑晋献公这次病的病根是不是在脑子里。

说完这一句，晋献公就宣布散会，大家照此执行，不要多问，我还要回去养病。

人家的祖宗，爱谁叩头就谁叩头吧。

也有热心人士跑去告诉申生，让申生据理力争，至少也要早做打算。

申生摇了摇头："羊舌大夫教导我要事君以敬，事父以孝，父亲的旨意，有什么好争的。"

这就是申生面对攻击的态度。面对诋毁，他不解释；面对不公，他不抗议；面对陷阱，他跳进去，然后尽力爬出来。这种逆来顺受，以德报怨的心态让他得到了国内大夫的赞赏，却无法为他赢来坚定的盟友。

毕竟大家支持你，是看你有前途，跟着你混以后迟早升官发财，可现在你一副与世无争的样子，让大家怎么办？你要当圣人，我们还指望进步呢。

渐渐地，申生身边的人越来越少，像里克这样一直观望的人自然不会站到申生的身后，就连一向支持他的狐突也关上大门，宣布从此以后不见客不管事，有事请左转二百米找政府去。

四年以后，骊姬认为机会到了。

公元前656年是一个多事之秋。

这一年，齐桓公组织诸侯联军以攻打蔡国为名，兵逼楚国。春秋历史

第四章 世子之死

上最负盛名的霸主正在完成他一生当中最具意义的出击。而同样自视为这个时代顶尖人物的晋献公却陷入到国内的困境当中。

经过骊姬一党的不懈努力，晋献公已经确信自己的儿子申生成了自己最危险的敌人。

同样在一个深夜，同样在寝宫里，骊姬决定刮起最后的枕头风。她告诉晋献公，申生已经做好了为乱的准备，再不下手就要大难临头了。

骊姬用蛊惑的眼睛望着晋献公，这个曾经杀她父亲，灭亡她国家的人，当年的他对她来说是一个噩梦，是不可战胜的对象，可十多年的共同生活过去了，她才知道，这个杀神也不过只是一个男人，他也有软弱与愚蠢的时候。她相信这一阵风刮过去，晋献公直接就要跟智商说再见了。

她的判断基本上是正确的，晋献公确实晕了，但晋献公毕竟是一方雄主，这一阵风刮过去，竟然还摇摇晃晃没有直接倒下。

"我没忘记你说的话，只是申生没有罪状啊。"

这下轮到骊姬晕了，说了这么多，申生竟然还是没有罪状。难道莫须有这三个字还不能打动老公您吗？

虽然骊姬祭出了枕头风加暴雨泪这样的无敌组合，晋献公就是不松口，最后还把事情推了出去。

"要是没罪就处死申生，只怕国内的大夫们会不服。"

在骊姬看来，杀死申生是两口子在被窝里就可以决定的事情，但晋献公却认为，这是晋国的国事，国事必须要取得晋国大夫们的支持，不然是不会成功的。这就是两人思维的差距。

骊姬并不是一个轻易服输的人，立刻表示国内的大夫支持申生的不多了，比如大夫狐突就是不愿意与申生为伍，干脆杜门不出。

强国逐鹿

晋献公点了点头，但转眼又提出了一个问题：

"里克大夫也离弃申生了吗？"

里克一直是个旁观者，谁当国君不重要，只要自己的利益不受到侵害。所以，他并没有忙着站队，而是慢慢地壮大自己的实力。

他相信，队伍这个东西总是存在的，不要怕自己会掉队，大不了自己再组队。

他的这种飘忽走位偏偏最让人不放心，谁也搞不清楚他到底是哪边的人。而这个人还手握兵权，是晋国的实力派，要是他突然表态，一切就会前功尽弃。

听到晋献公提到这个人，骊姬沉默了，她也无法确定这个人到底会站到哪一边，过了一会儿，她说道：

"我会让里克支持我们的。"

第二天，骊姬紧急叫来优施，告诉他自己已经成功说服了国君杀掉申生，唯一的障碍就是里克。

那个一直躲在后面洁身自保的人？优施想起了这个总是虚心向别人请教下一步的大夫。他笑了。

"让我来对付他，只需要一天就可以了！"

这么简单？骊姬简直不敢相信自己的耳朵。

"你替我准备一桌全羊宴席，我跟他喝一顿酒，到时候我来试探他，反正我是一名俳优，说错了话也没关系。"

骊姬点点头，答应了自己这位羊头军师的请求。

里克如约而来，作为一名中间派，他一向与冲突各方都保持若即若离的关系。据史书记载，里克还带了夫人前来赴宴。

《第四章》 世子之死

酒喝了一半，优施站起身，跳起舞来，边跳边朝里克夫人行礼，表示你要是愿意跟我喝一杯，我就教你的老公能够悠闲地侍奉君主。

想到这位优施也算是国君面前的大红人了，里克夫人没有推脱，痛快地饮了一杯。

优施十分高兴，他清了清嗓子，唱了一首叫作《暇豫》的歌：

"暇豫之吾吾，不如鸟乌。人皆集于苑，己独集于枯。"

意思是有的人啊，想在国君那里悠闲地活着，可他的智商还不如一只鸟啊，你看所有的人都围在鲜花盛开的林苑，只有一个人还守着一棵枯枝。

此类诗称为俳谐诗，多采用诙谐与隐晦的手法，乍听下去，好像荒唐可笑，但细琢磨一下，又似乎意有所指，以里克的智商，他当然听得出里面的隐义。

于是，里克大笑了起来："什么是苑？什么是枯呀？"

"他的母亲是夫人，她的儿子要当国君，这不是苑吗？有的人母亲都死了，儿子又有谤在身，这不是枯吗？"说到这里，优施收起了嬉笑的脸，杀机顿现，"不但是枯木，还要一把折断它！（枯且有伤。）"

里克愣住了，他当然知道所谓的苑暗指的就是骊姬的儿子奚齐，枯则是世子申生。

虽然是全羊宴，里克却再没有心思吃饭了。

照优施的这个歌词，似乎马上就要揭底牌了，可自己的筹码还握在手里，会不会错过下注的机会？

回到家里，里克心事重重，进房睡觉，可翻来覆去怎么也睡不着。没有办法，只好请优施过来一趟。

见到优施后，里克连忙发问：

"你今天白天是开玩笑，还是你听到了什么风声？"

优施的心里露出了微笑，当半夜被召来之时，他就知道眼前的这只老狐狸已经上了当，于是，他马上严肃认真地告诉对方：

"当然！国君已经同意骊姬杀掉世子而立奚齐，计划都定好了。"

果然要摊牌了，想到自己还没有站好队，里克就有点慌了。

"让我秉君之令杀太子，我不忍心。可事到如今，我也不敢跟世子再来往，我保持中立，可不可以免祸？（中立其免乎？）"

在最后的关头，这位政坛的老狐狸依然想的是保护自己，他采取的策略依旧是中立。

优施笑着点头："可以的，完全可以的。"

里克放心了，他可以安心睡觉了，可他不知道，就在这一刻，他已经跳进了优施为他挖的坑里。

这个世界上没有真正的中立，尤其对于恶行，你若中立，便是帮凶。

这个问题很快就被一个人指出了。

第二天，里克又跑去见了丕郑。当日，他跟丕郑以及荀息就晋国的形势进行过探讨，丕郑决定站到世子申生一边。

里克跟丕郑的关系不错，他自认为得到了独家小道消息，决定提醒一下丕郑，让他赶紧从世子申生这条破船上下来。

"当年大夫史苏的预言就要变成现实了，优施告诉我了，国君已经做好计划，将要册立奚齐！"

丕郑吃了一惊，他想了一下，意识到一个问题。

第四章 世子之死

"那你怎么跟优施说的?"

"我告诉他,我将保持中立。"

"哎呀!"丕郑猛拍手掌,"你上当了!你要是告诉他你不相信,他们就不敢发难,还可以分化他们,我们也可以慢慢想些办法,现在你说你保持中立,这不是助长他们的阴谋吗!"

里克也明白过来,他的脸变得苍白。混了大半辈子,竟然被一个俳优给忽悠了,莫名其妙就成了骊姬的工具。

里克无比后悔,可他知道已经没办法纠正这个错误了。

"我已经说出这样的话,只怕他们已经下定决心要动手了。你准备怎么办?"

"我能有什么办法?我们做臣子的,只有听命而已。"

当初那个义正辞严要守护世子的丕郑也变了,这也不能怪丕郑,要怪只能怪世子本人就不是一个真正适应竞争的人。

丕郑的退让让里克也彻底放弃了。

"我也不管了,明天我就退下来"(将伏也)。

第二天,里克请了病假,要求休一个长假。

晋献公被风刮走了脑子,士芳隐退了,狐突杜门了,连里克都病休了,晋国的政局终于完全掌控在骊姬四人团队的手上。

申生接到了父亲的一个命令,父亲告诉他最近梦到了他的母亲齐姜,齐姜在阴间喊饿,必须马上去祭祀一下。

齐姜的庙设在曲沃,申生没有迟疑,马上跑到曲沃祭祀早亡的母亲,然后带回来祭祀时用的酒肉。这些酒肉带有逝者的祝福,按例,应该请晋献公享用。

回来的时候，申生被告知，国君已经出去打猎了。

"这些酒肉交给我吧，国君回来，我就拿给国君。"骊姬说道。

没有多想，申生交出了酒肉。阴谋就此启幕。

六天后，晋献公回来了，此时是公元前656年的冬天，气温很低，酒肉大概放六天也不影响食用。

当晋献公举起筷子时，骊姬突然挡住了他。

"毕竟放了这么久了，还是试一下比较好。"

于是，晋献公拿起一杯酒，倒在地上，地上马上起了一个土堆。相信看过武侠剧的都知道，这是酒有问题的象征。

这是怎么回事？

晋献公黑着脸，下令牵狗来。

晋献公割下一块肉，丢到狗的面前，胙肉这种高档肉，狗平素也只听说，哪得尝过一星半点？看到之后，毫不犹豫，立马吞下，不过一刻，呜咽两声就死了。

这下问题大了。

"再叫一个小臣来。"所谓的小臣就是太监，是时刻准备着为国君献身的人。吃完肉，小臣亦毙。

确定无疑了，酒肉都有毒。关键时刻，骊姬以无须酝酿的高超演技扑倒在地，梨花带雨，人见犹怜。在将晋献公哭得六神无主时，骊姬发出了最后的一击：

"世子竟然忍心下手，对父亲都敢下杀手，何况我们这些人。现在国

第四章 世子之死

君年纪这么大了,他难道就这么等不及吗?"这一句彻底击垮了晋献公残余的一点父子之情。

为了彻底让晋献公脑子短路,骊姬拿出一哭二闹三上吊的传统技法,表示现在就去死,免得连累晋君。

在奥斯卡影后级别的表演下,晋献公终于走出了人生当中最错误的一步。

"将申生给寡人抓起来!"

申生逃跑了。按理说,申生应该没有时机逃跑,但申生还是提前得到了消息,从而在晋献公的兵马来到之前,逃出城跑到了曲沃。当然,这一跑,等于承认了自己是下毒的人。

曲沃跟晋都对立的局面再次形成。

很多人建议申生回都城进行申辩,因为这个事情并非是死证,酒肉虽然是申生拿回来的,但也在骊姬那里放了六天,而且骊姬还是最后接触这些酒肉的人,要说嫌疑,似乎骊姬的更大。

听到这个建议,申生叹了一口气。

"你说得没错,我要回去,是有可能脱罪,但我要是脱罪了,骊姬就有罪了,可现在父亲没有姬氏,睡不安,吃不下,父亲已经老了,我不忍心看他这样。"

"那你逃吧。"随从建议道。

逃?去哪里,申生再次摇头,表示自己蒙着弑君的罪行,只怕没有人愿意收留。

事实上,申生并非走投无路,比如他完全可以逃到齐国嘛,齐桓公是他的外公,又是知名的爱揽事的主。特别是这种家庭纠纷,齐桓公素来喜闻乐见。

申生拒绝了所有的应对策略,选择了等待。如同当年被父亲卫宣公设计刺杀的急子一样,他没有抗争,甚至也不愿意解释,只是静静等待父亲对自己的判决。

如果死亡不可避免,我就坦然接受吧。

这个态度说起来还是他的师傅教他的。

他的师傅叫杜原款,在申生逃往曲沃时,杜师傅跑得慢,被晋献公捉住砍了。在被杀之前,他叫人给申生送了一个信,表示自己没有尽到教育的责任,让事情到了如此地步。现在我就要死了,也算死得其所。而世子,你也要加油,也不要害怕,为了名声大胆去死吧,这样你死了,百姓也会思念你的。这不也挺好的吗?

误人子弟到如此地步,杜老师有教师上岗证吗?要是让管仲当申生的老师,只怕这个时候肯定一棒子打昏申生,拖到齐国,请齐外公发兵讨贼了。

看完信,申生决定按师傅说的去做。

只要父亲的判决一到,我就交出我的性命。

在判决来临之前,申生意外地见到了一个人。他的政敌、陷害他的骊姬,竟然跑到了曲沃,这不得不说是一个超乎寻常的大胆举动。

曲沃怎么说也是申生的地盘,她来就不怕回不去?

骊姬如此胆大,应该缘于她对申生的认识,她了解这位晋国世子是个对自身有严格要求的人,绝不会像自己一样不择手段行事,而且她感觉自己必须来一次。

因为晋献公迟迟没有下达诛杀申生的命令,让一个父亲杀掉儿子总是

《第四章》 世子之死

困难的。骊姬只好来助人为乐。

来到曲沃，骊姬再次拿出撒泼的特长，谩骂像申生这样不忠不孝的人怎么还有脸活在这个世界上，早就应该自我了断，不要给国君添麻烦了。

泼完这通污水，骊姬站起来，拍拍衣服，扬长而去。她知道这一次申生必死无疑了。

在很久以前，她的高参优施就替她分析过，申生这个人心气颇高，绝对受不了污蔑。

十二月，一个寒冷的冬日，申生在曲沃新庙的一根梁上，用一条布帛结束了自己的生命。

布帛洁白，如同他的生命。

这并不是一个聪明而且也绝不值得提倡的行为。

在春秋，子弑父的事件层出不穷，但另一方面，以君子高标准要求自己的人也常常表现出愚孝的倾向，比如卫国的世子急以及申生，明知父亲要杀自己还不逃。这种思想在后来受到了孔老师的严厉批评。孔老师认为，面对父亲的惩罚，要采取小杖则受，大杖则走的原则。就是父亲拿着小鞭子抽你的屁股，你就忍受一下吧。但如果拿出了一棍打瘫两棍打死的大棒子，兄弟还是快走吧。你死了还是小事，千万不要让你爹背上杀子的罪名。

可惜，申生同志生得太早，死得悲壮，没赶上思想大解放，百家争鸣的时代，还遵循着君要臣死臣不得不死的老思路。

在申生自杀之前，晋国的两位公子重耳与夷吾分别逃到了蒲城和屈邑。因为据骊姬讲，申生为乱，这两人是帮凶。

第二年，晋献公攻打蒲屈两地，重耳与夷吾先后逃离晋国，奔向他乡。

  因为申生的退让，以及他的软弱，本已经强大到能压过强邻秦国，足以与中原盟主齐国竞争的晋国再一次陷入到动荡当中。

第五章

大夫的抉择

《第五章》 大夫的抉择

公元前651年，齐桓公正吃着周王室送来的胙肉。晋献公被周朝大夫宰孔拦在了路上。

自己的家里搞得四分五裂，还去参加什么诸侯大会，您怎么跟齐桓公平分秋色？

一向自视甚高的晋献公也不禁气馁了，他的神情黯淡起来。

晋献公朝宰孔施礼，感谢他的好意提醒，然后吩咐随从"启程回国吧"。

这是他第一次试图参加到中原的诸侯大会当中，在这之前，他一直在背后通过周王室以及郑国发挥自己的影响力。如果此行成真，可以想像中原将上演献公桓公的龙虎斗，可惜，上天不再安排这样的重头戏。

望着渐行渐远的晋献公，宰孔转头对着自己的驾驶员（御）摇了摇头，下了一个判断：

"晋侯将要死了，晋国有霍山为城墙，有四水为城池（汾水、黄河、涑水、浍水），戎、狄环绕，国土广阔，自己不注重道德修养，反而去想齐国够不够格当霸主，不想想天下诸侯大势，然后关起门来办好家事，反而跑来参加什么盟会，这种心态是狂妄病，发作起来不得救。（鲜不夭昏）"

前脚说齐桓公要完蛋，后脚就说晋献公要升天，宰孔同志，你这张嘴在哪开的光？

托宰孔的吉言，回到晋国之后，晋献公的病果然加重。他知道，自己的大限来了。

作为一个负责任的人，临死之前总要把后事交代清楚。在五年前，杀死长子申生（申生虽然是自杀，但因为是为父亲所逼，所以孔老师没放过他，特书：晋侯杀其世子申生），逼走公子重耳与夷吾之后，他将奚齐立为了世子。

奚齐还没有成年。

时至今日，晋国还有不少支持三位公子的人。自己死后，可以将幼子托付给谁？想来想去，只有荀息一个人了。

"我要把君位传给奚齐，但他还年少，诸大臣不服他，只怕要引起动乱，你能扶助他吗？"晋献公望着荀息。当年攻下虞国，他调笑荀息就像自己的宝马一样年纪大了。可现在这匹老马还能载着自己的幼子冲出重围吗？

意识到晋献公将要把重要的事情交付给自己，荀息恭敬地下跪，叩头行礼，然后起身给出了回答："能！"

语气之肯定连晋献公都禁不住反问："你凭什么做到这一点？"

"我会尽我的全力，再加上我的忠贞！"

忠贞？晋献公迟疑了起来，他本人对忠贞是气体还是固体都未必了解。于是，他追问了一句：

"什么是忠贞？"

"只要是对国家有利的，知道了就去做，就是忠。送葬死者，侍奉生者，两者都没有猜疑，这就是贞！"

最后，荀息立下了自己的誓言：

"如果成功，这是君主在天之灵保佑；如果失败，我就以死继之。"

晋献公彻底无语了，说到底成功还要靠我老人家在天上看着啊，失败了，你死了又有什么用？

想了一下，晋献公突然问道："重耳和夷吾现在怎么样了？"

他们？荀息完全没有跟上晋献公的思路，下意识回答道：

"他们都挺好。"

关于这一个问题，后人有很多猜测，有人认为晋献公是暗示荀息，要盯住这两个人，因为对奚齐构成威胁的就是这两人。也有人认为，晋献公已经猜到奚齐多半掌控不了局面，到时还需要这两个儿子回来掌控大局。

到底是哪一个，或许已经不重要了。

晋献公闭上眼睛，没有再说一句话。此刻的他已经不再关心谁继承君位，他的心中只有一丝莫名的惆怅与遗憾。

如果没有这些权力的纷争，自己死时，所有的儿子都围在身边该有多好。

公元前651年九月，晋献公卒，在位二十六年。

晋献公无疑是春秋一流的人物。自进入春秋以来，他吞并的国家最多，领土扩张最快，GDP增长率也仅次于齐国。对外作战保持着高胜率。在狄戎闹得欢的这两年，晋国是其中不多能够保持主动进攻态势的国家。

尤其是假道灭虢，可谓是晋献公一生当中最为漂亮的一战。一战而灭两国，得崤函之天险，为晋国日后称霸中原打下了坚实的基础。

但他毕竟不是一个完人，修身齐家治国平天下，像齐桓公一样，他同样栽在了家事上，究其原因，大概是越与自己亲密的关系越难处理好吧。

晋献公死后，奚齐成为国君，骊姬终于达到了目的。虽然死了老公是悲伤的，但儿子成为国君是值得庆祝的。得意之下，她忘了成功的顶点往往就是悲剧的起点。

一直隐忍的里克终于出手了。

五年前，里克被优施忽悠着中立，一气之下，称病不出，三个月后申生被杀。

申生死后，里克又出来工作了，还很卖力，随着晋献公东征西战，击退戎人，保家卫国。而且只干自己的分内事，晋献公册奚齐为世子，里克没有反对。晋献公要传位给奚齐，里克不置一词。

这样的态度让骊姬的一女三男团队放心了。他们确信这个人不过是想自保而已。

这是一个致命的错觉。

从跟优施吃了全羊宴那天起，里克就处在被戏弄的愤怒当中。

一个大夫，混迹江湖这么多年，到最后竟然被一个优伶给骗了，此仇不报，以后还怎么混？

当然，里克并没有马上发难，而是重新调整了心态，他明白这三男一女正处于当红炸子鸡的状态，国君都听他们的，自己贸然冲上去，恐怕只能堵枪眼。

第五章 大夫的抉择

他一直在等待一个合适的时机，这个时机不用说，自然是晋献公升天。

骊姬这四人团伙之所以在晋国飞扬跋扈，见谁灭谁，不过是仗着晋献公的宠信，晋献公一死，四人小团伙就被打回了原形，骊姬就是一寡妇，优施就是说段子的，至于二耦，哪有闲地哪垦荒去吧。

当晋献公的死讯传来，里克还是悲伤了一阵的。毕竟等了这么多年，想想也心酸啊。换上丧服，里克就出去联络同志去了。

里克第一个找上的就是荀息。

这位大夫被晋献公指定为顾命大臣，执掌国政。里克去找他，倒不是怕他实力强，影响自己的计划，而是去救他最后一命。

这位晋国的老大夫虽然站到了自己的对立面，但平心而论并不是一个坏人，甚至还可以称为一个好人。对于这样的好同志，里克是抱着惩前毖后、治病救人的态度去的。

"晋国三公子的党徒要杀死奚齐，你怎么办？"

荀息愤怒了，他猜到了晋国会有人作乱，但没想到会来得这么快，先君的遗体还热乎着呢。

他怒视着里克，愤然说道："国君刚死你们就杀死他的孤儿，这样像话吗？我就是死，也不会跟你们同流合污。"

虽然在意料之中，里克依然发出了叹息："你这样有什么用呢？你如果用死可以换来这个小屁孩当国君，那还有用，现在你死了，这个小屁孩一样要被废，你又何必去死呢？"

里克敢于这样直接跟荀息摊牌，那是他已经做好了充分的准备。在他看来，荀息的态度无异于自寻死路，而且毫无价值。

荀息意识到了这一点，他的怒火反而平息了，沉默了一会儿，他告诉对方："我已经答应先君以死奉奚齐，虽然死而无益，但我不会逃避我的诺言！"

荀息起身送客。

从荀息家里出来，里克转身找到了丕郑，当年他们三人一起讨论晋国的形势，荀息还是当年那个荀息，丕郑是否还是那个丕郑？见面后，里克问了同样的问题：

"三公子的党徒就要杀奚齐了，你怎么办？"

丕郑没有直接回答，却反问道："荀息怎么说？"

里克摇了摇头：

"他准备为国君守诺而死。"

大家同事这么多年，现在分道扬镳各为其主，还有一个存了必死之心。想到这里，一般人都会有点恻隐之心，可丕郑听了却很兴奋，连忙表示兄弟你加油（子勉之），我们两个联手没有干不成的事！你率领国内的大夫控制国内局势，我帮你到外面拉票，请狄人，还有秦国，到时候，随便扶立一个容易控制的公子，让那些有声望的进不来，这个国家还不是我们的！

丕郑同志当年慷慨激昂，说话连标点符号都带着义字，可一到关键时刻就暴露了政治投机犯的面目，准备堵住公子重耳跟夷吾的回归之路，在晋国重起锅灶，亲掌大勺。而里克一直畏首畏尾，最后关头却抵挡了操纵国家的诱惑，连忙表示这样搞是会坏事的，干掉奚齐之后，我们应该把流亡的两位公子请回来，看他们谁适合当这个国君。

脑子充血的丕郑终于冷静下来，同意了里克的建议。

招呼打过了，三公子的党徒马上就动手了，当然，这个三公子党的党

第五章 大夫的抉择

魁自然就是里克同志。

晋献公死后的一个月后,里克持剑冲进了孝堂,新任少君奚齐还穿着麻服为父亲守孝。

冬,晋里克杀其君之子奚齐。(《春秋·僖公九年》)

孔老师称奚齐为君之子,那是因为晋献公还没有下葬,奚齐依然还只是国君的儿子,而不能称之为君侯。

他的母亲为了让他成为晋国的国君,可谓费尽心机,可最后,他依然只能保有他应得的东西:君之子。仅此而已。

公正地说,奚齐是无辜的。他的年纪据推算应该不过十岁左右,他不会理解权力、刺杀、地位这些东西,他只是被动地成了政治斗争的牺牲品。

而让他丢掉性命的首恶大概还不是持着血剑的里克,而是他的母亲骊姬。

骊姬闻讯赶来,看到血泊中的幼子,她的心情是很悲伤的,她的眼泪是很多的,于是,她扑到了儿子的身上号啕大哭起来。可哭着哭着,她发现一个声音已经压过了她。

还有谁比我哭得更伤心?骊姬抬起头一看。荀息大夫正在那里哭得梨花带雨呢。

哭着哭着,荀息猛地拔出佩剑。一个月前他许下"不济,则以死继之"的诺言,他的内心也早就预感到了这一天。

现在是时候兑现诺言了。

关键时刻,荀息的随从大喊了一句:"不如立卓子为国君!"

卓子是骊姬妹妹的儿子，年纪更小。荀息终于松开了握剑的手。

立卓子为国君并不是荀息选择生存下来的原因，主要是晋献公现在还没下葬呢，那天，他承诺自己将送葬死者，侍奉生者。现在生者也成了死者。送葬的事情总要办完吧。

于是，荀息又立卓子为国君并安葬晋献公。

杀了奚齐，又冲上来一个卓子。里克有些哭笑不得，但事情到了这一步，不走到底是不行了。里克只好再次出手，冲上了朝堂。

晋里克弑其君卓及其大夫荀息。（《春秋·僖公十年》）

里克一出手就是命案，卓子死在朝堂上。看着又一个倒在血泊中的国君，荀息拔出长剑，伸颈成一快。

白圭之玷，尚可磨也；斯言之玷，不可为也。

白玉的斑点，尚可以磨掉；言语的错误，是无法去掉的。这是《诗经》对荀息的评价。

荀息以死守住了信诺，但同时，他不顾晋国人心所向，许下自己无法办到的诺言，导致了两位幼君的死亡。这样的忠诚借用一句电视用语：危险动作，请勿模仿。

最后再介绍一下其他人的结局。骊姬女士的结果很惨，她被里克鞭杀在菜市场。而优施的下场史书没提，原因应该是不值一提。以里克这样重的杀气，优施不被五马分尸就是宽大处理了。而二耦组合只怕以后也只能耕一下阎王的田了。

这些人论智商都不低，各有绝活，但依然败得这么惨，主要还是忽视了政治斗争最重要的因素，没有争取到最广泛的群众基础，天真地以为搞

第五章 大夫的抉择

定了晋献公就搞定了一切。

国君的位子又空了出来,这个位子不会空太久。里克已经给流亡在外的重耳送去了消息,请他回来就任国君。与此同时,另两位大夫却向夷吾送出了马上回国抢君位的消息。

横开一杠的是晋国的大夫吕甥与郤称。这两人是晋国的亲夷吾派,郤称的弟弟郤芮现在就跟着夷吾在外逃亡。

从道义上来说,这两位办的这件事情不太地道,因为脏活累活杀人活都是里克办的,人家出力最多,当然最有发言权。

对于这种不干活,光想摘取胜利果实的行为,里克很气愤,可他在晋国首都绛城转了两圈,就发现不对劲了。吕甥跟郤称最近在搞大夫串联,在上流社会宣传造势,表示国君死了,我们做臣子的不应该自作主张拥立君主。

那好,我不立重耳,你们不拥夷吾,让他们像齐国当年一样来一场赛跑,谁先进来谁当国君。

正当里克准备抛出这个理论时,吕甥们又提了一个得到晋国大夫圈广泛认同的提议。

晋国的国君由谁来当,最好请秦伯来主持公道。

秦伯,是指秦国国君秦穆公。

第六章

百里奚的不堪往事

第六章 百里奚的不堪往事

秦穆公被晋献公足足压制了八年。

就任国君的第一年，秦穆公就攻占茅津的黄河渡口，准备将秦国的势力推进到中原最重要的战略要地崤函去。

这个意图马上被晋献公猜到了，晋献公立刻挥师攻虢，高调宣布，虢国是我的菜，你们谁也不要动。

数年后，晋献公再次发兵吞并虢国并回师灭虞。作为同一区域相互竞争的大国，对方争取的，我就要破坏。

秦穆公应该采取一些外交上的手段干涉一下，比如向虢派出高层次的官员进行外事访问，又或者给晋献公派个使者，表示一下关注，胆子再大点，派兵马到黄河边转一圈，让晋献公有所顾忌。可秦穆公在这个决定秦晋消长的关键时候掉了链子，他不管不问，坐视晋献公吞并虢虞，夺取崤函，从而彻底堵住了秦国东进的道路。

秦国出现这样的重大失误是有原因的：晋献公在发兵的前一年，将自己的大女儿嫁给了秦穆公。这是秦晋联姻的开端，后面，秦晋之间经常进行婚姻上的交往，这种世为联姻的盛事被称为秦晋之好。这个成语也成为结婚典礼上司仪的常用语，当然，要是多懂一点历史，大概是不会用这个词的。因为据统计，在接下来的一百多年里，秦晋之间儿子女儿联姻频繁，但战场上你死我活也不少见。还有一个成语叫朝秦暮楚，听上去，秦楚之间似乎是世敌，可春秋时，秦楚却是盟友，两国结盟最重要的原因就是一起对抗晋国。

这说明，成语有时也是靠不住的。

当然，这些东西是以后的事情，秦穆公是不知道的，自己刚娶了人家的女儿，总不好马上反对岳父。于是，崤函之地顺利成为晋献公的囊中之物。此地的得失，从某种程度上决定了秦晋一百年的大势。

唯一可以让秦穆公稍感安慰的是，在岳父假道灭虢的事业当中，他也不是全无所获。

在灭掉虞国后，晋献公专门挑选了一批战利品当作嫁妆送给女婿，一来炫耀一下自己的武功，二来也是作为一种谢礼，感谢秦穆公对他工作的支持，没有在他假道灭虢时从中作梗。

在这其中，除了一些金银财宝之外，还有一批奴隶，其中有一个是战败国虞国的大夫，他的名字叫百里奚。

百里奚是个谜一般的人物，围绕着他的出身、籍贯，以及真实姓名在历史上有很多的分歧，但有一点是可以肯定的，他很穷，如假包换的穷。

最流行的说法，他是虞国人，政治面貌不详，按照他后来的行事方式跟思想水平来推断，应该还是属于士这个阶层，当然，就算是士，也是士中的落魄户。年轻时大概是放牛的，因为放的是别人家的牛，所以没有会说话的家牛指点他去偷看女人洗澡，顺人家衣服，自然就娶不到不要礼金的仙女。辛辛苦苦一直到三十岁才攒够钱成亲，老婆据说姓杜。结婚没多久，就生了一个儿子取名为孟明视。

以前的事情大概如此，以后的事情不出意料，也大抵如此了。自己放牛把儿子养大，儿子接着放牛娶媳妇，儿子再生下儿子接着放牛。将放牛这个很没有前途却很难摆脱的工作祖祖辈辈延续下去。

当一眼可以看到自己的未来，甚至是子孙的未来时，人一般会有一些惶恐，继而做出选择——安于现状或改变现状。

幸运的是，百里奚是后一种人。

在中国历史上，有很多人对自己的人生进行过重新思考，并做出了相应的改变，最终这个改变先是改变了自己，继而影响到了历史。如在公厕里通过观察老鼠得出环境决定命运后遂然决定离家求学的李斯；如四处要饭后猛然发现要饭不如抢饭吃的朱元璋；如屡试不中愤怒一呼"冲天香阵透长安，满城尽带黄金甲"的黄巢。

百里奚给自己的孩子换着尿片，在熟悉的气味中，他猛然惊醒。

自己混一混也就算了，现在有了儿子，再不努力，难道让儿子接自己的牛绳？不，绝不！为了儿子的未来，也要告别过去，努力拼搏！

于是，百里奚告诉妻子杜氏，自己要出门寻找入仕的机会。

出去考公务员是好的，但孩子刚生下来，而且公务员岂是容易考的，贵族们把持着，削尖了脑袋也未必能挤进去。

妻子想了想，同意了丈夫的想法，并表示夫君要出门了，怎么也得吃一顿好的。

说完，妻子跑出去了，回来时拎着家中下蛋的母鸡。这是家中重要的经济来源之一，可能家里的盐都要靠这只鸡下的蛋去换。

百里奚没有推却，在桌边坐下来。既然要杀鸡，那就快去煮了来吃。

等杜氏把鸡杀好，正要烧水拔毛时，发现家里连柴都没有了。彼时森林资源丰富，只要有手有脚，烧饭用的柴火总是有的。但百里奚家里就是没有。如果这不是史书运用了夸张的手法，就只能认定百里奚同志实在不是一个勤劳的人。

最后，经百里奚指点迷津，杜氏把家里的门闩劈了煮鸡吃。

下蛋的母鸡杀了，关门的门闩也劈，颇有吃了这顿不管下顿的意思。

风萧萧兮易水寒，老公一去要复还。

百里奚抹一抹嘴上的油，挥一挥衣袖，作别未啃完的鸡腿，踏上了未知的旅程。

百里奚的第一站是齐国。

此时大概是春秋第一个霸主时期郑庄公小霸结束没多久，天下陷入了群龙无首的境地。百里奚在出来之前，应该对各就业单位做过判断。

郑国陷入了衰败当中。鲁国重传统，排他性很强。晋国近，但曲沃的小宗正在逆袭翼城的大宗。卫国很乱，宋国从来就没有安定过。中原这些用人单位中就属齐国的发展态势好：齐国国君齐襄公虽然工作作风有些粗暴，但成绩还是喜人的；齐国国家大，需要的人才也多，经济发达，有渔盐之利，发展空间很大。而且目前正在搞改革，思想活，接受外来思想与外来务工人员比鲁国这些国家要强，去那里应该很容易找到工作。

带着这份憧憬，百里奚踏上了求职的道路。但据我估计，百里兄可能连齐襄公的面都没见到。

齐襄公是个大忙人，他既要搞工作，还要跟文姜女士谈恋爱。今天跑

第六章 百里奚的不堪往事

到鲁国约会，明天跑到郑国砍人，后天又纠集同伙攻打卫国，没两年，还把齐国老冤家纪国给灭了。要在齐国首都逮到他老人家实在不容易，而且齐襄公这个人骄傲自负，人才意识淡薄，自信天下第一，一人搞定一切，对人才引进工作并不热心。

在齐国晃荡了两天，当日吃的鸡当然早就消化了，就是家里带出来的钱也花光了，不要忘了齐国的首都临淄税低，是购物天堂，市场发达，消费水平也很高。

于是，悲剧再次上演，百里奚没有钱吃饭了。

百里奚虽有满腹学问，一腔壮志，但这些东西都没办法填饱肚子，于是，百里奚只好从事了一项具有悠久历史的职业：要饭。

据记载，百里奚一路要饭要到了铚地，这里已经是宋国的国土。离后来朱元璋要饭的地方不远。

这是历史的老套路了，正所谓天降大任于是人也，必先苦成驴，饿成马，累成骡子混得连狗都不如。怎么虐心怎么来，当然，鉴于主角不能死的原则，老天还会安排一个特别大方，特别宽容，特别善解人意的男二号出现，以免万一主角没经住考验提前挂了，比如鲍叔牙之于管仲，而百里奚也等到了属于自己的管饭又管袍的管鲍之交。

在要饭期间，他碰到了一个人，这个人是个小地主，家里有口余粮，看百里奚要饭也要得很精神，知道不是普通的丐帮中人，连忙把他请到家里，请他淋浴更衣，又端出饭菜，最后提出，先生就不要四处流浪了，在我这里将就一下吧。

这位及时雨哥哥叫蹇叔，宋国人。他能从一大堆人中挑出百里奚，并不奇怪，因为他的特长就是会看人。

百里奚打着饱嗝，消化着久违的这顿米饭，毫不犹豫地答应了下来。

从此，百里奚就住在了这位蹇叔家里，蹇叔管吃管住，百里奚管聊天，这样搞了数个月。百里奚跑来告诉蹇叔，自己要走了。

住得好好的，为什么要走呢？蹇叔奇怪地问道。

百里奚一脸兴奋，表示自己的机会现在来了，齐国发生内乱，公孙无知弑杀齐襄公，正处在组阁阶段，急需人才。

听完百里奚的话，蹇叔让他坐下来，告诉他齐国不能去。

"为什么？我出来就是为了到齐国谋个一官半职。"

蹇叔耐心地跟他解释公孙无知的这面红旗打不了多久，因为此人名位不正，而且外面齐僖公的两个儿子还在（小白跟公子纠），跟着公孙无知一定成不了事。

百里奚的一腔热情被这几句话浇得透心凉，彻底打消了去齐国谋职的念头。当然，用不了多久，他就要感谢蹇叔。第二年，公孙无知就被杀掉，跟着公孙无知闹革命的两位吃瓜大夫以及失宠小妾全部送命。

在向蹇叔表示钦佩之余，百里奚并没有打消继续找工作的念头，齐国不行，还有其他单位嘛。

没过多久，又让百里奚发现了就业的机会。他再一次兴奋地跑去告诉蹇叔，自己准备去周朝的洛邑。

"我听说王子颓喜欢养牛，我正好有这方面的特长，我可以去那里碰碰运气。"

百里奚倒不是吹牛，他本人确实是这方面的专家，据说，他在齐国碰到了著名的养牛人宁戚，得传了一本相当于武侠中九阴真经之类的高级教材《相牛经》。

第六章 百里奚的不堪往事

有这样的本领，以前怎么混到了要饭这个地步？蹇叔盯着自己的这位食客看了半天，搞不懂对方是怎么混的。

而这一次再没有理由劝阻，毕竟百里奚的家里还有老婆孩子等着他回去。而且以百里奚的才华，当个陪聊员太铺张浪费了。

想了一下，蹇叔同意了，并主动提出愿意跟百里奚一起去洛邑。蹇叔家里有屋又有田，没有必要当一个洛漂人士，但他实在放心不下百里奚。

经过这些天与百里奚的交流，蹇叔发现对方虽然是个人才，但缺点也很突出，最大的问题就是不会识人。见到领导就想往前靠，也不做一下背景调查。出来混，跟对人最重要，百里奚这一次去洛邑，要不盯着点，只怕又要出问题。

两位结伴而行来到洛邑，这一次，机遇来了，王子颓确实喜欢养牛，急需放牛的专业人才，经过面试，不但录取了百里奚，连蹇叔的工作也一并安排了。

虽然在中原转了大半圈还是养牛，但干什么事情不重要，关键看给谁干。王子颓虽然是周庄王的庶子，但很受庄王宠爱，据周朝某些传闻，庄王百年之后，谁继任国君还不一定呢。

这对百里奚，甚至对蹇叔来说，看上去都是一个很有前途的职业。可没干两天，蹇叔就找到百里奚，告诉他洛邑太危险，我们还是回宋国吧。

好不容易找到工作，又要离开？给个理由！

听完蹇叔的理由，百里奚不得不承认他是对的。这些年，百里奚忙着相牛，蹇叔忙着相领导。经过观察，蹇叔发现王子颓这个人为人浮躁狂妄，自己是庶子却又得到父亲的宠爱，这样的人在春秋时实在是高危人群，比如卫国的公子州吁。

王子颓给的饭碗是铁做的，但自己脑袋却是肉做的。权衡之下，百里奚只好沮丧地离开了洛邑，又跟着蹇叔回到宋国。十年后，蹇叔的判断才得到验证。周庄王去世后，王子颓伙同国内的五大夫以及下岗厨师发起叛乱，最终，郑厉公出手干涉，一出手就杀掉王子颓和他的小伙伴们。要是百里奚在，死亡名单上也要加上他的名字了。

在此后很长一段时间里，百里奚消失了，大概也有一点心灰意冷的意思。而机会还是不期而至。有一天，蹇叔主动跑来告诉他，赶紧收拾行李，我们去虞国。

虞国？这个熟悉又陌生的名字，百里奚不禁悲从心来，儿子已经长大了吧，老婆也已经老了吧，而自己还没有任何成就，也就没敢回家。可很快，百里奚高兴起来，因为蹇叔告诉他，他认识虞国的大夫宫之奇，这位宫之奇是虞国的执政，有他介绍，一定能给我们安排工作。

那还等什么？再不出发，就老了。

这一次没有白跑，在宫之奇的安排下，两人顺利进入虞国的公务员队伍，都吃上了皇粮。可这样的快乐没有持续两年，蹇叔又皱着眉头来找他。

"不会是又让我离开吧？"百里奚有一种不祥的预感。

蹇叔点点头。

"虞君贪得无厌，我们在虞国迟早要倒霉，还是趁早离开吧。"

百里奚沉默了，过了一会儿，他告诉这位至交，自己不走了，就留在虞国。

《第六章》 百里奚的不堪往事

据估计，百里奚已经六十了，他已经没有资格人生豪迈，从头再来了。而且，他的家乡就在这里，回到虞国后，他回过自己的家，可人去房倒，寻找不到妻儿的消息，待在虞国，至少还有可能与妻儿重逢。

这一次蹇叔没有勉强，互相道了珍重之后，这一对好友分道扬镳，以两位的年纪跟当时的交通状况，只怕再也没有重逢的时候了。

又过了数年，宫之奇也走了，百里奚依然选择留下来，他不是没有发现虞国这条船就要沉没，而是他实在没有下家可去。

接下来的事情大家都知道了，晋献公假道伐虢，灭掉了虞国。虞君被活捉，百里奚更倒霉，他本人成了俘虏，因为没什么家底，直接被晋献公当作了媵臣塞到了女儿的嫁妆中。

所谓的媵臣，其地位跟陪嫁丫鬟差不多。这一年百里奚已经七十了。一个七十的大夫，竟然沦落到了做陪嫁丫鬟这样的地步，这简直比当年的管仲还要惨。

百里奚实在受不了这样的耻辱，半路上趁人不备就逃了。可天下之大，还能去哪里呢？虞国被灭了，他也没有脸再去见蹇叔了。那就随便走吧。到了走不动的时候倒下来成为一堆白骨，人生就可以画上句号。

秦穆公是个认真的人，在查看礼单时，发现有个叫百里奚的人不见踪影后，他连忙把负责运送东西的秦国大夫公子絷叫过来，问这是怎么回事。

一个年纪七十的奴隶，跑了也就跑了，这么紧张干什么？

公子絷并没有意识到这件事情的重要性，直到秦穆公给他指出，这位百里奚是虞的大夫，是个大夫，就有可能是个人才，至少是个知识分子。怎么能说丢就丢了呢？

在秦穆公的眼里，人才是他最急需的资源。

秦国这么多年，发展不可谓不迅速，但每每在关键时刻掉链子，说到底，就是人才短缺的问题。

秦国的祖先以前辅助大禹治过水，后来养过鸟，放过马，赶过车。干的都是体力活，本身文化底子薄，再加上秦国立国时间短，又地处西部欠发达地区，长期跟落后的狄人打交道。那时也没有西部大开发的号召，人才都不往秦国去。大家找工作，跟今天一样，多半还是跑到礼仪之国鲁国或者搞改革的齐国。这些因素导致了秦国文化教育事业一直很落后。

好不容易来个大夫，结果你给弄丢了，秦穆公很生气。公子絷这才意识到问题的严重性，过了一会儿，他说道，这位百里奚未必就是人才，我看，不如把公孙枝请过来问一下。

如果说百里奚是公子絷不小心丢了的宝的话，那公孙枝就是他在路上捡到的宝。

《第七章》

秦穆公的收获

《第七章》 秦穆公的收获

一个月前，公子絷受秦穆公之令，前往晋国运嫁妆。见到晋献公，拿上嫁妆后，公子絷踏上了回程。

此时的公子絷并没有意识到他正在进行秦国历史上意义最为重大的一次出差。

行到半路，公子絷突然叫停了前进的车队，因为他发现了一个奇怪的人。

在希望的田野上，有一位没什么希望的农夫正在锄田，这位老乡骨骼清奇，穿着离奇，一身破烂，正挥舞着一把锄头锄地。让公子絷惊讶的是，他手中的锄头异于常制，是一把超大号的青铜锄。这里介绍一下，春秋已经进入到了铁器的时代，全国各地都出土了春秋时期铁制的农具。《国语·齐语》里有一个记载，管仲曾经跟齐桓公说过一句话："美金以铸剑戟，试诸狗马；恶金以铸锄、夷、斤，试诸壤土。"美金就是指青铜，主要用来做兵器，铁是恶金，用来造农具。这位仁兄拿着这么大的青铜农具，着实是一位不低调的土豪。

带着好奇心，公子絷主动上前搭讪，经过攀谈，这位青铜大汉果然是有来头的。据他本人介绍，他祖上不是贫农，而是晋国的公族，因为晋国乱了大半个世纪，他的这一族已经沦落到修地球的地步。他本人姓公孙，名枝。

接下来，两人索性从田间地头聊到了天下局势，从耕地种田聊到治国安民，公子絷意识到眼前这个穿着破烂、面有菜色的公孙枝是一个难得的人才。于是，他热情邀请对方到秦国工作。

秦国这些年正在大力引进外来人才，来秦人员皆有住房补贴，三险一金之类的东西自然也是有的。是继续在这里修地球，还是跟公子絷到秦国当大夫？

公孙枝丢下手中的青铜锄，拍拍身上的灰。

走，去秦国！

这时候，公子絷特地把公孙枝抬出来，大概也是想暗示一下领导，不要光看着我丢了一个大夫，我不是还给你找回来一个人才嘛。

可等公孙枝同志现身说法，公子絷发现问题更严重了。因为公孙枝先生说，这个百里奚是百里挑一的人才。

这样的人才竟然从自己的手中溜走了。秦穆公的情绪激动起来，一个劲埋怨公子絷太大意。公子絷只好望向公孙枝：兄弟你别光顾着看热闹，赶紧想想办法拉兄弟一把吧！

公孙枝走上前，不慌不忙说道，这个百里奚虽然是个人才，但是个未被发现的人才，天下只有三个人了解他，一个是百里奚本人，一个是宋国人蹇叔，最后一个就是我了。现在他虽然跑了，应该也不会被别国挖走，只要我们认真去找，一定能找到。

秦穆公稍感安慰，立即下达了寻找百里奚的命令。

《第七章》 秦穆公的收获

秦国探子的工作效率还是很高的，据推算，春秋时中国可能已经有两千万人口了，在这茫茫人海中竟然还真让他们找到了百里奚。

这位仁兄还在干他的老本行：放牛。

自逃走后，四处漫游的百里奚最终进入到楚国。大概是没有办楚国暂住证的原因，被楚国人抓了去，根据他的特长，楚国将他安排到宛地放牛。据说喜欢恶搞的楚国人还送给这个老头一个"看牛大王"的雅号，算是放牛中的霸主。当然，还是放牛的。

消息传回来后，秦穆公极其高兴，马上指示不惜一切代价把百里奚捞回来，钱不是问题！

等秦穆公兴奋地布置完任务，公孙枝却告诉他，钱正是问题！

秦国不差钱，但楚国也不差钱，要是不差钱的秦国人拿钱去砸楚国人，以楚国人的七窍玲珑心，一定会疑心现在给他们放牛的百里奚是个极其重要的人物，继而会扣留住百里奚。

"那怎么办？"秦穆公问道。

"不需要太多的钱，只要用五张羊皮去跟楚国人交易就好了。"

五张羊皮，能换回自己心仪的人才？秦穆公疑惑起来。

公孙枝解释道，五张羊皮是当下一个奴隶的公价，只要派人去楚国，说百里奚是自己逃走的奴隶，秦国要买回来进行严肃处理，以维护法律的尊严，楚国人一定不会怀疑。

这个主意由男人来出算是出奇的好主意，但我们广大的妇女同胞都知道，在购物时，一定不能透露出对心仪之物的喜欢，相反还要挑点毛病，这样才能以最小的代价得到这样东西。

强国逐鹿

秦穆公当即拍板：就按你说的办。

秦国的使者出发了，手里拿着五张羊皮，还是品质比较差的黑羊皮。到达宛地后，经过讨价还价，成功与楚国人做成了这一桩生意。

秦国的囚车来了。秦国人示意他们的逃奴百里奚立刻上车，到了秦国就要拉出去砍头示众。

百里奚不禁露了苦笑，自己的人生就是一个接一个的悲剧串联起来的，而当他听到自己是用五张黑羊皮换来的时，他心中的苦涩更浓了。

据说百里奚当年娶老婆就是用了五张羊皮。这正是公孙枝提议用五张羊皮换百里奚的原因之一。

某些野史说，公孙枝跟百里奚本就相识，当年曾经在齐国一起加入过丐帮。百里奚曾经对师弟公孙枝谈起过自己娶老婆的事。不久前，公孙枝听说百里奚被俘，就特地拿了祖传的宝器青铜器锄地等着营救百里奚。

或许公孙枝先生是在给百里奚一个暗示。提醒他，拉他回去，不是抓逃奴，而是老朋友在此恭候大驾。但这个暗示实在太隐晦了，百里奚完全没有领会到。

车轮转动，载着百里奚驶往秦国。历史总是惊人的相似，当年霸齐的管仲同样是坐在囚车里走向他的未来。

囚车在雍城停下来。百里奚步出囚车时，他悲剧的人生终于发生了真正的转折。

公孙枝正满脸笑意恭候他，秦穆公也亲自前来迎接他，表示先生这一路辛苦了，先去淋浴休息一下，寡人还要向你请教治国之道。

《第七章》 秦穆公的收获

百里奚终于意识到自己不用下车后直接到菜市场赶场子，秦穆公这是要起用他。

当幸福来临之时，百里奚不敢相信自己的眼睛，他恭敬地向秦穆公行礼，表示自己只是亡国之臣，只怕要辜负秦君的期望（臣亡国之臣，何足问）。

这就是谦虚了，秦穆公连忙扶起他。

"虞君没有用您，最后导致亡国。这不是您的罪过。"

五张羊皮都支付了，就算你想谦虚，也不能让我做赔本买卖，至少陪我聊五张羊皮的天吧。

秦穆公用三天时间确定自己做成了秦国历史上最成功的一桩生意。他邀请百里奚谈论了三天三夜，就治国方针进行了详细的咨询。

在这三天谈话里，百里奚给他分析了天下大势，指出秦国的独特优势：远中原而据关中。在这样的国情下，秦国不必急于东进，只要扼住山川险要，关起门来向西发展，吞并西戎各国，强大自身以待中原相争之疲。

这个策略贯穿了秦国数百年的发展史，直至秦国一统天下。

谈话结束之后，秦穆公极其兴奋，他相信自己苦苦寻觅的治国天才已经找到了，他兴高采烈地告诉百里奚，自己将任命他为上卿，将国政交给他。

只用了三天时间，秦穆公就决定将一国之政交付到一个年逾七十，不久前还在放牛的奴隶手上。秦国之强大，原因之一正是这种不拘一格的用人政策。

这是百里奚苦等已久的机会，从他吃完家里最后一只下蛋鸡起就一直梦想着这一天。时光流逝，四十年过去了，梦想总算成真。

在这个幸福的时刻，百里奚第一个想起来的是还在宋国的至交蹇叔。

"论才能，我比不上我的朋友蹇叔！"

百里奚详细介绍了自己与蹇叔的交往，多少次，这位蹇叔以精到的观察帮他避过了死亡的危机。百里奚诚恳地表示，光在识人这一点上，自己就远不如蹇叔。

"秦君要是认为我还能用一用，就更应该聘请蹇叔入秦！"

听到这一句，秦穆公更振奋了。

"没问题，我现在马上派公子縶去宋国接人。"

数月后，公子縶从宋国请来了蹇叔。在秦国的都城雍城，蹇叔与百里奚相互行礼。

世事变迁，谁能想到我们还能在秦国重逢。

当百里奚看到蹇叔后，大松了一口气，因为这一次蹇叔不但欣然前来，还把自己的两个儿子带了过来，大有此地钱多人傻速来的意思的。

这证明，蹇叔完全认同秦穆公这位领导。

寻找了大半辈子，终于找到了真正的伯乐，对于百里奚这匹老千里马来说，机遇虽然迟到了，但总算赶上了最后一趟班车。而百里奚身上的霉运似乎也被关中高原的风吹得一干二净。

成功与好友共同在秦国谋到职位后，他失散多年的妻儿也出现在他的面前。

据野史说，自从百里奚离家深藏功与名之后，妻子杜氏就失去了生活的依靠，过了数年，百里奚还没回来，杜氏就拉扯着儿子背井离乡，一边打工一边找老公，目前竟然同样流落在秦国，当了一名洗衣妇。听说秦国任用了一位叫百里奚的原虞国大夫，年龄与姓名都跟自己那个跑了四十年都没消息的老公相似，杜氏也不洗衣服了，换身衣服就跑去见百里奚。

要见百里奚不难，因为百里奚同志当了秦国高管之后，还保持着艰苦奋斗的本色，本人不配备豪华座车，夏天没有人给他打遮阳伞，也不配备贴身保镖（不坐乘，暑不张盖，行于国中，不从车乘，不操干戈），可谓十分亲民。

但毕竟四十多年过去了，君老我亦老，只怕相见不相识吧。

考虑了一下，这位杜氏想到了一个办法，她跑到百里奚的家里，自我推荐会音乐，能弹琴，今天特地来献艺。

那就请上来唱吧。

杜氏一边抚琴，一边唱了自己作曲、自己填词的一首歌——《五羊皮歌》。

百里奚，五羊皮，忆别时，烹伏雌，炊扊扅，今日富贵忘我为。

百里奚，百里奚，母已死，葬南溪，坟以瓦，覆以柴，舂黄藜，搤伏鸡，西入秦，五羖皮，今日富贵捐我为。

歌词大意是：百里奚啊，百里奚，你还记得我吗，五张羊皮我嫁给了你。你走的那一天，我把乳鸡煮了给你吃，把门闩当柴火烧了。现在，你富贵了就忘了我吗？百里奚啊，百里奚，母亲已经去世了，她葬在南溪的坟地，坟上只有数片瓦，几枝干柴。你走的那一天，我舂黄藜米为你做饭，杀鸡为你送行，你被秦国用五张羊皮赎了回来，今天你富贵了就要忘了我吗？

这个故事见于汉人应劭写的《风俗通义》，不算正史，大概里面是有一些艺术加工成分的。

百里奚听完这首歌，大吃一惊，连忙下堂来见这位民间艺术家。

对方的脸上增添了不少皱纹，头发也已花白，但眉间嘴角依然是当年妻子的神情。没错，这就是我的妻子，我离散四十多年的妻子，我辜负四十多年的妻子！

百里奚上前握住了妻子的手，当然，没忘了问一句，我们的儿子现在怎么样了。

妻子告诉他，儿子孟明视也在秦国，没有工作。

这个问题已经不是问题了。经百里奚同志举贤不避亲的介绍，孟明视同样找到了工作。这位孟明视，加上蹇叔的两个儿子西乞术、白乙丙，后来皆成为秦国的大将。

这才是传说中的大团圆结局，而最大的赢家自然是秦穆公。

晋献公为了拉拢秦国，将女儿嫁给了秦国。这个举动引发了一连串的变动，最终让秦国得到了公孙枝、百里奚、蹇叔以及孟明视、西乞术、白乙丙几个人。秦国付出的成本只有五张羊皮，平均一个人连一张羊皮都不到。

晋献公一生最重要的工作之一，就是扼制秦国，并凭借自己超人的才华将秦国甩开了两条街，而这一次意在制秦的举动，却让秦国重新回到了赛场上，并正式掀开秦晋百余年的大国竞争大幕。

等晋献公犯下立储的大错，引发晋国内乱之后，秦晋竞争的主动权终于落到了秦国的手里。

第八章
国君候选者

第八章 国君候选者

晋国要求秦国主持公道的消息送到了秦穆公的面前。

这是一个意料之中但又比较突兀的请求。照理说，诸侯有事，有周王室发挥联合国安理会的作用，但周王室最近体力不支，大腿还没有一些诸侯的胳膊粗，自己的事情还是请诸侯出面摆平的，自然也没办法帮晋国。而除了天子之外，还有一个人从法理上来说，是有资格出面主持公道的，这位当然就是诸侯伯主齐桓公。

事实上，齐桓公倒是察觉到了晋国的内乱，也及时组织了平晋远征联合军，大军一直到达了晋国境内的高梁，可半路上，这支维和部队解散了。究其原因，是齐桓公的队伍最近不太好带了。

这一年，齐桓公最亲密的战友宋桓公去世了，刚上台的宋襄公虽然是齐桓公的铁杆粉丝，但毕竟还在磨合期。而且这一次联盟中缺少了一个重要的成员：鲁国。

齐桓公的霸王行动一向讲究军事搭台，文化唱戏，走以德服人、以仁御众的路子，作为文化大国鲁国不参加，等于少了一面大旗，这个维和行动只好告吹。而鲁国不来，据鲁国的史官说，是齐桓公的通知没有发到鲁国。而之所以没有发到鲁国，是齐桓公意识到了鲁国最近跟晋国的关系有点近。

在晋献公逼死世子申生之后，专门派人去鲁国通报了情况。这是一个奇怪的举动。申生是齐桓公的外孙，外孙死了，应该向齐桓公汇报情况，怎么跑到鲁国去了呢？

这应该是晋献公在分化齐桓公的中原联盟。

从血缘上来说，我们晋鲁两国都是姬姓大国，姓姜的当年不过是给我们打工的，凭什么现在威风八面当我们的伯主？

晋献公的招数不可谓不厉害，老人家死都死了，还成功阻止了齐桓公把晋国纳入中原联盟的旗下，堪称春秋王重阳，但他专注于中原的时候，却把秦穆公忽视了。

看到晋国送来的求援信，秦穆公意识到一个千载难逢的机会摆在了自己面前。

公子絷再次出差了，公子絷此行的重要目的是考察晋国流亡在外的两位公子。

这位仁兄可谓是秦国的福将。这一次，他还是受了百里奚的大力推荐。大概前些日子，百里奚天天琢磨逃跑，对押送人员公子絷进行过仔细的观察，得知此人灵活又懂礼，态度又谦恭，让他去办这件事再好不过。

事实证明，百里奚同志在年轻的时候，经常看走眼，现在年纪大了，反而眼光变准了。

晋国的两位公子重耳与夷吾都流亡在国外，从距离上来看，夷吾在梁国，比在翟国的重耳离秦国要更近一些，但考虑到重耳是兄长，公子絷特地绕道先去拜访重耳。

见面之后，公子縶说了自己的来意，然后等待重耳的答复。

重耳对公子縶远道而来表示了感谢，但表示自己是背叛父亲逃亡的人，父亲死了又没能回去参加丧礼，现在怎么敢麻烦贵国国君，然后回国继承君位呢？

婉拒之后，重耳向公子縶下跪致谢，却没有叩头。

虽然男儿膝下有黄金，也常见头可断血可流，膝盖绝不能弯的豪言壮语，但在春秋时，跪姿因为接近以前的盘腿而坐，被认为是一种庄重的见面礼仪。而叩头这个礼就太重了，一般来说，儿子拜父亲、臣拜君才会采用。

在重耳看来，这位秦国来的外国人，毫无利己的动机，把晋国人民的接班事业当作他自己的事业，精神实在可嘉（君惠亡臣，又重有命），值得行跪礼，但双方毕竟都是平等的，叩头就免了吧。

行礼之后，重耳站起身来，痛哭着退到了里屋。

送上门的君位都不要？公子縶奇怪了，是不是不好意思当着这么多人的面提呢？

介绍一下，春秋时的会面跟现在的谈判有不少相似之处，正式的会面总是先介绍情况，而最终的决定往往不是在会议桌上敲定的。大家散会后，找个地方吃吃饭，私下碰碰头，合同就签好了。

公子縶等待着重耳的相邀，可许久都没有等到。

公子縶记下这里的所见，然后前往梁国，考察他的下一个对象：公子夷吾。

跟重耳的婉拒不同的是，公子夷吾已经有些迫不及待了。

五年前，申生被骊姬陷害，晋国三公子分别逃到了自己的封地。但晋献公这位老爸是个坑儿子的主，马上派了三路兵马前来讨伐。面对大军压境，三位仁兄做出了截然不同的选择。

为了让父亲晚年睡好觉，大哥申生选择了自杀。而二哥重耳一看不对劲，翻墙就跑，因为翻墙技术不过硬，差点被人逮住，最后用刀割了自己的衣袍才逃脱。夷吾的反应则最为激进，看到父亲来攻打，马上召集部下组织防守。

如果说申生迂腐，重耳滑头的话，那夷吾就可以称为愤青了。

夷吾的勇气可嘉，脑子却笨到了家，他的封地屈邑并不是一块好的根据地，士𫇩大夫当年早就看出这小子有反骨，在修屈邑时偷工减料。夷吾反抗了几下，城就崩掉了。

带着对士𫇩大夫的美好问候，夷吾只好选择了跑路。但在逃跑的方向上，夷吾跟他的逃亡团发生了一些小小的分歧。

听说兄长重耳逃到了翟国，夷吾也想跑到翟国去，跟着二哥以后也有个照应。当他提出来时，他的随从郤芮否决了这个计划。

郤芮表示重耳已经去那里了，你再去，晋国正好发兵一锅端了。翟国是个小国，未必能保得住我们，我看不如到梁国去，梁国离秦国近，秦国强大，一定可以给我们提供庇护。

这个建议是正确的，大家看过电视剧，都知道被追杀时要分头逃，而且寻找政治庇护一定要找实力相当的大国。秦国正符合这个条件，但郤芮不建议夷吾逃到重耳待的翟国，还有更深远的意思。

要是夷吾踩着重耳的脚印前进，那他永远都是重耳的弟弟。

不走寻常路，才有自己的路。

《第八章》 国君候选者

郤芮指出了独自逃亡的前景：到梁国，我们等待晋君百年之后，就可以谋求入晋！

夷吾接受了郤芮的意见，跑到了梁国。后面的事情果然证明了郤芮的先见之明，晋献公欺负翟国是小国，发兵要求引渡重耳，虽然翟国严词拒绝了，但毕竟吓了一跳。而梁国因为是秦国的属国，晋献公忌惮秦国干涉，一直没有前来要人。

在梁国，夷吾过上了幸福的流亡生活，不但不用担心被引渡，还娶了老婆生了孩子。更重要的是，他们终于等到了期待已久的机会。

晋献公去世，里克连杀二君，国内跟夷吾亲近的大夫吕甥跟郤称抢先给他送来了消息，并指示他一定要争取秦人的支持。

当公子縶出现在夷吾的面前时，夷吾早已经做好了充分的准备。

夷吾三步并两步跑上前，跪倒在地，然后以左手按右手，拱手于地的标准姿势行了一个叩头礼。

讲究，实在是讲究！这么标准的组合拳是经过名师郤芮指点的，听说秦国的人来了，郤芮十分高兴，连忙告诉夷吾加油，并告诉他，千万不要装清高，放下身段，至于放到多低，那就有多低就多低吧。

公子縶受宠若惊，连忙请夷吾起来，说明了来意。

你的爹爹死了，我们商量着是不是请你回去当国君。

夷吾喜形于色，与公子縶进行了详细的沟通，但有些东西似乎还不好当着这么多人的面讲。

会见结束后，公子縶发现夷吾在朝他使眼色，想了一下，公子縶连忙跟上。

强国逐鹿

果然，夷吾带着谦虚而谨慎的笑容，表示只要秦国肯帮助自己回国，自己就将河东五城送给秦国。为了不让秦国背上趁火打劫乱收劳务费的名声，夷吾还贴心地表示，并不是因为秦国自己没有地，只是为了秦君哪天到东边旅游时能有一个渡河的渡口。

所谓的渡口就是茅津渡，而五座城池正是位于崤函之险上的五座城，也就是他的老子晋献公处心积虑十多年从虢国吞并来的。

一上来就送这么大的礼，公子絷都不好意思起来，可惊喜接连不断。

夷吾搓着手，带着愧疚的表情，说了一句话：

"我这些年逃亡在外，也没有带什么值钱的东西，就只有黄金四十镒，珩玉六双，不敢说是进献给公子的。就请拿来赏赐给下人吧。"

土豪成这样了，还敢说自己没什么钱？

公子絷震惊了，收下了礼物，承诺自己一定会转告夷吾的话，就请等好消息吧。

辞别夷吾，公子絷回到了雍城，见到秦穆公后，详细汇报了考察的结果。

没用多久，秦穆公就做出了决定。

"我要把晋国的君位送给重耳，重耳仁义，下拜而不叩头，起身而哭父，这种人应该当国君。"

听到这里，公子絷露出了微笑。

"国君，您说得不对啊，您如果只是为了拥立晋君成就晋国，那当然选重耳，可如果是想通过立晋君来成名于天下，还是立一个不仁的人来搅乱晋国，这样我们才进退有余。"

第八章 国君候选者

秦穆公幡然醒悟。自己这么辛苦，当然不是为了做好人好事，怎么寻求秦国的利益最大化才是重要的。

"夷吾这个人好控制吗？"

"这个问题，还是让夷吾的随从郤芮来回答君上吧。"

明白之后，秦穆公开始转变思维。

公子絷不是一个人回来的，他辞行时，郤芮热情相送，一送就送到了秦国。个中原因大家也猜得到，这种行为在营销领域叫跟单，目的就是不能让单跑了。

听说秦穆公要亲自接见自己，郤芮连忙跑了过来。

会谈在亲切友好的气氛中展开，秦穆公对郤芮的忠诚给予了高度评价，郤芮对秦君的热心肠表示感谢，并赞叹了秦国这些年取得的飞速发展。

眼见就是一场无聊的走过场会议，秦穆公突然问了一句。

"公子夷吾在晋国是依靠谁的呢？"

这像是一个随便的问题，听上去像是，你们的公子夷吾在晋国有没有大夫基础啊，不要我送回去，他却罩不住了啊。

要是按照这个思维，郤芮应该拍着胸脯保证夷吾在国内人气很高，很多大夫支持他，比如吕甥和郤称就是其中两位骨干。

可要这样答，那就完蛋了。因为秦穆公不是怕夷吾不能坐稳晋君的位子，而是怕夷吾的位子坐得太牢，将来秦国控制不住这位晋侯。

那么答案或许是这样的：夷吾这个人在晋国没有依靠。国内的大夫跟他关系很疏远。

这个答案同样是不及格的。因为按这个答案，夷吾今天回去，明天就会被赶了出来。秦穆公想在晋国扶立一个亲秦政权的打算同样会落空。

想了一下，郤芮答道："我听说，逃亡的人没有党羽，有党羽就一定有仇敌。夷吾年轻的时候不喜欢嬉戏，做事也很规矩，生气时也不会情绪失控。这个性格到现在都没有变。所以，他逃亡出国的时候，对晋国不埋怨，国内的百姓对他也没有戒备之心。夷吾就是这一点好处，不然，以他的才能，我也不敢支持他。"

这是一个极其巧妙的回答，连鲁国著名道德发言人也称赞郤芮善于从小处打动人（善以微劝也）。这其中的妙处在于，他既否决了夷吾在晋国拥有党羽的可能，又称赞了夷吾还是有一些优点，就是性格比较随和，进而暗示了夷吾这个人比较好控制，会成为你们秦国在晋国的利益最佳代言人。

秦穆公充分理解到了郤芮的暗示，当即拍板送夷吾回国。

公元前650年，在秦穆公的大力扶持下，夷吾回国继承君位，这应该是当年最热门的新闻了。因为不仅秦穆公出面派了兵，周王室跟齐国也参与了夷吾的还乡团。

周王室派出了上卿，等于承认了夷吾的合法地位，就是齐桓公也派了隰朋前来帮忙。当然，这两位因为介入晚，也就起一个烘托的作用。于是，这件事情从表面上是做好人好事，帮助夷吾返回家园，帮助晋国尽快恢复生产生活秩序，但实质，却大大提高了秦国的国际地位。

在齐桓公搞的诸侯联盟中，秦晋一直没有参与其中，这里面是有区别的，晋国是一直不想参加进来，不愿给齐桓公摇旗呐喊，而秦国倒是想来，但齐桓公没有给他发会议邀请函。

《第八章》 国君候选者

秦国正式成为诸侯不过百年，算是插班生，又地处西疆，跟狄人杂居，地域歧视心理比较强的人还直接称秦人为秦狄，所以秦国一直被排挤在中原的大家庭之外。现在，秦穆公出面摆平了姬姓大家晋国的内乱，其效果跟当年齐桓公帮助季友平定鲁国内乱是一样的。

晋献公这个压在他身上八年的大山倒下了，晋国的新君成了他手中的棋子，按照谈好的条件，他还将得到崤函之地，东进的大门由此打开。秦穆公总算扬眉吐气。不用说，以后齐桓公开会肯定要考虑给他一张邀请函了。可就在秦穆公心满意足等着中原盟会的相邀时，还是出问题了。

问题就出在他精挑细选的公子夷吾，也就是新任晋君身上。

在公子絷的报告里，公子夷吾是个不知礼的人，在郤芮的描述里，他们的领导公子夷吾是个好相处的人。事实上，他们的看法都是不全面的。在后面很长一段时间里，秦穆公都在后悔，当初应该亲自接见一下夷吾再下判断的。

夷吾回国后做的第一件事情，就彻底证明了郤芮是个说谎者。

夷吾实在不是一个好相处的人，因为他干的第一件事情就是把里克给杀了。

回国后，夷吾派人给里克带话，感谢里克最近在晋国的所作所为，表示要是没有您老人家在晋国大开杀戒，我夷吾就不可能回到晋国。当然，这样的表扬后面都会跟一个要人命的但是——

但是，您老一下杀了两个国君一个大夫，要当您老人家的国君，我实在感到很为难啊。

里克同志当场就晕了，他猜到夷吾回国，自己的日子可能会比较艰辛，毕竟自己当日是支持重耳的。可他没想到，这个新上任的国君比他老子晋献公还狠，一来就要动刀子杀人。

行走江湖这么多年，还曾经战胜了骊姬四人团伙的里克竟然栽在了刚回国没两天的夷吾身上。这是什么地方出了毛病？里克想了一会儿，终于找到了答案。

所有的错误都源自一个贪字。

在不久前，里克得到了夷吾的一个承诺。

"只要我回国，就给里克大夫你汾阳百万的田地，给丕郑蔡邑七十万的田地。"

在巨额的贿赂前，里克心动了，没有坚持自己的立场，同意让夷吾回国。

现在里克连汾阳一粒米都没吃上，夷吾的刀子就送了过来。

事到如今，还能埋怨谁呢？

"我不杀人，你哪有今天，你要杀人，又何患无辞？我领命就是！"

说完，里克伏剑而死。

晋国发生这样的事情，秦穆公倒不在意，这甚至是他希望看到的。要是夷吾回国之后跟大夫打成一片，那以后怎么控制他。要是杀成一片，秦穆公倒有机会对夷吾进行远程控制。可事情还是超出了秦穆公的想象力。

夷吾这位仁兄虽然如公孙繁所说不太讲礼，这种不讲礼的缺点让夷吾干掉了里克，使晋国国内无法团结。但另一个方面，这个缺点也意味着夷吾行事冲动，不考虑后果，这样的性格成不了一个合格的木偶人。

夷吾的自我意识很强，当机立断除掉国内的政敌后，马上把反抗目标对准了帮助他回国的秦穆公。他的反制措施很简单：赖账。

《第八章》 国君候选者

夷吾表示自己不能将承诺的河东五城交付给秦国。

这个消息，是晋国亲重耳派大夫丕郑告诉秦穆公的。夷吾派丕郑到秦国进行外事访问（聘问），十分抱歉地表示，原本说好的五座城池没办法交付给秦国了，因为寡人回到国内后，大夫们一致反对，我也没办法。

言下之意，这些城是我没当国君时许下的，不具备法律效力，所以，秦伯应该能体谅吧。

秦穆公出离愤怒了。

以前是你老子晋献公压着我，现在又轮到你来玩我？难道秦国上辈子欠晋国的。

秦穆公一发火，就差点上了夷吾的当。

夷吾之所以派里克的助手丕郑来告诉秦穆公这个不幸的消息，而不是派自己的亲信如郤芮、吕甥出使，是想用一个借刀杀人计，寄希望于秦穆公火气一上来，把丕郑杀掉。

杀掉了晋国的大夫，夷吾就更可以理直气壮地赖秦国的账了，而杀了丕郑，他许诺给对方蔡邑的七十万田地也不用支付了，可谓一举两得。

夷吾后来的谥号为惠，史称晋惠公，看来他这个惠不是谥法里说的"柔质慈民曰惠"的惠，也不是"爱民好与曰惠"的惠，明明就是十分实惠的惠。

眼见夷吾就要实惠到家了，好在丕郑也不是吃干饭的。在接到这个要命的任务时，他就在琢磨着脱身之法，秦穆公一发火，丕郑就抛出了他的建议。

"这都是吕甥、郤称、郤芮三个人不准晋侯交出城池，只要除掉这三个人，我们在国内赶跑晋君，重新迎立重耳，事情就好办了。"

考虑了一下，秦穆公接受了丕郑的说辞。这些天，秦穆公已经对晋国国内大夫的站队进行了摸底调查，清楚了这三人是夷吾的亲信。如果有人支持夷吾赖债，那肯定就是他们了。

可有什么办法能抓住吕甥他们三个人呢，毕竟这三个人在晋国，秦国也没有海豹突击队这样的特种部队，当年捞百里奚还是用五张羊皮换回来的。

"只要秦君送厚礼给晋国，邀请三位大夫到秦国来回聘，一定能引他们来秦国！"丕郑给出了他的建议。

秦穆公点点头，同意了这个方案。

敢黑寡人的五个城，我就让你们的老婆当寡妇。

丕郑从秦国回来了，回来之前，他已经得到里克自杀的消息。此时回去，就意味着风险。可不回去，就无法执行秦穆公的计划，将吕甥们引到秦国，然后将夷吾赶回去。

经过仔细打听晋国的形势，丕郑还是决定冒一回险，因为据他得到的消息，晋国只有里克被逼自尽了，其他一同谋划诛杀骊姬集团的大夫们都没事。

夷吾毕竟刚回来，还不敢搞大清洗。丕郑下了这个判断，然后拿着秦穆公的礼物回到了晋国，拜访了吕甥等人。交付礼物时，他转达了秦君对他们的邀请。

吕甥们连连称丕郑大夫辛苦了，快去见国君吧，国君还等着你的回复呢。到秦国访问的事，你回来我们再议。

丕郑一去，便奔到黄泉不复返了。

夷吾当场下令将丕郑拿下，与此同时，夷吾派出数路兵马，将当日同

《第八章》 国君候选者

里克、丕郑同谋的大夫们一网打尽。

迟迟不收网，就等你回来呢！

从进入春秋以来，据我所见，也就晋国的人才最为鼎盛。像丕郑这样的，在他国可能已经算是上等人才了，可在晋国不用说跟士芳相比了，就是跟吕甥们相比，智商也被比到中等偏下了。

丕郑一开口，他的计谋就被吕甥破译了。

三位大夫收了厚礼后，碰了一个头，仔细琢磨一下就发现不对劲。丕郑到秦国是去赖债的，秦国不发火已经够意思了，竟然还送了一大堆礼物和好话给我们（币厚言甘），只怕丕郑已经将我们卖了（此必丕郑卖我于秦人）。

只是一个小小的推理，就将真实情况估得八九不离十。

夷吾彻底扫除了国内的亲重耳派，还成功赖掉了当初许下的三笔贿赂。其作案手法颇得他父亲献公真传，唯一美中不足的是，拉网时不够严密。

丕郑的儿子丕豹逃跑了。

秦穆公很快就见到了丕豹，并得知了晋国发生的一切，他自然知道自己的五座城池这下是彻底泡汤了，而且自己欲设计诛杀晋国三大夫的消息无疑也走漏了。当初想要在晋国扶立傀儡政权的打算不仅落空，而且跟晋国结下了梁子。

秦穆公劳心劳力，最后却搞到现在这个局面，可谓是偷鸡不成蚀把米。一般人是很难接受这样的结局的，而丕豹极力建议他再次补仓，加大投入，争取翻本。

丕豹介绍了夷吾在国内的暴行，表示他已经失去了民心，只要秦伯出兵，晋君一定支撑不住而逃亡。

这听上去是一个合理的建议，如果秦穆公头脑发热的话。

在关键的时刻，秦穆公终于冷静了下来。作为国君，他目前主要的工作就是听取别人的建议，可光听取建议是不够的，还需要自己独立的思考。

夷吾真如丕豹所说已经失掉了民心？还是丕豹为了借自己的兵马夸大其词呢？

他紧紧瞪着丕豹，过了一会儿，苦笑起来："如果夷吾真的失去了民心，怎么还能杀掉大夫？"

秦穆公请丕豹先退下，自己要好好考虑考虑再说。

没有忽悠成秦穆公，丕豹沮丧地离开了。而秦穆公陷入了深思中。

从本质上来说，秦穆公是一个单纯的人，他容易相信他人，并依此做出判断。而残酷的大国竞争最终将改变他，并教会他独立思考。

秦穆公认真琢磨起夷吾这个人来，现在看来，他完全被郤芮骗了，夷吾这个人不但不好相处，而且在晋国有强大的后援，一回去就击杀异己掌控住局势，完全不讲江湖道义。这种人比他爹晋献公还要难缠。

要对付这样的人，实在不是一件容易的事情。现在秦穆公只能指望公子繁的报告能够靠谱了。

如果夷吾是一个不知礼的人，就算能够成功一时，但终究会自我覆灭（子其行矣，我姑待死）。

这听上去像毫无办法，只能指望老天爷发威来收这个人。而接下来的事情告诉我们，老天爷有时候确实比人要靠得住。

三年后，晋国出问题了。

《第八章》 国君候选者

冬，晋荐饥。(《左传·僖公十三年》

晋国连年发生饥荒。看来，老天爷终于插手干涉人间的纷争，可这还不是事情的高潮，仅仅是一个开始。

使乞籴于秦。(《左传·僖公十三年》

家里没有余粮后，晋国向秦国请求买米。这个请求就有点让秦穆公有些啼笑皆非了。

夷吾兄弟，你在我这里信用已经破产了，你还指望我会卖粮食给你？

这是秦穆公的第一反应，而接下来他的举动，证明了两点：一，秦穆公确实是一个厚道人；二，他活该被骗，因为他总是最心软的那个。

想来想去，秦穆公还是没办法置之不理。最后，他把自己的大夫们请了来，征求他们的意见。让他感到惊奇又欣慰的是，他的两位大夫公孙枝与百里奚都赞同卖粮食给晋国。公孙枝表示如果晋国知道感恩，则可以以德服人，借此修复两国关系。如果晋国还是白眼狼，那晋国百姓也会放弃他们，我们再借机攻打晋国一定能成功。而百里奚的思想境界显然更高一些，认为天灾这种东西，今天到别人家，明天就可能到我们家，抗荒救邻，这是国际惯例，我们这样做，就一定会有福报的。

秦穆公深为赞同，当即决定卖粮给晋国，而丕豹听说这个消息，连忙跑过来，请求秦穆公趁机攻打晋国，一定会取得大胜。

这就是传说中的乘虚而入，落井下石了，这种思想自春秋以后极有市场。比如唐朝一举解决边患，就是趁北方连年大饥，而清兵入关，也是占了明朝内乱的便宜。但在春秋时，依然有一些人坚持着被别人视为愚蠢的原则，比如九年后的泓水边宋襄公不肯攻击半渡中的楚军，比如现在，听到丕豹的建议，秦穆公冷冷地回答了一句。

"晋国的国君是可恶，但他们的百姓有什么罪？！"（其君是恶，其民何罪）

秦国的粮船出发了，从秦国国都雍城到晋国都城绛的运粮船首尾相接，络绎不绝，这次援晋救灾事件被称为泛舟之役。

按照公孙枝所说，秦国要么收到晋国的感谢信，要么就可以准备对晋国用兵。而百里奚先生则表示，今天晋国需要跟我们买粮，哪天指不定我们秦国也需要向晋国买粮。这就是乌鸦嘴了。通常来说，乌鸦嘴都是很灵验的。

第二年，秦国就发生了旱灾。旱情颇为严重，秦穆公甚至想采用一种古老的祭祀方式：暴晒患有鸡胸，仰面朝天的人以及女巫来求雨。这种仪式可以追溯到商朝，当年商汤就这样干过。当然，时代在进步，再搞这些陋习是不符合时代潮流的，经过劝阻，秦穆公打消了这种荒唐的念头。

到了冬天的时候，秦国的粮食供应开始吃紧。秦穆公第一时间就想到去晋国求援，让晋国卖一些粮食给秦国救急。

晋国给出了回应。

不卖！多少钱也不卖！

秦穆公简直不敢相信自己的耳朵，秦国闹粮荒，一半是因为旱灾，另一半是因为去年为了帮助晋国，卖掉了储备粮。

去年老子为了你，粮船一只接一只，现在老子缺点口粮，你就说不卖！就算你是我的小舅子，也不能这样搞姐夫啊。

去年秦国卖粮，百里奚认为大家相互帮助，理所当然，可没想到晋国的夷吾这个白眼狼是典型的你对我好、我对你狠的角色。那就只有按照公孙枝的套路走了。

第八章　国君候选者

感恩图报，咱们还是秦晋之好，恩将仇报，对不起，看在你姐姐的面子上，我下手轻点吧。

看到这里，想必大家也义愤填膺，恨不得挽起袖子帮秦穆公狠狠修理一下忘恩负义的夷吾。但历史其实并不像看上去那么黑白分明。

就夷吾不卖救济粮来说，这件事情的背后其实有着更深的原因。关于这件事，《左传》是这样记载的：冬，秦饥，使乞籴于晋。而《左传》的作者左丘明先生还写了一本叫《国语》的书，这本书专门记载春秋时各国的重大事件，其中以介绍晋国大事的《晋语》最为详细，关于粮食这件事，《国语》的记载略有不同：秦饥，公令河上输之粟。

翻译过来就是，秦国发生了饥荒，秦穆公命令把河上的粮食运过来。所谓的河上，不是别的地方，正是当初夷吾许诺给秦国的河东五城，而且秦穆公采用了命令的语气，用了输而不是籴这个词。也就是说，秦穆公下了一个行政命令，要求把河上的粮食调过来。

到底是买还是调呢，从人之常情来看，《国语》的记载应该是更准确的。

这就有些夹带私货了。河东五城虽然是夷吾主动提出给秦国的，但夷吾回国后已经撕毁了合同。而且这件事情在道义上来说有违合同精神，但从国家利益来说，却是正确的。一个国君为了自己的君位，把国土送出去，这是要领先石敬瑭一千五百年成为卖国贼的。秦穆公在夷吾回国这件事情上，帮了大忙是值得表扬的，但就此要求晋国献出五座要塞，就有点趁火打劫，漫天要价了。再跟中原霸主齐桓公免费帮人搞基建一比，就更差了好几个档次。

当然，秦穆公也没有意识到自己的问题，反而一直惦记着这五座城。

借这一次饥荒的机会,打一个擦边球,只要晋国河上的粮食运到了秦国,就会造成秦晋移交五座城的既定事实。

对于老陕秦穆公的这点小心思,老西们当然是不会上当的。

夷吾的舅舅虢射一眼就看穿了秦穆公的用意,表示粮食绝对不能给秦国。这个提议遭到了晋国另一位大夫庆郑的激烈反对。

这位庆郑兄大概是夷吾清洗国内里克一党后提拔上来的,当官没多久,思想上还是比较单纯的。当即表示晋国这样干,在道义上站不住脚:"我们已经赖掉人家五座城了,现在连粮食都不给人家,我要是秦国,我也会忍不住攻打晋国!"

可这仅仅是粮食的问题吗?虢射用一句话彻底让夷吾下定了决心。

"我们没有交付土地,现在就是把粮食给他们,他们也不会感激我们,只会让秦国得到好处。我们干吗要给?"最后,虢射创造性地用了"皮之不存,毛将附焉"这个俗语总结了自己的观点,意思是咱们已经把人家的皮都吃了,留点毛给人家,似乎也不管用啊。

这个言论完美诠释了欠钱的是大爷,债多不压身的宝贵思想。更重要的是,夷吾领会到了这不仅仅是帮助秦国抗灾的问题,还会扯出当年五座城池的问题。

这样的政治陷阱,初入政坛的庆郑是不了解的,他再次上前,准备据理力争,结果被夷吾当头呵斥:

"你懂什么!"(非郑之所知也)

从朝堂上退下来,庆郑依旧愤愤不平,他扬言,秦国一定会进攻晋国,国君也一定会后悔的。

这一句,他至少说对了前半句。

第九章

韩原之战

《第九章》 韩原之战

十有一月壬戌，晋侯及秦伯战于韩。(《左传·僖公十五年》)

这一年的秋天，秦穆公正式对晋宣战。

街头打架，是不需要理由的，有一颗冲动的心就可以了，可一国对一国宣战，总是需要理由的。日本人不炸珍珠港，美国人就不好直接加入到二战。而秦穆公的宣战理由却有些奇怪，据他说，他是为了验证一个梦而来的。而且这个梦还不是他老人家的梦，而是晋国大夫狐突的梦。

据说狐突最近做了一个梦，梦到了自杀的申生。申生在一辆战车上向他招手。狐突本来就是申生的驾驶员，所以没有犹豫就上了车。在车上，申生告诉他，夷吾这个人无礼，他已经在天帝那里打了报告，将把晋国送给秦。狐突吓了一跳，连忙表示秦人不是我们晋国人，要真这样，申生你以后就收不到纸钱了（君其祀毋乃绝乎）。

听了狐突的话，申生表示自己回去跟天帝商量一下再做决定，十天后我们再谈。十天后，申生果然再次显灵，告诉狐突他已经更改惩罚措施了，不让秦灭晋，但夷吾已经被判有罪，要接受在韩原战败的惩罚。

至于夷吾怎么得罪了申生，让申生做鬼也不放过他呢？据大家分析，是因为夷吾回国之后，为了收买申生一派人马，特地将申生挖了出来，进行了厚葬，但挖出来时，申生的尸体已经臭了。申生怪夷吾影响了自己的形象，故而要报复他。

秦穆公据此宣布，自己就是应梦之人，要率秦军将士在韩原击败晋国，给晋君一个教训。

这就奇了怪了，狐突做个梦，怎么就传到秦穆公的耳朵里去了？在没有微博微信QQ群的时代，这不得不说是一个信息传播的奇迹，而这个梦出来后，又冒出一个童谣："恭太子更葬矣，后十四年，晋亦不昌，昌乃在兄。"

翻译过来就是，太子被改葬了，晋国接下来十四年都不会昌盛，直到兄长出来。

如果说前面的梦还属于怪力乱神，让我们有些莫名其妙，那这个童谣就是赤裸裸的政治谣言了。所谓的其兄，只有一个人，就是还在外面四处流浪的公子重耳。

这个世界没有鬼，有鬼的只是人心。查一下人物背景就清楚了，狐突同志是公子重耳的外公，他的儿子狐毛、狐偃还是重耳流浪团的骨干成员。狐突做了这个梦，还编了一个童谣，甚至还把这个梦传播到了秦国，无非是想为公子重耳回国夺取君位造势。

夷吾似乎对国内的这些潜流没有及时察觉，甚至也没有想到秦国不动则已，一动就大军压境，以"勿谓言之不预也"的态势对晋国发动了猛攻，晋国边防军在仓促应战下，三战三败。没有办法，夷吾只好把庆郑请了过来。

第九章 韩原之战

晋国以前主管军事工作的是里克大夫，里克大夫已经伏剑而死，据记载，夷吾对这件事情还后悔了一阵子，埋怨郤芮不劝住他。

夷吾还是很清楚自己这帮手下的，这些人平时帮他赖点债坑个把人都是行家里手，但要论打仗就是门外汉了。

现在里克已经死了，后悔是没有用了，好在晋国人才储备雄厚，新提拔上来的庆郑就是为了填补军事项目这个空白。

"敌人现在已经深入我境了，应该怎么办？"见到庆郑后，夷吾谦虚地请教。

"这不是您让他们打进来的吗，还能怎么办？"庆郑不阴不阳的突然冒了这一句。

显然，庆郑对前些日子的分歧还耿耿于怀。

当初跟你说了，舍不得粮食就要挨打，跟你说你还不信，现在知道厉害了吧。

夷吾勃然大怒，当场怒斥道："放肆（不孙）！"

庆郑也不含糊，立马就回了一句："我不懂军事，您还是去问问虢射吧。"

这个态度就更不对了，正所谓职业不分高低，只有分工不同。一个国家，总有一些人负责挖坑，有些人负责填坑。作为军事骨干，该出手时还是要出手嘛。

夷吾气得发抖，以他的暴脾气只怕当场就要砍人了，但考虑到大敌当前杀大将不太吉利，他强忍着怒火让庆郑马上滚蛋。

"我舅父难道就不会打仗吗？！"

我就不信了，缺了你，晋国就没人了。

夷吾请来了自己的舅舅，商议了应敌的策略，做好了出军的准备，在出征之前同样需要请卜官算一下。

这一次占卜的内容十分详细，其中就包括让谁当国君的贴身保镖（车右）比较吉利，占卜结果出来之后，夷吾怔了一下。卜象显示，最佳人选竟然是庆郑。

怎么这么晦气？最不想看到的人偏偏冒了出来。

这是一个奇怪的现象，据我本人猜测，这大概不是龟仙的指示，而是庆郑在后面做了手脚。

庆郑这个人为人冲动，嘴上带刀，但本人还是忠君爱国的。撂担子不干之后，又有些后悔，决定还是回来帮忙。但当初话又说得太满，把退路给堵死了，无奈之下，只好借龟大仙的卜象溜回来。

盯着这个卜象，夷吾再次来气了。不要说卜象说要用你，就是我爹现在活过来，指示我要用你，我也决不找你。一气之下，夷吾提拔了自己的家仆徒当车右。

总算勉强凑齐了自卫反击军。可在出发之前，庆郑还是跑了过来。因为他发现，夷吾犯了一个战场的大忌。

替夷吾拉车的马不是晋国的本地马，而是郑国送来的小驷，据说这种马身材小巧，毛发润泽，步伐安稳，是夷吾的爱马。

庆郑大吃了一惊，这种马也就属于宠物马，平时拉着上街遛马玩儿没什么问题，要是上战场，那就是找死的节奏了。

无奈之下，庆郑也顾不上自己的面子了，主动找到夷吾，告诉国君打仗应该用晋国本地马，因为它们对地形熟悉，怎么指挥都不会出错，要是用别国的马，马生地不熟的，只怕不好控制，而且马容易兴奋，肯定

第九章 韩原之战

会出事。

目前为止，庆郑先生的劝说还是有理并且有礼的，可庆郑先生说着说着，又把口头禅搬了出来。

"不听我的，你肯定会后悔的！"

老子就不信这个邪！夷吾大怒，让庆郑管好自己，自己用什么马用不着他来操心。

就这样，夷吾驾着小驷拉的车，奔向了战场。目的地：韩原。

公元前645年九月，晋国都城绛城不远处的韩原邑，秦晋这两个竞争了整个春秋时代的大国第一次兵戎相见。

秦穆公亲自率军远征，他无法得知这一战在对方眼里的地位，但他知道自己输不起这一仗。如果输了，自己以前所做的一切都将成为泡影，更为重要的是，这将彻底摧毁他的信仰。

他一直相信以德可以服人，以仁可以胜敌。但如果败在了毫无道义可言的夷吾手下，他的价值观将被证明只是一堆毫无用处的狗屎。

在来之前，秦穆公请了卜官进行了占卜，最终得到了"千乘三去，三去之余，获其雄狐"的卦辞。

意思是：我们三次追逐敌人的千乘之师，在这之后，我们将俘虏晋侯这只晋国的雄狐。

进入晋国之后，秦国三战三捷，一直挺进到绛城外围的韩原。预言已经实现了一大半，就剩擒获那只忘恩负义的雄狐了。

与此同时，夷吾正紧张地关注着战场上的一举一动。这对他来说，是有关尊严的一战，他做出了许多有违道义的行为，从而成为他人的笑柄，连国内的大夫都嘲弄他，轻视他。

一定要拿下这一战，绝不让别人对我的嘲笑变成事实。

开战之前，夷吾派出大夫韩简前去打探敌情。这位韩简是晋国的实力派，其家族在晋国一直兴盛不衰，两百年后，晋国三位大夫瓜分晋，分别建立韩魏赵，其中的韩国就是由他的后代创立的。

韩简领命而出，仔细观察了秦军的阵营。

"怎么样？"韩简回来后，夷吾急切地问道。

"秦军的人比我们少，士气却是我们的数倍。"

夷吾奇怪了，我们是主场作战，还是正当防卫，人数还占优势，怎么会士气不如人家呢？

"这是什么原因？"夷吾问道。

韩简的脸上露出了尴尬的表情，但最终他说出了自己的看法："当年出去的时候，是他们资助我们，回来的时候，又是他们帮忙。饿的时候，又吃的是他们的粮食，受三次恩施却没有回报，所以他们这才领兵前来，而我们又出兵攻击他们。秦兵个个奋勇欲战，我们却士气懈怠，所以斗志相差在一倍以上。"

我们知道，春秋时的士兵大部分是由士这个阶层组成的，从小受过教育，素质普遍很高，也学过受人恩惠，必将涌泉相报的道理。前年晋国人还在吃秦国的粮食，现在就跟秦国打仗，理上就亏了一大截，自然气势上就先输了。

夷吾的脸色变得通红起来。这些他不是不明白，但事情已经到了这一步，并不是检讨的时候。于是，他低声说道："你说得对，但如果今天我

第九章 韩原之战

不出击，秦国得胜之后就会轻视我们晋国，一个人尚且不能承受羞辱，何况一个国家呢？"

这一战是避免不了的，但士气问题必须解决，夷吾先生号称雄狐，品德虽然败坏，但智商上乘，没用一会儿就被他想到了一个办法。

韩简再一次奔向秦军阵营，这一次，他给秦穆公带去了夷吾的致意。

"寡人不才，能够集结我的部下，如果秦伯不退去，我们就没有逃命的地方了。"

这是一句绵里藏针的问候，乍听上去，夷吾先生相当谦卑，但他的锋芒就如蝎子的尾后针一样，总在最后显露出来。我们已经没有逃命的地方了，如果秦国再咄咄逼人，那我只好率晋国将士决一死战。

而这，也是夷吾给秦穆公设的一个陷阱，只要秦穆公听了大怒，他就可以借机告诉士气低迷的晋国人。你们看，我已经低声下气求对方了，可秦国人不肯放我们一条生路，你们还是打起精神，忘掉前年吃秦国米那件事，好好给我上场砍人。

夷吾先生迫切地等待着韩简的回复，好鼓舞己方的士气，可等韩简回来，听到秦穆公的回答之后，夷吾不禁泄气了。

据《国语》所记，秦穆公比夷吾还低调，还要亲民，他双手横向拿着一把镂花的兵戈出来见韩简，手中有兵，表示不屈，横向持兵，表示敬让。接下来，秦穆公没有提及半点这些年夷吾干的不地道的事情，反而设身处地地为夷吾着想。

"当年，您没有回到晋国，寡人为您担忧；您回到晋国，国内又发生动乱天灾；君位未定，寡人依旧为您担忧。如果现在您君位已经安定，那么就请您整顿好您的军列，寡人将亲自前来拜会见识。"

即将杀个你死我活的两位主帅，仿佛两位谨守江湖规矩的武林高手，言谈之间克己复礼，完美地为我们呈现了春秋时代以礼交兵的奇妙一幕。

双方尚未交战，就已经唇枪舌剑了一回，舌战本身没有分出胜负，但夷吾试图重振士气的计划落空了。

向夷吾汇报情况退下来后，韩简做出了他的判断：如果只是被抓起来而不是战死，那就是我的幸运了。

既然有这样的觉悟，那就开战吧，早开工早收工，毕竟春秋时我们还是十分奉行节约的原则，再大的战役，基本上也是当天开打，当天收工，要是出兵三天以上，是要被孔老师批评浪费纳税人的钱的。

秦晋双方下达了进攻的命令。

秦穆公特地将出征的大夫召集起来，先是自我批评了前期对晋外交工作的错误。

"寡人没有选择公子重耳而选择了晋君，寡人放弃有德之人而选择了能服从我的人。这是寡人判断错误，但重耳坚持不肯回国，寡人又有什么办法？现在晋君杀了在外面接应他的大夫，又背叛了在外面扶持他们的我国，要是这样，晋君还能打败我们，这天下还有天理吗？如果还有天理，我们就一定能战胜他！"

秦穆公向大夫们深作一揖，请他们登上战车，而他亲自敲响了战鼓。

必须胜利，以仁义之名！

韩原之战正式拉开大幕，战马嘶鸣，上千辆的战车在大马的拉动下，迅速扑向了对方。

《左传》的作者左丘明先生是描写战争的专家。其战争场面被认为是

《第九章》 韩原之战

整个《左传》中的精华。据统计,《左传》一共详细记录了十四场大战,其中既有侧重个人智慧,比如让人对曹刿论断佩服不已的齐鲁长勺之战,又有重点讲解人物个性,比如让大家对宋襄公啼笑皆非的宋楚泓水之战,以及后面就会讲到环环相扣,精彩纷呈的晋楚城濮之战。左丘明先生每战必出新意,眼下这场战斗,大概是左丘明笔下最为混乱、转折最具戏剧性的一战。

战斗正激烈的时候,庆郑先生的乌鸦嘴再一次灵验了:夷吾的车子陷到了泥坑里。

一开始晋军还占了上风,秦军退去,丢下了一些战利品。夷吾先生史称晋惠公,当然是讲实惠的,立刻驱动战车去抢战利品,哪想到,他的宠物马平时也就跟混街道的猫狗们争个高下,什么时候见过千军万马横冲直撞的暴力场面,本来就热血沸腾,马心浮躁。夷吾头脑再一发热,策动的幅度大了点,小驷就找不到北,直接冲进了泥坑,车轮陷住后拔不出来。

夷吾顿时陷入了叫天不灵叫地不应的境地,而晋军杀得兴起,也没发现国君已经抛锚了。没有了战车,在战场上只有当炮灰的份儿。

关键时刻,夷吾惊喜地发现了自己人。

庆郑就在附近。据我本人估计,庆郑出现在这里不是偶然的,他应该是抱着看国君到底会不会倒霉的心态来围观的。

到了现在这个地步,夷吾也顾不上面子问题了,几乎是哭着向庆郑喊了一嗓子:"快来载我!"(公号庆郑曰:"载我!")

于是,庆郑跑了过来,在泥塘边站定,然后又摆出要向全世界宣布自己有先见之明的样子。

"你看,你看,我说了这马不行吧。你偏要用,现在知道后悔了吧。"

庆郑同志的前世大概是一盒风油精，每一句话都带着淡淡的风凉味。他也实在不应该叫庆郑，而应该改名叫庆祸。

不听庆大夫的，让人家说两句也是应该的，但接下来，夷吾就有些傻眼了。

庆郑抱着十分同情的态度仔细观看了国君的车祸现场，然后拱了拱手："不听我的劝也就算了，连占卜的结果你都敢不听从，你这是活该啊（固败是求），我老郑的车不配给你老人家屈尊逃难。"说完，庆郑拍拍屁股径直走了。

庆郑算是结结实实出了一口恶气，但他跑着跑着又觉得有点不对。庆郑同志是社会上常见的那种刀子嘴豆腐心的人，嘴上像吃了鹤顶红嚼了断肠草喝了三鹿奶粉一样毒，但内心却十分柔软。

跑到一半，庆郑觉得把国君坑在泥堆里毕竟有些不合适，但他本人已经放出狠话了，又不好意思再掉过头。于是，他驾着车冲向了一堆人。

韩简正在前面！

在韩简看来，要战胜士气如虹的秦军，只有一个办法，擒贼先擒王，抓住了秦伯，才有机会扭转战局，于是，开战后，韩简指挥自己的战车开始寻找秦穆公。因为秦穆公甘当鼓手，目标明显，很快就被韩简声控定位了。韩简指挥战车迅速扑了上去。战国时有"齐之技击，不可遇魏之武卒；魏之武卒，不可敌秦之锐士"的说法，论单兵作战能力，秦国的锐士最强，而魏国由晋国分裂出来，按战国时的说法，秦兵要强于晋兵。但目前来说，秦国的单兵能力应该还是略逊于晋国。在韩简的猛烈冲击下，秦穆公也慌了手脚。眼见就要光荣就义，一声大喝救了秦穆公。

庆郑跑到旁边，大喊一声："你们快别管秦伯了，国君困住了，大家

《 第九章 》韩原之战

全部去救他（释来救君）！"

是抓秦伯还是救晋侯？迟疑了一会儿，韩简掉转了车头。

秦穆公就此逃了出去，让人奇怪的是，战场上应该有不少的战车，庆郑先生为什么不叫别人，偏偏去叫正忙着抓俘虏的韩简呢？仔细查看《左传》的记载，原因浮出了水面。

"梁由靡御韩简，虢射为右，辂秦伯，将止之。"

梁由靡担任韩简的驾御，虢射为车右，三人猛追秦伯，正要活捉秦伯。

问题应该出在虢射身上。庆郑同志一直跟虢射不对付，现在看到虢射跟着韩简的车子就要活捉秦伯，这不是要打破自己当初虢射不识兵的预言吗？

无论如何，也不能让虢射抢了这个功劳。这应该就是庆郑当时的真实心境。

丢下秦穆公，韩简驾车按庆郑指的方向跑去。

与此同时，秦穆公也听到了夷吾被困住的消息，这说明庆郑先生的嗓门就是大啊。秦穆公连忙组织战车，准备抢在韩简的前面抓住夷吾。这一动，秦穆公就上当了。

韩简大概是玩了一个诱敌深入的计，在秦穆公追来时，他突然杀了一个回马枪，又奔向了秦穆公，毕竟国君陷在泥坑里，一时半会儿也死不了，而秦穆公可是活的，不抓住就会让他跑掉。

秦穆公顿时陷入晋兵的包围当中。在这个时候，他大概想起了攻击前说的话，原来仁义这套东西还是不管用啊。自己只做好事，不做坏事，专注做好人数十年，结果还是要栽在小人的手下。

正当秦穆公感到万分沮丧，甚至开始怀疑人生时，他信仰的东西终于显灵了。

不知道从什么地方突然杀出来三百野人，拿着相当落后的武器（锄头扁担之类），跑过来后就对着晋兵一顿猛打。

介绍一下，这里的野人不是指今天大家在神农架苦苦寻找的不穿裤子满山跑的野人，而是指居住在国都之外的人，主要工作就是种田。

这些野人是来报恩的。据《史记》记载，有一回，秦穆公走失了一匹马，这匹马最后被岐山下的野人捡到了。这些人文化程度比较低，也没受过捡到东西要交给警察叔叔的教育，竟然大家合着伙把马宰了，一人分了一块马肉回去。最终，这些人被抓了起来，若吃国君的马，按当时的法律，吐出来是没用的，砍头也是不冤枉的。可秦穆公得知后，认为君子不会因为牲畜而杀人。特赦了这些野人，还特别交代，吃马肉不饮酒，对消化不好，特地赐了一些酒给他们下肉。这样的仁义之举赢得了野人的尊重，听说秦君要打晋国，这些人私自组织前来帮忙。现在看到他们敬爱的国君身处险境，纷纷冲上来抢救，像玩命一样（推锋争死）。

秦穆公的仁义终于得到了上天的响应，这些突然冒出来的生力军改变了战场上的力量对比，以实力而论，晋军本不是秦军的对手，不过是韩简凭着一己之力打了秦穆公一个措手不及，等这三百野人帮助秦军站稳阵脚，晋军争胜的希望破灭了。

韩简退去了，到了这时，他才想起来，自己本来是要去救老大的。也不知道国君在坑里怎么样了，跑出来没有？

韩简紧急催车按庆郑指引的方向奔去，到达后，小驷马还在泥泞里折腾，坐车的却不知道哪里去了。

韩简望向了庆郑。

庆郑摊摊手："君上刚刚还在这里喊救命啊！"

答案很快就出来了，前面秦兵大呼：前军已报擒住晋侯！

这充分证明了一条，不怕神一样的对手，就怕猪一样的队友。因为庆郑同志的一些小小的私心，到手的秦穆公跑掉了，自己的国君却被人活捉了。

玩过象棋的人都知道，老帅被将死了，战局就此结束。可这场韩原大战似乎才渐入佳境。

收拢晋兵，回到大营，晋君被擒的消息得到了确认。如今可谓一败涂地。而从前方传来的消息称，秦伯开始退军了。

看来秦伯决定见好就收。晋国的都城暂时没有危险了，但被抓去的国君怎么办？商量之后，晋国出征的大夫们做出了一个在我们看来十分奇怪，但对他们来说或许再正常不过的举动。

他们放下武器，脱下铠甲，披散头发，然后下令将营帐拔起来，向秦军的大军进发。

君忧臣劳，君辱臣死。国君当了俘虏，虽然死还不至于，但他们没有逃跑，而是主动跟随在秦军的身后，个别感情丰富的边走边哭。这样一搞秦穆公不得不停下，毕竟，他在前面坐在车里，后面一大堆人跟着如丧考妣，实在不吉利。

于是，秦穆公走了出来，亲自接见这一群尾随的晋国大夫。

"你们这是何苦呢？我带你们国君到西边去，不过是应验你们晋国的妖梦。难道寡人这样做过分吗？"

虽然把夷吾五花大绑地塞到一辆囚车里说成像是请夷吾到秦国旅游一

样，但这实在不过分，晋国的大夫甚至大喜过望，因为照狐突的梦，国君不过是受点教训。

于是，他们齐齐下跪，三拜之后又叩头。

"秦伯，您老脚踏后土头顶皇天，他们都听到了您的话，我们甘拜下风。"

举头三尺有神明，秦伯您说的话可不能不算数啊，回去教育好了我们的国君，还让他回来啊。

秦穆公郑重许诺，你们国君绝对不会有事，你们就放心吧。

秦穆公不是夷吾，说话还是靠得住的，晋国大夫这才站起身来，但他们依然决定随同夷吾到秦国。

晋国大夫对自己被抓的国君不抛弃不放弃，其臣子之风让人钦佩，而秦穆公同样展现了宽大的胸怀，据我本人估计，要是楚国人看到敌国的一群大夫手无寸铁地跟在后面，只怕要大喜过望，来个一网打尽斩草除根，然后顺势攻进晋国，将晋国直接吞并了。

前面说过，自晋献公把女儿嫁给秦穆公之后，秦晋之间的关系被称为秦晋之好，这个词也成为了结婚典礼上的高频词，我第一次看到时，大惑不解，就整个春秋史来说，秦晋两国虽然是姻亲国，但也是打得最热闹的两个国家，难道成语真的靠不住了？

看到这里我才明白，所谓的秦晋之好不是不打仗，而是打仗讲规矩，不下死手，打完了以后还好好说，这不就是常见的床头打架床尾和的夫妻关系么？

《第十章》

拯救国君夷吾

第十章 拯救国君夷吾

最初抓到夷吾时，秦穆公还欣喜异常，可很快他就发现，这个经常欺骗他感情的晋侯就是一个如假包换的烫手山芋。

前面秦穆公接见晋国大夫时，表示自己只是为了实践晋国的妖梦，大家就放心吧，晋国大夫们果然松了一口气，可他们没有想到，就是老实如秦穆公这样的人也是会骗人的。

秦穆公抓住了夷吾，不是请他到秦国参观学习，也不是改造思想，而是要拿去祭祀天帝。毕竟申生说了，惩罚夷吾是天帝批下来的，怎么惩罚自然要送夷吾上了天才能知道，至于夷吾怎么回来，那就不是秦穆公关心的了。

显然，这跟宋襄公煮鄫子来祭河神如出一辙，两人一个在关中，一个在淮河，应该没有就人祭进行过交流，但不约而同地采取了这种方式应该是源自他们共同的古老传统。秦国人跟宋国人在很久以前都是东夷人，关系很亲密。具体来说，秦国的老祖宗一开始是给宋国的老祖宗商人打工的，在商朝灭亡时，唯一不肯投降周朝的就是秦国的祖先。

大军行进到国都附近，秦穆公停了下来，准备叫人先回雍城把锅给刷好，水烧开，别出现妖精煮唐僧那样永远都吃不上的情况。

刚停下来，雍城前来迎接的人来了。秦穆公跟他的伙伴们惊呆了，因为国内前来迎接的人披散着头发，穿着丧服，并随身带了新的丧服，说是给秦伯准备的。

我们是打了胜仗，现在在囚车里待着的是晋君，你们穿孝服是什么意思？

使者回答，这是国君夫人让我们这样来接你们的。而且国君夫人已经领着太子䓨、儿子弘和女儿简璧登上高台，下面堆了柴草，并让我转告你一句话。

"秦晋两国不用玉帛相见而是兵戎相交，这是秦晋两国的灾难。要是国君把晋侯押回来，早上进国都，那我就晚上死，晚上进国都，我就早上死，您看着办吧。"

这大概是春秋历史上最为娘家着想的女儿了。不但自己以死相逼，还把儿子女儿一起押上了。秦穆公这才意识到夷吾这个人质不好处置。

听说国母不顾秦国利益，以自杀要挟国君后，有些秦国的随军大夫表示夫人不至于这么狠，一定是吓唬您老人家的。千万不能放了夷吾这个小子，再说，夷吾这个人对我们秦国忘恩负义，费了这么大劲抓回来，怎么说也要拉到城里游一下街，让秦国百姓出口恶气，怎么能不进城呢？大夫们做出这样的建议，可能跟寻死的不是他们自己的老婆，挟持的也不是他们的儿子女儿有关系。秦穆公叹了一口气，再强也强不过老婆啊。

"我好不容易打了胜仗回来，也算捞到了丰富的战利品，可一回国就要办丧事，那再多的战利品有什么用？这样对各位大夫又有什么好处呢？"

当然，放了夷吾也太便宜他了，秦穆公想了一个折中的办法，将夷吾

《第十章》拯救国君夷吾

关在了城外的临时安置点灵台。

在秦穆夫人为了救弟弟要自焚时,夷吾也在想他的姐姐,他思考了一下,对坐同一辆囚车的韩简说了一句话:

"要是先君听了史苏的占卜,我也不会到这个地步啊。"

这句话没头没脑,韩简想了半天,才明白过来,国君说的是一个有关秦穆夫人出嫁时的占卜。

当年秦穆夫人嫁到秦国时,晋献公请史苏占了一卜,卦象从归妹卦变到睽卦,史苏连连摇头,表示不吉利,因为卦象显示:士人宰羊无血,女人提筐,毫无所获,西边的邻居责备,后悔也来不及。卦象的变化又暗示着战争,而最后胜利的人姓嬴,失败者姓姬,车厢从轴上脱落,军旗被焚,出师不利……(后面还有一堆预言,为了不剧透就不提了)

要是姐姐不嫁到秦国,就不会秦晋交恶,也不会秦晋交战,我也就不会被俘了。这言辞第一感觉就是荒唐,但听着听着,好像又有一些道理,这是因为夷吾先生玩了一个小花招,把事件的先后关系歪解成因果关系。

韩简彻底无语了,要不是你姐披麻戴孝,拉着儿子女儿站到柴堆上,你老人家早就被做成祭肉了,哪里还有心情去怪姐姐嫁错了。

韩简毫不客气,立刻指出这都是人犯了错,象数才会显示。你老人家别想那些没用的,还是好好在牢里反省错误,改造思想吧。

夷吾也算是极品了,这样的人连累部属,祸害亲人,就连对手,对他这样的,也是徒唤奈何。

秦穆公快被夷吾这个人搞疯了，他应该是前半生欠这个小舅子的，以前为他夺君位，送粮食，现在抓回来了，打也打不得，骂也骂不得，杀就更杀不得了。可老关在城外也不是个事，一天要供应他饭菜，还要派人盯住他。

大夫公子縶最先忍不住了，他跑过来建议秦穆公干脆杀了晋侯算了，留着他，对秦国晋国都是祸害。公子縶同志如此性急，极有可能是当初收了夷吾的大笔贿赂，怕夷吾万一扛不住把他给供出来。

这个建议被公孙枝挡了回去。公孙枝表示杀了夷吾，夫人那边会不会又搞自焚不说，但肯定会跟晋国结成世仇，你打我我打你的，没完没了。

公子縶笑了，来之前，他已经想好一个方案。

"杀了夷吾，我们可以立重耳！"

在公子縶看来，立了有仁义之名的重耳，天下诸侯都不会反对，晋国人也会对秦国感恩。可公孙枝只说了一句，就让公子縶沉默了。

"万一重耳对我们杀了他弟弟怀恨在心呢？"

秦穆公点点头，做了好事被人埋怨的事情他已经做够了。于是，他认真地向公孙枝请教：

"那你看应该怎么办？"

"让晋君回国，然后让他用太子做人质，我们借此与晋国达成一个十分有利的和谈协议。"

想到夷吾还在秦国白吃白喝，秦穆公终于做出了决定。

"让晋国派人来谈！"

一个人从城外的灵台牢房出来了，这个人叫郤乞，是晋国的大夫，在

第十章 拯救国君夷吾

韩原之战中跟夷吾一同被俘。秦伯派他回去给晋国带个口信，让他们派人来谈接回夷吾的事情。

在出来之前，夷吾特地交代他，回国之后，第一件事情是要找到大夫吕甥。

这个指示说明夷吾虽然在灵台经常吃不饱，但还没有饿晕头。

虽然秦穆公已经松了口，但不代表不会改变主意，而晋国真正有智慧让夷吾安全回国的人只能是吕甥了。

据史料推测，吕甥并没有参加韩原大战，而是留在都城坐镇。听到国君被俘之后，吕甥也着急了一段时间，但听说秦穆夫人搞了一把苦肉计，秦国把国君安排在城外时，吕甥反而放下心来。

秦国国内对于处置国君一定有不同的看法，有的人意气用事，有的人以仁义为借口，但最终决定他们行为的只有利益。而别的不说，夷吾当国君对秦国的利益是有保障的。

于是，吕甥沉下心来，安抚晋国惊慌失措的大夫们，稳定局势，静等秦国主动上门。

听完郤乞的汇报，吕甥沉思了一会儿，告诉他，国君能不能回来，现在问题不在秦国那里，秦国松了口，一定会放人了，但重要的是回来后怎么办，毕竟被人抓去当了俘虏，算是奇耻大辱，而晋国还有一股反君势力潜伏着。要是国内的情绪不稳定，夷吾还不如待在秦国的大牢安全。

郤乞呆住了。那怎么办？总不能让国君在秦国把牢底坐穿吧。郤乞委婉地表示国君在牢里精神状态不佳，吕大夫还是赶紧想办法。

吕甥点头，告诉他，要想让国君顺利回国，一定要这样做。

郤乞回国的消息在晋国都城传开了，晋国大夫以及百姓纷纷跑向宫里，打听国君的近况。到了后，发现郤乞已经在宫门等他们很久了。

人到齐后，郤乞介绍了晋君的最新情况：身形是消瘦的，内心是悔恨的。在一片唏嘘当中，郤乞表示国君让我给大家带了话。

"这段时间我不在国内，大家工作辛苦了，我将安排吕甥给百姓予以赏赐。这也是我最后为大家做的事情了。秦伯虽然决定放了我，但我已经让晋国蒙羞。你们还是把我忘了吧，另立世子圉吧。"

当郤乞说完，哭声开始响起来。

大家不禁又想起夷吾的好处来，说句公道话，夷吾虽然不地道，但都是针对秦国人，对本国人还是够意思的，至少受灾那两年，从秦国骗也好，借也好，反正是搞到了粮食，没让国人饿死。这就是恩惠。现在他被关在秦国已经一百天，就算犯了错误，也接受了惩罚，是时候刑满释放了。

哭声越来越大，最终响彻晋宫，情绪已经到位，这一起悲情剧的幕后导演吕甥终于现身了。

吕甥精心策划，重新将夷吾包装成一个忧国忧民的国君，其目的不仅仅是为了将国君从秦国捞回来，也是为了实施他谋划已久的两个治国方略。

在夷吾被俘后，吕甥仔细分析了秦晋两国的现状，第一次为西疆秦国的强大所震撼，作为春秋诸侯国的后来者，秦国又地处边疆，为不发达的戎人所包围，可不但没有被吞并，反而越来越强大，现在的实力竟然超过了晋国。

《第十章》拯救国君夷吾

这其中，一定有什么特别的东西。经过仔细询问与考察，他得知秦国国内有两项不同于中原大国的举措，其中一项是关于田地的。

在春秋早期，各国的土地政策还是沿用西周时的井田制，土地被划为井形的九块，中间的是公田，旁边的是私田。农民起来之后，先要去公田干活，干完公田的活后，才能到自己的私田里劳动。这种制度的优点是在生产工具不先进的情况下集体劳动，发挥人多力量大的优势。一块大田上经常有上千对人同时作业，场面颇为壮观。而劳动力经常配对使用，称为二耦（梁五跟东关嬖五的外号就是这么来的），因为一个人无法拉动农具翻耕土地（那时用牛耕田的方法还没有得到推广）。缺点嘛，大家都知道的，人多了容易坏事。大家一起干活，劳动积极性不高，有的人偷懒，有的人敷衍了事，春秋初期时的生产效率一直提不上去。

马克思告诉我们，落后的生产关系必然会导致生产力的落后，通俗点说，我们一起二耦着，你龇牙咧嘴，看上去吃奶的力气都用出来了，但就是不见土翻起来，可见你是在出工不出力，那我就不跟你耦了，干脆自己单干。

可两个人都干不好的活，单干能行吗？

邓小平同志告诉我们，科学技术是第一生产力。

随着更先进更好使的铁制农具出现，以及牛在种田中耐劳力大的优点被发掘后，种田已经不需要组团操作，一家一户一头牛就可以种好一块田。于是，秦国率先采用了另一种田土制度：爰田制。

关于爰田制，史学上有许多的疑点与争论，总的来说，是不再区别公田私田，而是集体将田分给农民，然后让农民采用牛耕的方法自己决定怎么耕种（自爰其处），然后交缴赋税就行。这个爰，有人说是愿意的意思，也有人认为是辕的意思，指的就是牛耕，咱们就当两者皆有吧。

这种制度大概相当于包产到户。其优越性就不多说了，大家现在能天天吃上白米饭，一是靠袁隆平的杂交水稻，另一个就靠国家的政策好啊。

秦国采用爱田制后，国力迅速发展，这才有了晋国没粮吃时，秦国能够调拨一船接一船的粮食接济对方。

而秦国另一个晋国所没有的制度是作州兵。

在春秋，不是人人可以当兵的，没有城镇户口（国人）不能当，不是士人不能当，直到现在，我们还将上场打仗的人称为战士，这个士就是春秋的士。在中原也就是管仲搞改革，在野人聚居的州招收了士兵。而秦国因为实施了爱田制，农民的自由度得到了提高，可以自行安排工作，闲时就可以参军入伍。韩原之战上突然杀出来的三百野兵从本质上来说就是秦国的州兵。

吕甥敏锐地察觉到，要想在以后的秦晋竞争中胜出，必须向秦国学习。

作为一个有着悠久历史的大国，肯向西边被称为秦狄的秦国取经，这种精神着实可嘉，要知道，中国近代时，被当时的西方列强打得割地又赔钱，才知道师夷长技以制夷，晋国只是一败，就能够做出改变，其应变之力让人叹服。

但是，改变是困难的，首先要触动大夫们的既得利益，毕竟田地从名义上来说是国君的，但都分封了下去，现在又要重新分配，大夫们有没有抵触情绪？而且又要搞军队扩招，原本垄断名额的士们又愿不愿意？

韩原之战的大败，国君的被俘，为这个改革铺平了道路。

《第十章》 拯救国君夷吾

有关韩原大战，孔老师是这样记载的。

晋侯及秦伯战于韩，获晋侯。（《春秋·僖公十五年》）

晋侯与秦伯在韩原大战，秦国俘获晋侯。

这是一个十分简略的描写，跟左丘明先生三百六十度3D实景式描写是截然不同的风格。据说这两位曾经一起旅游过，想来左丘明必是话痨，孔老师必是听友。孔老师的虽然简略，但同样暗藏着一个隐秘的信息。这是一个不同于常制的描写。晋军大败，通常的描写是：晋师败绩。但孔老师却采用了获晋侯这三个字。这是表示失败的仅仅是晋侯而已，晋国的军队未败，晋国的百姓未败。

国君被俘，对晋国来说，是一次巨大的危机，但同时，也是一个重要的契机，是晋国做出改变，更好地顺应历史潮流的绝佳机会。

看到群情激愤时，吕甥意识到这个机会来了，他马上站出来，颇有振臂一呼的气势。

"国君自己身陷异国，却还担心大家，这实在是仁惠到了极点。你们说说看，你们怎么报答国君？"

在场的诸位纷纷表示请吕大夫指明方向，我们跟着上就是，绝不辜负国君。

吕甥适时推出了自己的改革方案：改爰田，作州兵。这两个方案得到了晋国大夫一致通过。十余年后，晋国一举称霸中原，霸业延续一百余年，就是到了战国，晋国三分之后依然称雄天下，最重要的基石就奠基于此。

吕甥决定亲自去秦国一趟。

这是一个颇具勇气的决定，如果说夷吾是秦国主犯的话，那吕甥就是教唆犯了。六年前，秦穆公曾经设计抓过他，最终被他识破，收了秦穆公的重礼却没有来秦国。现在六年过去了，秦晋的过节更大了。吕甥这一去极有可能成为夷吾的狱友。

但吕甥还是决定前往秦国，他必须确定能将夷吾救回晋国。

晋国改革是假借着国君夷吾的名义，要是夷吾不能回国，改革的基础就不复存在。估计夷吾同学现在在秦国一天吃点稀饭，有空放放风，呼吸一下新鲜空气，绝对没想到自己是关系着晋国百年强盛的关键。

当年送礼都请不来的人，今天竟然送上门来了，秦穆公大感意外，并对吕甥的行为极为赞赏，亲自接见了他。

就本质上来说，秦穆公扮演着一个绑匪的角色，夷吾是一个肉票，而吕甥是拿着赎金前来谈判的。通常见面第一句是问来人钱带来了没有。可秦穆公没有问赎金，而是问了一个奇怪的问题："晋国国内和谐吗？"

吕甥马上意识到夷吾能不能顺利回国，就看接下来怎么回答了。想了一下，吕甥答道：

"不和谐！现在晋国分成了两派，小人们为国君被俘而且父兄子弟在战场上死掉感到耻辱并十分仇恨，不怕增加赋税要求拥立世子圉，并表示一定要报仇，哪怕向齐楚称臣也要请他们帮忙。可君子们则认为我们国君还是有罪的，不怕增加赋税，只要国君在秦国好好侍奉秦君，就是死了也不能有二心。君子小人们吵个不停，我居中调停，让他们意见统一，拖到现在才来见秦君。"

晋国国内哪有两种人，分明就只有一种不怕加税准备扩张军备跟秦国对抗的人。

第十章 拯救国君夷吾

要是你把我们晋君放回去,那晋国全是君子,给秦伯您老人家唱颂歌。要是不放,那我们晋国全是小人,个个勒紧裤带,招兵买马,还要请外援来跟你们拼命。

秦穆公出了一头冷汗,要是把齐桓公、楚成王这些人招来了,秦穆公也是吃不消的,但秦穆公也不是吓大的,镇定之后,他又问了一个问题:"你们晋国人觉得你们晋君将来会怎么样?"

想吓唬我?不要忘了你们国君还在我的手上!

吕甥深深叹了一口气,露出十分悲伤的表情。

"小人们很悲观啊,他们认为国君得罪了秦国,秦君怎么可能会放他回来,这一回他是死定了。"停顿一下,吕甥又说道,"君子们却认为国君一定能得到秦君宽恕,会回国的。"

"为什么?"秦穆公被激起了兴趣。

"君子们说了,当初国君回国,就是靠秦君的恩惠,秦国当初能帮助他,这一次抓住了他,也一定能把他教育好后送回来。这个世界上还有比秦国这样更深厚的仁德和比秦对晋这样更宽广的恩惠吗?"

言下之意,秦国当初是在夷吾身上投了资的,要是夷吾挂了,那秦国的投资可就收不回来了。

历史上技艺高超的辩手常常可以顺着对方的话头延伸,然后得出一个对自己有利而对方无法反驳的结论。吕甥无疑就是这样的人。他将晋国人怎么看晋君这个不好回答的问题天衣无缝地转移到晋国人怎么看秦君上,并成功将秦穆公推到一个飘飘然下不来的道德高位。

最后,吕甥用一句话彻底让秦穆公交出了底牌。

"秦君要是帮助人家回国做国君又不让他安定,现在又要废掉他,让晋国人重新立新君，这是把恩德变成仇怨，我想秦君是不会这样做的吧。"

秦穆公连连点头。

"没错，没错，就算你不来，我也打算放晋君回国的。"

在道德吹捧与拼死相争的威胁下，秦穆公更听出了吕甥的暗示。

吕甥数次提到晋国国内还有世子圉，而且已经有人要拥立圉，也就是说，秦君现在抓的晋君很有可能成为太上君，太上君不是太上老君，是最不值钱的人质。大家要是了解明朝，就知道明朝皇帝明英宗朱祁镇就曾经被瓦剌抓去当过人质，可明朝马上立了新君，将朱祁镇升级为太上皇。瓦剌人拿着这个太上皇，嘴皮磨破，鞋底磨穿了也没有敲诈出一毛钱，反而好吃好喝地供着朱祁镇，把人家养得白白胖胖的送了回去。

想到晋国有可能起用备胎圉，自己的这个夷吾就得烂在手上，还不能杀，必须得养他一辈子，秦穆公就有些心烦意乱。等吕甥退下后，秦穆公马上下了一个命令：

赶紧把那个夷吾从牢里放出来，让他住到舍馆里，弄点吃的给他（馈送他牛、羊、豕各七头）。

必须让夷吾回国去继续当国君，不能让秦国的投资打了水漂。还要把他养胖点，看好点，万一在牢里突然死亡那就血本无归了。

托吕甥的福，夷吾终于睡上了软床，吃上了肉。他大概已经三月不知肉味。苦，实在是苦。

在吕甥卓越的外交交涉下，秦晋达成了协议，秦穆公释放夷吾，而晋国移交早就许诺给秦国的五座城，而且在合适的机会，还要将世子圉送到

第十章 拯救国君夷吾

秦国来当人质。

吃了三个月的牢饭后,夷吾终于踏上了回国的道路。而另一个人的生命可以倒计时了。

这位倒霉的兄弟自然是庆郑。

庆郑先生其实还是有一些才华的,但这个人情商不高,看问题还处在直线思维的阶段。再加上爱表现,倒霉是迟早的事,何况还摊上了夷吾这样的领导。

帮助我的,我懒得感谢,坑我的,我一定坑回去。这就是夷吾的觉悟。

韩原大战的最后阶段,当庆郑引着韩简一路狂奔到夷吾陷车的地方,发现此地空余抛锚车时,他就知道自己算是完蛋了。

他一直在等待这一天。

当夷吾向国都进发时,有人劝他赶紧逃跑,他拒绝了这个善意的建议。

"当日我使国君陷入失败,没有以死殉职,现在又逃跑,就是让国君失去了刑罚我的机会。这不是一个臣子的本分。再说,臣子没有臣子的样子,跑到哪里都没有用。"

敢于犯错,但绝不逃避。这就是春秋大夫的风采。

听说国君已经回来,庆郑主动到郊外迎接夷吾,而夷吾也不客气,斩杀庆郑之后才大摇大摆地回到了国都。

第十一章

重耳流浪记

《第十一章》 重耳流浪记

在秦穆公看来，经过自己这一番调教，夷吾应该知道厉害了。事情的发展似乎也验证了他的想法。

在这一年的冬天，晋国又发生了饥荒，秦穆公再次发挥人道主义精神，免费送去了粮食。然后借着送粮的机会，秦穆公派大夫接管了晋国的河东五城，并开始征收赋税。

夷吾没有表示反对。

一年多以后，晋国如约送来了世子圉。看来自己的小舅子终于有守信的时候了，秦穆公一高兴特地将女儿怀嬴嫁给了世子圉，算是亲上加亲。想起当年老丈人晋献公嫁女儿时送了百里奚这样的尖端人才，秦穆公大笔一挥，又把河东五城还给晋国当做嫁妆。

仁义如此，只怕齐桓公听到了也要自叹不如吧。

秦晋两国的关系自此进入了一个蜜月期。两国相安无事，逢年过节，互相聘问，着实对得起秦晋之好四个字。

结过婚的都知道，蜜月期是很短的，可能一个"新马泰"就结束了，而关于婚姻还有一个七年之痒的说法。

在夷吾回国，秦晋恢复友好邦交的八年后，秦穆公邀请晋国参加了一次军事行动：攻打居住在陆浑的戎人。这些戎人姓姜，八千年前可能跟齐桓公是一家（四岳之后），史称姜戎。

两国合力大败姜戎，打完仗后，秦国就毫不客气地将陆浑这块地皮给占了，而夷吾却做了另一件事。

姜戎人被赶出了自己的栖息地，一个部落失掉了领地，结果可想而知，在逃向未知的他乡时，救世主出现了，夷吾找到了他们，表示愿意给他们提供一处安身立命的地方。

"你们到我晋国的伊川去定居吧。"

姜戎人喜出望外，带着无比感激的心情搬到了晋国的伊川，从此之后，这个部落成为晋国最忠诚的臣民。

从结果上来看，秦穆公取地，晋国取人，可谓各取所需，但夷吾设立的这个安置点却有些特殊。

伊川，位于秦晋交界之地。

让对秦国充满恨意的姜戎人定居在秦晋交界之地，这怎么看都不是小舅子对姐夫可以做的事情。

老实忠厚，总把人往好处想的秦穆公第一时间并没有意识到这位小舅子在经过八年的潜伏后，又迈出了挑战秦国的一步。

真正领会到夷吾意图的是在秦国当人质的晋国世子圉。

八年前，世子圉从晋国来到秦国，那一年，他十岁出头。

世子圉在秦国有吃有喝，后来秦穆公还把女儿嫁给了他，生活快乐但绝非无忧，因为他的身份是质子，还是一个单边人质。秦国扣了世子圉，却没有把儿子送往晋国。这也就意味着，要是他爹夷吾哪天头脑又一发热跟秦国掐上，第一个掉脑袋的不是战场上冲在最前面的人，而是在雍城的他。

世子圉的悲剧生涯似乎自从他出生就注定了。

当年夷吾逃到梁国，梁国国君梁伯把女儿梁嬴嫁给他，梁嬴怀孕后，梁伯十分高兴，立刻请人占了一卜，结果算命的说，将要生一男一女，男的为人臣，女的为人妾。于是，这位梁伯就将外孙取名叫圉，女孩叫妾。

春秋时，放牛的人叫牧（百里奚就可以叫牧），放马的人叫圉，圉学名弼马温，通俗点讲就是类似狗娃羊娃之类的名字。这是一个很不负责任的做法。名字对一个人来说是很重要的，很多同志在家里叫狗剩、石头、虎儿、二妞，到了外面立马就会取上David、Peter之类的洋名。

现在托梁伯他老人家的福，世子圉在秦国做了臣子，而那位叫妾的女孩此时应该在给秦穆公当小老婆。

本来当质子，世子圉不是第一个，也不会是最后一个，但世子圉的名字时时刻刻提醒着他这个耻辱的身份。接下来发生了一件事情更让世子圉感觉到了羞辱。

梁国被秦国灭了。

说起来，这件事情主要责任不在秦国，而在梁国。

世子圉的外公梁伯除随便给晚辈起名字外，还有一个很特别的爱好，喜欢搞房地产（好土功），梁伯在梁国各地修了不少城池，这些城池大多没人住，成了名副其实的鬼城。但梁伯作为一名高端房地产商，从来不用担心房子卖不出去，也不用考虑成本，因为地是现成的，施工人员也是征的劳役。就这样乐此不疲搞了数年后，梁国民怨沸腾，有人跑到梁国宫城外挖坑，散布秦国将要进攻的消息，梁国百姓一哄而散，秦穆公积极响应秦国百姓号召，发兵将梁国吞并了。

如果梁伯先生被活捉的话，极有可能被抓到秦国，到时见到身为人质的外孙，不知道在感叹占卜如此灵验的同时会不会后悔没有给自己占上一卜呢？

对于世子圉来说，这是一个让他抬不起头来的事情。他平时没有探亲假，在秦国也没有什么可以说话的人，这种长时间的外地生活一方面让他养成了比较孤僻的性格，另一方面也让他变得十分敏感。

当他的父亲在秦晋边境安置姜戎人时，世子圉大概睡不着觉了，在他看来，这是父亲在拿自己儿子的生命开玩笑。

在秦晋再次交恶之前，必须做出行动。另一个消息传来时，更让他直接做了逃跑的决定。

他的父亲病了。考虑到父亲年纪已经不轻，这一病很有可能直接薨掉，而自己远在秦国，稍不留神就会错失接班的机会。

必须逃回去！

下定决心后，世子圉找到了妻子怀嬴，让她跟自己一起逃回晋国。在秦国近十年，这大概是他最亲近的人。

怀嬴却摇了摇头。

"您是晋国的大子，却被秦国侮辱，您想回去，这是正常的，但我不能跟您走。"

"为什么？"世子圉诧异地问道。

"这些年父亲让我服侍您，是为了让您安心留在秦国。如果我跟着您回去，那就是背弃君命。我不愿意这样做。"

《第十一章》 重耳流浪记

对于怀嬴，这同样是一场政治婚姻，她被赋予了间谍的身份，任务就是监视自己的夫君。但从史料上看，她跟世子圉还是有感情的。她也知道世子圉要是逃回晋国，只怕再也不会回来了，但为了夫君的前程，她依然选择了放手。

"您走吧，我不会告诉父亲的。"

于是，世子圉挥一挥衣袖，带走了所有的云彩。

就爱情来说，怀嬴做出了十分感人的牺牲，但在扶助夫君上，她还是犯了大错。我算了一下，这一年世子圉才十八九岁，怀嬴应该更年轻，当然也更简单，完全没有意料到世子圉的逃跑会产生什么样的后果。

秦穆公怒发冲冠了。

老子供你吃供你穿，把女儿嫁给你，又送还了五座城，我们老嬴家哪点对不起你，就是条狗也该有点感情了，你竟然招呼都不打一声就跑了！

这个世子圉简直就是他老子夷吾的翻版，甚至比夷吾还要白眼狼。

完了，完了，秦穆公辛辛苦苦才调教好夷吾，现在他的儿子青出于蓝胜于蓝。秦穆公再也不想花费精力教育晋国下一代。愤怒之后，他叫来了自己的大夫，下达了一个指令：

找到公子重耳！

十八年前，晋献公向曲沃、蒲邑、屈邑派出三路兵马，命令自己的三个儿子申生、夷吾与重耳立刻自杀谢罪。面对这个史上坑儿排行第一位的父亲，三人做出了完全不同的反应。

申生同学以死明志，夷吾据城顽抗，最终城破逃亡。重耳既没有束手就擒，也没有跟父亲兵刃相见，而是选择了直接逃跑，这种行为大概最符合孔子老师小杖受大杖走的指导思想。

三位都是晋献公一个爹生的，怎么差别这么大呢？细细考察一下，就会发现原因，这样的差异是他们身边的人造成的。

申生的师傅杜原款是传统型的忠臣，被人陷害后，不逃不躲，英勇就义，临死之前，还不忘给申生补最后一课，要求申生自行了断，杀身成仁。

夷吾的师傅郤芮则是典型的功利主义者，见到机会就上，抓住便宜就要，在郤芮的毁人不倦下，夷吾成为春秋历史上最著名的白眼狼。

重耳也不是一个人在战斗，事实上，他的身后有整整一个团队。列名如下：舅舅狐偃、狐毛，大夫赵衰、贾佗、先轸、颠颉、魏犨，隐士介子推。这些人都是晋国的顶尖人才，其中五位还被《史记》称为晋国五贤人：狐偃、赵衰、贾佗、先轸、魏犨。

重耳之所以成为重耳，而不是另一个枉死的申生，或者另一个蛮横无理的夷吾，正是身边有了这些人。这些人有的智慧过人（狐偃），有的勇敢无敌（魏犨），有的长于外交（赵衰），有的长于排兵布阵（先轸），有的思想高洁（介子推），可谓各有所长，但他们都有一个共同点：忠诚。

在重耳刚成年时，这些人就在重耳的身边。重耳的父亲当上国君，他们在。申生被册为世子，他们依然在。重耳封到蒲邑，他们在。重耳逃归蒲邑，他们在。当重耳决定放弃抵抗与辩解，亡命天涯时，他们依然决定跟随在重耳的身边。

人生总需要一场说走就走的旅行。在重耳展开人生当中最重要的一场自助游时，身后有这样的一群人显得尤为重要。重耳将他们当

《第十一章》 重耳流浪记

成父亲（狐偃）、导师（赵衰）、兄长（贾佗）、保镖（魏犨）以及伙伴（数十人）

有了他们的帮助，我一定能回到晋国！

在离开生活了四十三年的晋国，迈出流浪的第一步时，重耳信心十足地下了这个判断。他只是猜到了结果，却没有想到过程是如此的漫长曲折。

重耳的第一站是翟国。

翟国是他母亲的国家。在这里重耳受到了隆重的接待。翟国为了保护重耳，甚至敢跟晋国开战，考虑到晋献公刚灭掉了虢国这个大国，这实在是一个需要勇气的行为。又过了一段时间，翟国攻击一个隗姓的赤狄国家，俘虏了一对姐妹花，翟国让妹妹季隗嫁给了重耳，姐姐叔隗嫁给了陪同重耳逃亡的赵衰。没多久，两人都生了儿子。

提供保护，还解决了终身大事，对于一名逃亡的人来说，可谓是一件幸事，但寻求一片安居之地，并不是重耳来翟国的目的。

重耳精心选择翟国，是因为这里离晋国近，便于跟晋国国内通信，有什么消息能够第一时间掌握，而且来也方便，去也容易。在这里包吃包住，可以一边休息，一边静观其变。

可有时候，停留得太久，就往往会忘记当初为什么出发，更忘了其实我们并没有抵达终点。现在不过是中途休息一站。

重耳一待就是十二年，他跟赵衰的儿子都可以打酱油了。在这期间，重耳拒绝了秦穆公的邀请，把回国的机会推给了弟弟夷吾，也错过了夷吾被活捉之后，趁晋国政权空虚杀回国的机会。一切迹象显示，重耳似乎已经适应了在翟国的生活，这里有老婆孩子热炕头，还去争什么呢？

狐偃同志经常来串门，跟重耳讲讲晋国的形势，不断暗示着他们还有更重要的事情需要去做，翟国不是他们的终点，并告诉他哪里才是前进的方向，可重耳总是支吾过去。他已经五十而知天命，不守着老婆孩子好好过日子，跑到外面折腾什么呢？

重耳做好了老死翟国的准备，但在五十五岁那年，重耳还是决定折腾一下，因为不折腾不行了，重耳得到一个消息，晋国国内派了一个杀手前来刺杀他。

杀手是夷吾兄弟派来的，夷吾从秦国改造回来后，终于猜到晋国的动乱跟在翟国的二哥重耳有着千丝万缕的关系，为了斩草除根，他专程派人前往翟国刺杀重耳。

当年晋献公兴兵翟国，重耳都端坐不忧，可听到这个刺客的名字时，重耳立马做出了跑路的决定。

这个刺客叫寺人披，寺人，是太监的别称，换个通俗点的叫法就是披公公。这不是披公公第一次接刺杀重耳的活。

十二年前，晋献公发兵围攻蒲邑，这个父亲坑儿子的手段十分富有层次感，不但大军压境，还派出了披公公。披公公虽然没练过《葵花宝典》，但武艺依然高超，竟然突破了外围的防线，直接杀到了重耳的住地。得到消息后，重耳撒腿就跑，在大门被堵住的情况下，重耳也顾不上贵族的风度，直接翻墙，刚爬上墙，披公公的剑就到了，虽然没有砍下重耳身上的部件，但将重耳的衣袍切了一块下来，着实让重耳出了一身冷汗。

十二年过去了，披公公要是再精修剑法，这一次只怕就要砍下重耳的头了。

《第十一章》 重耳流浪记

翟国再也不能待了，无论多么不情愿，重耳只好召集自己的随从，准备再次逃往外国。在离开之前，他叫来自己在翟国娶的妻子季隗，十分深情地告诉她：

"你等我二十五年，如果二十五年后我还没回来，你就改嫁吧。"

这就是开玩笑了，这一年季隗女士二十五，还是个美女，现在改嫁应该可以找到人家，可再过二十五年，美女就变成美女她奶奶了，你让季大妈嫁给谁去？

重耳先生在以后的生涯里获得了孔老师一个"谲而不正"的四字评语。所谓谲而不正，就是这个人不太厚道，是个大忽悠。从这件事情上来看，孔老师是不打诳语的。

季隗露出了苦笑："等到您说的那个时候，只怕我坟上的柏树都有胳膊粗了。"

停了一会，季隗微笑着说道："您走吧，无论您什么时候回来，我都等您。"

她早就听过重耳的故事，她也知道，翟国于他，不过是一个中途的驿站，自己跟他不过是偶遇在旅舍的两个过客，他迟早有一天会再次踏上旅途。在分别到来的时候，她没有哭诉更没有阻挡，而是用微笑鼓励对方。

她能做到这一点，只有一个原因，她相信对方终有一天会回来。

中国数千年的历史中，无数的妇人就是带着这样的信任送走了远行的夫君。

重耳点头，向妻子许下他日重逢的诺言，然后丢下妻儿，迈出家门。马车早已备好，十二年前陪同他离开晋国的人，现在一个不少地聚集在他的身边，尽管他们大多都已经在翟国娶妻生子。

人到齐了，那就走吧，趁我们还有梦想，趁我们还有重新启航的勇气。

重耳将下一站的目标定在了齐国，这原本就是重耳一行最初的目的地。

齐桓公是闻名天下的山东仁义大哥，曾经帮助不少人复国，比如现在卫国的卫文公当年就是在齐国打工，卫国被灭后，齐桓公替卫国新修了城，将卫文公送到卫国当国君。

有了卫文公这样的成功案例，投奔齐国自然是靠谱的，但齐国离晋国的政治核心区太远，去齐国一趟，差旅费都是问题，而且齐桓公日理万机，未必有时间来替重耳主持公道。于是，重耳在大家的建议下，跑到翟国暂住了一段，只是没想到，这一暂就暂了十二年。

虽然起身晚了点，但总算又迈出了脚步，据团队中精神领袖狐偃的分析，现在齐国的金牌CEO管仲已经死了，齐国出现了人才空缺，现在去齐国，就是找工作也容易些。

经过商议，大家一致同意了这个建议，于是，十二年前的那群人再次成团，重新踏上旅程。大家还是很兴奋的，可走着走着，突然发现一个人不见了。

失踪的人叫竖头须，竖是太监的意思，这位可以称为头须公公。头须公公在这一行人当中，地位比较低，但因为身体动过大手术，反而被赋予了一项重要的工作：财务兼出纳（库藏者）。竖头须不见，那自然是卷款潜逃了。

重耳从晋国出来时，身边有十来位贤人，可以说，他是带着半个晋国

《第十一章》 重耳流浪记

智囊在流浪。可偏偏这半个晋国智囊团的团费都在竖头须一个人的身上。

这个就太严重了,据说狐偃舅舅这些年一直在翟国省吃俭用,就是为了凑齐这笔差旅费。现在刚出国就变得一穷二白。这个惨烈的事故告诉我们,不要把所有的鸡蛋放到一个篮子里。

没有了钱,是继续前行,还是返回翟国?经过讨论,大家决定继续前行。吃穿是小事,空着手回到翟国,对这一群视荣誉为生命的士人来说,是无法接受的。

考虑到金钱的因素,这一齐国旅行团临时变更方向,奔向了卫国。

相比齐国,卫国比较近,而且卫国的卫文公以前就有在齐国工作的经验,向前辈取下经也是正常的,当然,如果能从卫文公那里搞一点赞助费就更好了。

带着美好的期待,重耳兴冲冲地跑到卫国的国都楚丘,请求拜见一下卫文公,哪知道卫文公对他们根本就没兴趣,连接见也不接见。

这就奇了怪了。卫国的始祖是周文王的儿子,而晋国的始祖是周武王的儿子,虽然是远亲,但好坏上了门,总得打发一点吧。可卫文公饭也不留他们吃一顿,直接下令让他们赶紧走,别在卫国逗留,不然,就要以无证人员的名义驱逐出境。

出现这样的情况,还是功课没做好啊,来卫国之前,也不打听打听卫文公是个什么样的人。

卫文公是国际上有名的铁公鸡,当年卫国亡国,卫文公继承君位复国,天天穿着粗布的工作服,戴粗帛帽子,平时还要亲自下田劳动,省吃俭用了大半辈子,最近才把卫国从复国初的三十辆兵车扩充到三百辆。

好不容易攒点钱，重耳就引了数十人来要吃要喝还要打包，这样招待下去，还不得一个月就让卫国回到解放前。而且据史料显示，卫国这两年正在跟邢狄二国打仗，卫文公忙得一塌糊涂，这些国际上的应酬也是能免则免。

　　卫国的大夫宁武子建议卫文公还是招待一下，因为据他观察，重耳这个人前途不可限量，夸张一点说，就是落难中的齐侯，要是重耳回到晋国当上国君，小心他以后率领着诸侯来打你，就像当年齐侯流亡经过谭国，谭公不礼，结果齐侯一当国君就灭了谭国。

　　"那等他当了晋国国君再说吧。"卫文公做出了他的选择。

　　于是，这支晋国流亡团只好饿着肚子离开卫国。要饭被呵斥，重耳以为是自己流亡史上最为耻辱的一件事情了。可从后面的事情来看，上天对他的考验才刚刚开始。

　　钱被偷了，投奔亲戚，亲戚又不接济，这一群人平时也是饭来张口，衣来伸手的贵族公子哥，没什么户外生存的经验，很快就饿得前肚贴后背。正在头晕眼花时，希望出现了。

　　行经卫国的五鹿，重耳看到一群野人正在田间干活，赵衰当时就招呼起来："老乡，有没有吃的？"

　　望着这一群衣着光鲜却面黄肌瘦，开着四马大车，却张口要饭吃的人，老乡们愣住了，好半天才明白过来什么意思。一阵短暂的沉默之后，终于有一个人站了出来，手里捧着一个食盆走过来。

　　还是老乡好啊，卫国不愧为君子之国，民心淳朴，乐于助人。

　　重耳伸着微颤的手，接过食盆，连声道谢，然后掀开了盖子，随即他愣住了。

第十一章 重耳流浪记

里面没有馒头,也没有稀饭,而是一块如假包换童叟无欺的土疙瘩。

哄笑声顿起,野人们笑得前仰后合,个别群众还笑出了眼泪。

什么大夫,什么贵族,什么公子,原来是一群要饭的啊!

这里介绍一下,卫国还没有进行土地改革,这些人应该还是半奴隶半自由民的性质,生活压力很大,对上层社会抱有天然的敌意。看到平时在他们面前趾高气扬的大夫们向他们伸手要吃的,一时意气,捉弄起对方来。

这些天在卫国,重耳已经对卫国有些了解,他知道卫国的大夫们普遍素质还是比较高的,比如大义灭亲的石碏,替兄赴死的公子寿。可卫国的国君普遍素质比较低,比如弑兄的州吁,烝父妾纳儿媳的卫宣公,玩鹤玩到亡国的卫懿公,当然,还有现在不知待客之道的卫文公。可没想到,卫国的人民群众也如此可恶。

一种被羞辱的感觉油然而生。

被卫文公那个势利眼欺负也就算了,你们一群野人也来戏弄我!

重耳猛地将食盆摔到地上,挥起马鞭就要揍人。

这是一个冲动的行为。不说重耳先生已经五十多了,一个太监都能拿着剑追着他翻墙,现在在卫国的地盘跟劳动人民动手,胜算有多大?再说了,堂堂的晋国公子竟然与野人打架,这传出去,就是国际笑话。

关键时刻,赵衰马上拦在了重耳的面前。只说了一句话,就让重耳的气消了一半。

"土块就是土地啊,我们以后一定能得到这片土地。"

重耳扬鞭的手放了下来,赵衰趁热打铁。

"这是上天的赐予,公子赶紧谢赐!"

重耳捡起丢掉的食盆,然后率领他的团员恭敬地朝这个土疙瘩行了最高的礼：再拜稽首。叩头至地，反复两次。

这样的行为无疑让野人们的笑声更大了。作为一群还在贫困线上挣扎的人，他们是无法理解眼前这些人的奇怪举止的。

行礼之后，重耳将土块捡起来，用布包好，庄重地放到车里，载着它离开了。

我们已经身无分文，支撑我们走下去的，唯有这些让他人嘲笑的梦想。

五鹿，我还会回来的。

接下来的日子在重耳的记忆里，大概只剩下饿这个字了。这个团队开始实行严格的食物供给制度，食物统一由赵衰来管理。每天按时按量，谁多吃了一点，另一个就要少吃一点。身为食物总管，赵衰没有私底下偷吃一点东西。有时候，就是这样紧张的供给也保证不了。据说，有一回重耳同志饿得实在受不了，大喊要吃肉，最终介子推跑到没人的地方，从自己的大腿上割下一块肉，加点野菜做了一碗肉羹端给重耳。

靠着这些随从的忠诚，重耳度过了人生旅途上最饥饿的一段时光，并成功抵达了目的地——齐国都城临淄。

彼时的齐国正处在最强盛的时期，而齐国都城临淄也是彼时最繁华的城市，齐桓公更是这个世界上最大方的土豪。

齐桓公不愧为诸侯的伯主，思想境界比卫文公高出一大截，对这一群面有菜色的流亡者毫不轻视，立刻安排住宿，并奉送重耳二十乘马（一乘为四匹）。

《第十一章》 重耳流浪记

有这么多马，配点车，就是拿出去开的士公司，也够过上小康生活了。

没过多久，齐桓公又亲自做媒，将自己族人的女儿姜氏嫁给重耳。

来晚了，确实来晚了！吃着临淄的菜，住着临淄的房子，逛着临淄的街，当然，还抱着齐国的美女，重耳发出由衷的感叹，并立刻做出在此退休的决定。

一个繁华的城市可以成就一些人，同时还会埋葬更多的人。

面对追杀，重耳没有放弃。饱受白眼，重耳没有放弃。饥肠辘辘，重耳也没有停止前进。因为他知道，不前进就没有出路。而现在在齐国，有房有车有老婆，人生在世，还图个什么呢？

重耳就此在齐国定居下来，接下来的事情大家都知道了，齐桓公失去管仲之后，就不知道怎么治国了，没两年就被自己的儿子坑了。

重耳一住就是五年。

当重耳刚决定在齐国定居时，跟随的大夫们没有反对，毕竟大家才饿得够呛，就算再要上路，也得储存点战略脂肪。而且来齐国，就是请齐桓公出面主持正义的。当然，那些年，齐桓公特别忙，中原霸主，九次与诸侯合体，人称九合诸侯齐桓公，一年光跑会场就够呛，实在抽不出空来管重耳的事情。

那就等吧，卫文公在齐国也等了好多年，才排上的号。可没想到，眼见就要排到号了，齐桓公撒手人寰，打烊了。新上任的齐孝公，大家也基本了解这个人，他简直就是齐国的夷吾，再说，这位仁兄自己是泥菩萨过江，可能无心也无力帮助重耳。

齐国不能待下去了，诸位大夫做出了这个判断。但重耳先生老毛病又犯了，好吃好喝好住着，又忘了自己当初为什么要出发，数次暗示大家齐国就是我们的终点了，大家也快安定下来，过点好日子吧。

当年重耳逃亡，他们原可以回国，以他们在晋国的根基以及世袭的官职，完全可以过上无忧无患的生活，可他们依然放弃了悠闲的生活，选择跟重耳踏上未知的旅程，支撑他们的并不仅仅是忠诚，还有希望。

他们相信，跟随着眼前这个年近六十的人，无论在什么时候，无论到什么地方，他们都有机会成就一番大业。

现在这个人竟然不走了，那我们怎么办？

想了一下，大家决定开个会，讨论怎么把重耳弄走，会议地点选在了桑林。选在这里，不是因为这里空气好，而是因为人少，毕竟现在的国君齐孝公大家都不熟，万一消息走漏了，他发神经要扣着不放就麻烦了。

诸位大夫讨论了半天，也没有讨论出什么结果，大家拍拍屁股上的灰走了。等他们散去，一个婢女脸色苍白地从树上跳下来。

这个婢女是重耳齐国老婆姜氏的侍女，这一天，她本来在上面摘桑叶，没想到听到一场阴谋，根据偷听到的内容，她很容易就得出一个结论，重耳姑爷要抛弃自己的主人姜氏，离开齐国。明白之后，她做出了一个很直接的应对，把这个消息告诉了自己的主子姜氏。

听完侍女的话，姜氏意识到这是一个不可泄露的消息，于是，她采取了不太道义，但在政治上最妥当的应对，将侍女杀了。

擦干手上的血，姜氏开始替重耳打包行李，收拾完毕，她找到了夫君。

第十一章 重耳流浪记

"您的随从正在策划帮您离开齐国,偷听这个消息的人我已经杀了,您跟他们走吧。"

重耳大吃一惊。谁说我要离开了!

"我只管人生安乐,哪知道其他,我不走,我要老死在齐国!"重耳斩钉截铁地答道,以一个上门女婿来说,这样的觉悟是合格的,但对于一名流亡的晋国公子,这样的思想就太懒惰了。

姜氏的脸变得阴沉起来。

"夫君乃一国之公子,穷途末路来到这里,数名大夫舍命相陪。夫君不想着怎么回国,回报大夫们的辛劳,而是贪恋这里的享受,我都替您感到害臊。您再不努力,什么时候能够成功?"

成功,重耳的眼睛迷茫起来,他曾经无数次听到这个激奋人心的词语,也曾经用这样的话去鼓动过他人,但这都是很久以前的事情,久得就像上辈子发生的。

良久之后,重耳摇了摇头。他停留了太久,安逸的生活就像氧气作用于铁般让他的意志腐朽,让他的理想生出绿锈,他全然失去了面对未知世界的勇气。

无法说服夫君,姜氏做出了妥协,表示你再想想看。

这一天后,姜氏再没有劝过,生活重新回到轨道,每天喝点小酒,谈点时事,比如宋国正在与楚国大战,以争夺霸主的宝座,这些东西以前说起来,牵动着他的每一根神经,现在不过是助酒的话资。

一切与自己无关,不再需要争取什么,这似乎也是一个不错的人生,在美酒与音乐之间,重耳醉眼迷离,随后,他梦周公去了。

重耳从梦中醒来。

他依稀记得自己是在喝酒，衣衫上的酒味证实了这一点，可一些东西让他怀疑起来，他听到轮轴转动的声音，以及不停的挥鞭声，还有起伏的地也在提醒他什么地方不对劲。

自己在车上！他终于想明白了这一点，猛地一拉车帘，外面是他的随从，再望去，目光所及是荒无人烟的郊外。

马身上散发出来的臭味，以及颠簸的车子，熟悉的场景，熟悉的味道，这些东西明白无误地告诉他，他又成了一个流浪的人。

娇妻豪宅大都会，这些全都不见了。仿佛刚才做了一个黄粱美梦。他仔细回想着一切，确定在齐国的五年是真实发生过的。那么，是谁？把我从温柔乡安乐窝里弄到这鸟不拉屎的地方来的！

谁的主意？站出来，我绝不打他！

重耳怒视着他的随从，赵衰露着老好人的笑容，介子推两眼朝天，先轸魏犨纷纷躲避他的目光。

这种事情，当然还得老同志出马解释。狐偃咳嗽两声，站出来表示，大家商量好了一起离开齐国，怕公子你不愿意，所以把你灌醉了，公子你生气就生气吧，反正咱们已经离开齐国，现在齐孝公正抓我们呢，你回不去了。

谁说我要离开齐国的？你们问过我了吗？我同意了吗？我的老婆，我的房子，我的酒，我的肉，我的……重耳此时的心情大抵跟一个小孩被抢走玩具相当，要不是一把年纪了，只怕要满地打滚。当然，事后来看，还是打滚比较合适，因为重耳同志怒发冲冠、仰天长啸、壮怀激烈，一把抓起旁边的一把长戈，就朝舅舅狐偃杀过去。

第十一章 重耳流浪记

"有本事你别跑！"

狐偃临危不惧，大喊一声："要是杀了我能够成就你，我死了也心甘。"抛下这句掷地有声的豪言壮语，狐偃拔脚就跑，当年还是他老人家教了重耳大杖走的道理，现在管制刀具都拿出来了，不跑对不起爹妈呀。

于是，有趣的一幕出现了，两个年纪加起来接近一个半世纪的老头子，一个人迈着老腿猛跑，一个人挥着戈一边猛追一边大喊着弄不死你。这幅情景，估计人民群众是喜闻乐见的。

追杀了好一会儿，两位老同志终于消停了，纷纷坐在地上喘气。

重耳欲哭不能，欲杀不得，恨恨说道："要是事情不成，我要吃你的肉！"

狐偃笑了。

"要是事情不成，我多半要死在荒郊野外，到时，你要跟豺狼争食？要是成功了，晋国的美食随便你吃，你还会吃我这又酸又臭的老肉？"

重耳突然大笑起来，随即这笑声扩散开来，赵衰、介子推、先轸、魏犨围拢上来，他们的笑声一同回荡在陌生的驿道上。

我们受过苦难，我们享过富贵，但我们还是我们。

路上的我们，才是最真实的我们。

重耳站起身来，拍拍身上的尘土。

走！去下一个有酒有肉有姑娘的地方。

离开齐国，公子重耳进入曹国，这又是一个中原的姬姓小国。

跟卫文公的无情与齐桓公的豪迈不相同的是，曹国国君曹共公的态度十分暧昧，听说重耳前来访问，跑出来迎接了一下，然后把他们安排到旅舍里。然后，曹共公就催促重耳公子快去洗个澡。

大家一路风尘，洗一个澡可以搓下两斤泥。为了不影响曹国首都陶丘的市容，洗一下也是应该的。

重耳没有多想，跑到澡堂子，宽衣解带，泡进了水池子。

重耳大概有一段时间没洗过澡了，很快就进入到了物我两忘的搓澡境界，直到他听到一阵阵的笑声。

有人！重耳大吃一惊，猛然站起，双手护住重要部分，然后往笑声的方向望去，只看浴室门口伸着一个人头。

看到偷窥被发现，那人反而大大方方进来，颇有不以为耻，反以为荣的感觉。重耳仔细一看，这个变态者竟然是曹共公。

大家可能奇怪，偷窥这种事情多发生在女子浴室，一个近六十的老头子洗澡有什么好看的？

曹共公哈哈大笑。

"原来公子真的是骈胁啊！哈哈哈！"

所谓骈胁，就是胁骨挤到了一块，属于一种生理畸形。至于重耳身体畸形的消息为什么传到了曹国，我胡乱猜想一下，可能是重耳本人在齐国经常出入娱乐场所，再经过到齐国经商的各地商人的广泛传播。

重耳慌忙穿上衣服，在曹共公的笑声中落荒而逃。

正所谓士可杀不可辱，这是重耳逃亡生涯中最为黑暗与羞辱的一日。从浴室逃出来，他坐在房中身体犹在发抖。过了一会儿，外面报：曹国的大夫僖负羁求见。

想了一下，重耳示意让他进来。

僖负羁满脸歉意，却没有提及浴室里那不堪的一幕，而是恭敬地递上

《第十一章》 重耳流浪记

一个食盒，表示公子一路辛苦，想必还没有吃过饭，现在就请用膳吧。

这也是玩弄我的一部分？重耳望了望僖负羁的眼睛，他在里面看到了真诚，于是，他放心地坐下来，打开了食盒。

被惊吓了一场，确实有点饿了，可打开食盒后，重耳又愣住了，里面确实有丰盛的食物，可在食盒的下方，还有一块玉璧。

这是一个十分贵重的礼物。大夫相见，根据身份的不同送不同的礼物，大的如玉帛，小的是禽鸟，禽鸟大概已经做成菜装在了盘子里，下面这个玉璧就有些费解了。

在春秋时，国与国之间的外交有一个很重要的原则就是大夫无境外之交，通俗点讲，就是大夫不能私自结交他国的大夫与国君，一切交往必须出自国君的指令。

僖负羁偷偷摸摸把玉璧放到食盘下，说明这不是替国君来道歉的，而是想私下结交重耳。

明白这一点后，重耳将玉璧拿起来，郑重地送还给对方，表示自己正饿了，您拿来的食物我就笑纳了，只是这个玉璧还请拿回去吧。

我只接受合适的馈赠，而今日，我所受的恩惠必涌泉相报，施于我的冷漠与耻辱，我也会加倍奉还！

离开曹国，还乡团继续踏上了征途，下一站是正处在动荡中的宋国。

此时的宋国刚经历泓水大败，宋襄公还在养大腿的伤，宋国国内也在开展宋公不击半渡之兵是对是错的大讨论。一半国人认为宋襄公虽然打了败仗，但坚持仁义，虽败犹荣；另一半人认为宋公简直是一头蠢猪，双方交兵，胜者为王，仁义一毛不值。

到底是仁义重要，还是胜利重要？这对流浪的重耳来说，并不重要，他关心的是能不能从宋国这里得到支持。

在宋国，重耳结识了的司马公孙固。这位公孙固对老板宋襄公的行为是持批判态度的，但这并不影响他继续为宋襄公出谋划策。

公孙固很快就从这群流浪者身上看到了中原复苏的希望。齐桓公已经不在了，自己的国君又死守礼仪，将来能够率领中原与南楚抗衡的，也许就是眼前这一群人。于是，他郑重向宋襄公引荐了重耳。

尽管在礼仪上，宋襄公跟公孙固有不同的见解，但宋襄公欣然认同公孙固的看法，用君礼隆重接待了重耳，这对一个流亡的公子来说，是一个莫大的鼓舞。

在会面上，宋襄公给他讲述了泓水之战的经过，并再一次为自己的行为做出了辩解。

"君子不伤害重伤的人，不擒拿老兵，古代行军，不在险要的地方设阻，我虽然是亡商的后人，却绝不会攻击还没有排好阵列的人……"

重耳凝视着这个身染重疾却慷慨激昂的人，他见过齐侯的豪迈，而宋襄公的执着却给他另外一种霸主的气息。他亦认真倾听着宋襄公的话，没有急于认可，也没有发声反对。此外，他亦从宋襄公的嘴里听到了那个在中原不可一世的楚成王的事。当然，宋襄公将他描述成了一个不讲信用的卑鄙小人。

那到底是怎样的一个人？如果有机会，我们会站到交战的对面吗？

宋襄公跟公孙固似乎认为完全有这个可能。会面结束时，宋襄公表示宋国现在经济上有困难，没什么值钱的东西，就送公子马二十乘以助脚力吧。

《第十一章》重耳流浪记

当年齐桓公就送过重耳二十乘，但考虑到宋国刚吃了败仗，宋襄公的这个馈赠就显得更土豪了。

重耳没有推辞，施礼之后收下这份厚礼。

大恩不言谢，他日重耳必有报于宋国！

会见结束之后，公孙固找到重耳，表示就不留你们一行人在宋国长住了，我知道你们还有许多的重要事情要做，而那些事情不是刚陷入困境的宋国可以帮助得了的，你们应该去寻找大国的支持。

重耳点头同意，拱手告辞而去。从晋国出来时，他有许多要回去的理由，现在又多了一项。

可正如公孙固所说，要想杀回晋国，必须要得到大国的支持，去哪里寻找大国呢？

离开宋国之后，重耳径直向南，朝楚国进发。

他是去楚国寻找支持，还是听了宋襄公的话，想去亲自确认一下，那位狡诈无比，为了胜利不讲原则的楚成王到底是个什么样的人？答案或许只有他自己知道了。

在进入楚国之前，重耳顺道去访问了一下郑国。

郑国的国君郑文公是郑厉公姬突的儿子，郑庄公姬寤生的孙子。郑国的基因大概是完全变掉了，郑文公既没有姬突的冲劲，更没有姬寤生的老谋深算，彻底沦为了强者跟班。

对重耳的来访，郑文公没有多大的兴趣，怎么巩固楚郑关系才是他关注的重点。

发现这个情况后，郑国大夫叔詹十分着急，在重耳来到郑国之前，他早就听过这一群人。

一群人在外面流亡近二十年而没有散伙，这本身就是让人惊奇的事情，这其中一定有什么比金钱利益更重要的东西在维持着这个团队。略一分析，他便得出了，将来主导晋国，甚至中原局势的一定就是这一群人。

于是，他连忙找到郑文公，劝告国君提前布局，提醒他，这些穷途末路的俊杰总有一天会成为天下的主导。其中公子重耳更有三个十分特别的地方，上天一定会眷顾这个人（今晋公子有三祚焉，天将启之）。

第一，重耳的母亲狐姬也是晋国始祖唐叔之后，也姓姬，本着优生优育的原则，同姓是不能结婚的，不然生下的小孩活不长。可重耳已经六十多岁了，吃得比小伙子还多（可能是饿的）。这说明，他很特别。

第二，投资一个男人，应该看他身边的男人，重耳身边的人有三个人的水平达到了一国上卿这样的级别。有这群人相助，重耳的前途十分光明。

第三，重耳虽然流亡，但晋国国内一直动荡不安，这对重耳来说，是一个绝佳的机会。

也就是说，咱们现在跟重耳搞好关系，将来一定能够获取利益。民间管这种东西叫烧冷灶，是一种风险很高但是回报很大的投资方式，等于风投。

可惜，郑文公是一个只对现货感兴趣的人。

当年齐桓公在的时候，郑文公次次参加齐桓公的大会，齐桓公死了不到一年，他就跑到楚国投靠了楚成王。

谁最当红，我就跟谁，至于谁是未来的强者，那就等他成为强者那天再说。

《第十一章》 重耳流浪记

于是，他立刻否决了叔詹以礼相待重耳还乡团的提议，表示不必浪费郑国本就不多的外交预算，还是把钱花在楚国身上比较好。

楚国当然是现在的最强者，但明天呢？当年楚成王打败宋襄公之后，到郑国炫耀，做出了一些失礼的事情，当时叔詹就判断楚成王无法称霸中原了。

情急之下，叔詹又搬出一个理由，表示郑国跟晋国都是文王武王的后人，亲戚之间相互往来，相互照应是应该的。言下之意，我们照顾晋国的逃亡者，说不定我们郑国的公子也需要别人照顾呢。

这一句，彻底戳到了马蜂窝。

这里要特别介绍一下，论春秋最不靠谱的爹，晋献公以花式翻新稳坐第一位，但要以数量论，晋献公可能还要甘拜于郑文公的下风。据我不完全统计，郑文公一共杀了两个儿子，并将所有的儿子都赶出了郑国。而眼下，还确实有一位叫公子兰的郑国公子在晋国。

老子的儿子都是老子赶走的，我才不管他们的死活！于是，他阴沉着脸回答："诸侯逃亡的公子经过郑国的多了去了，哪能都按礼节招待。"

叔詹沉默了，他低着头思索着，过了一会儿，他抬起头来，说了很不地道但极具政客智慧的一句话。

"君上要真不愿意以礼相待，那就杀了他们，以免后患！"

要么做善人，要么做恶人，中间派是无法存活的。

郑文公吓了一跳，作为一名典型的目光短浅者，他还有这类人的另一个特点，胆小怕事。

无缘无故杀一群前来访问的他国公子，这在弑君弑父如常事的春秋都还没有发生过，这是要冒天下之大不韪的。于是，郑文公连忙摇头，示意不要再说了，此事决不可行，只要打发重耳跟他的小伙伴们离开就是了。

在郑国，重耳再次受到冷遇，不同的是，他没有生气。

曾几何时，重耳对别人的漠视耿耿于怀，甚至大动肝火不惜动武，这些年过去，他显然已经习惯了。他人无礼，无损我尊严，他人厚待，也不增我荣耀。

愤怒、委屈无济于事，只有实力，才是表达自己情绪的最佳途径。

重耳记下在郑国发生的一切，然后启程朝下一个目标楚国进发。

第十二章

双雄的第一次亲密接触

《第十二章》 双雄的第一次亲密接触

重耳终于见到了传说中的楚成王。

他已经听过许多有关这位南方之王的传奇。

在陈郑蔡之间的商人当中,他被形容成一个极其残暴的人,夺人妻子,灭人国家连眼都不会眨一下。楚国商人则坚称他们的国君是个温和的好人。就连各国国君对这位南方雄者的评价都不相同,在齐桓公的眼里,他是一位言锋犀利不可小视的国君;在卫文公眼里,他贪财好利;在郑文公的言谈里,他气吞山河,雄视天下;可在宋襄公嘴里,他又变成不讲信用,专门使诈的卑鄙小人。

可当重耳先生第一眼看到楚成王,竟然生出一股亲切的感觉。两人年纪相当,爱好相仿(爱江山也爱美人),更重要的,两个身体上还有一个相同之处,都是鸡胸,从某种意义上说是病友,自然能够轻松拉近距离。

楚成王十分随和,虽然举止之间有一些南方荆蛮的鲁莽,但比中原那些虚伪的道德君子要真诚得多,而且为人豪爽,特地用诸侯之礼招待重耳,甚至使用了九献。当年郑文公就用九献招待过楚成王,楚成王应该就是跟郑国偷学的这些礼仪。

楚国这些年频频跟中原接触，有一锄没一锄地学一些中原的礼仪，但学得半生不熟，比如这个九献就是对诸侯也是超规格的，何况对一个流浪中的公子。难怪有人要说楚人沐猴而冠。

重耳惶恐起来，这些年，有人朝他吐口气、翻白眼，他都能泰然处之，对他好，而且好得异常，反而让他感到不习惯。

重耳准备推辞这样的礼遇，赵衰阻止了他。

"公子，我们流亡在外面十余年，小国轻视您，更何况大国了，现在楚国这样的超级大国愿意以国君之礼待您，您就不要推辞了，这可能是上天的旨意。"

这个话是不准确的，因为就重耳流亡记录来看，越是穷酸小国，越是轻视重耳，越是大国，越是大方得体。这里有气度的问题，小国气量自然狭小，大国气象自然万千。还有考虑后果的原因，重耳毕竟还在流亡期间，要是接待了，万一晋国追究起来也不是玩的，也只有亲如翟国、大如齐国这样的敢堂而皇之地收留数年。此外，还有一个十分隐秘的原因。这些不礼的小国大多是姬姓小国，而大国如齐宋多是异姓大国。关于这一点，可能跟重耳的父亲有关。重耳的父亲晋献公是杀熟的能手，生平最喜欢干的事就是灭同姓的小国，他的儿子跑出来攀亲戚，不太受欢迎就在所难免了。

赵衰的理由是不准确的，但这个建议是正确的。一个流亡的公子，碰到称霸中原的楚国赏识，正可以借此去一去晦气，打响还乡团的品牌，为今后顺利回国造造声势。

重耳点头同意，管他的，有吃且吃，有喝且喝，有拿先拿了再说。

重耳向楚成王表示恭敬不如从命，坦然坐享九献之礼。主宾双方就此

《第十二章》 双雄的第一次亲密接触

展开亲切而热烈的会谈，重耳介绍了自己这些年的流亡经历，楚成王时而唏嘘，时而大笑，时而为重耳不平，时而又为重耳叫好。而重耳亦认真听取了楚成王的人生回顾，渐渐地，他油然而生一股为君当为楚王的念头。

眼前的楚王年纪与自己相当，却已经叱咤风云很多年，与齐桓公分庭抗礼，对宋襄公战而胜之，兵锋所至，无不臣服。

而自己还是一个前路不知在何方的流浪者。

自卑在重耳的心里升起，直到楚成王的一句问话让他重新找回了自信。

酒至半席，楚成王人已微醉，他望向重耳，提了一个问题。

"如果公子回国，拿什么回报寡人？"

重耳怔了一下，他自然懂得天下没有免费的午餐，就是齐桓公宋襄公们，也是指望着他以后发达了，能得一些好处，但这种施恩图报的事情可以做但不能说，毕竟中国人都是讲礼仪的，开口就是利益二字，多伤感情，多降档次。

楚国文化底蕴还是差了点。重耳在心里露出了微笑，从容又回到了他的脸上。

"子女玉帛，君上不缺；羽毛齿革，君之土地也有，那些传播到晋国的，都是君上您剩下的东西，我哪有什么东西送给君上。"

这下轮到楚成王愣住了，我请你喝酒吃肉，又送了这么多东西，你一句没钱就打发我了？

"话虽然这么说，但你总要回报一下我吧。"楚成王继续问道。

与大气的齐桓公、小气的卫文公、下流的曹共公、短视的郑文公、豪迈的宋襄公相比，楚成王大概可以称得上实惠了，可重耳从不轻易许下诺言，他受过齐桓公宋襄公的二十乘之赐，曹国大夫僖负羁的一饭之恩，什么都没答应，就是在翟国，面对给他生下儿子的妻子，他许下的不过是让人啼笑皆非的二十五年不归可嫁矣这样的诺言。

因为重诺，所以不轻易许诺。

看来不开一张支票给楚成王是不行了。认真想了一下，重耳许下了他对楚成王的承诺。

"如果借君上的福，我能够回到晋国，他日晋楚交兵，遇于中原，我愿避君三舍。"

一舍是为三十里，言下之意，要是我们打仗，我往后退九十里。这在战场上等于是送出了战略纵深。楚成王露出了愉快的笑容，重耳停了一下，说出了下半句。

"如果君上还是不能谅解我，我只好左执鞭弭，右摸箭袋，与君上周旋一番。"

此句终于暴露了重耳此行的目的，他来楚国不仅仅是为了寻求支持，更是来考察楚国，见一见这位让中原谈虎色变的楚王。

如果我要有所作为，他日必得与楚王一战吧。

气氛突然变得紧张起来。

"无礼！"楚国的司马子玉愤然起身，这位子玉是斗伯比的儿子，楚国令尹斗文的弟弟，在鹿上会盟活捉宋襄公以及在泓水大战中立下功劳，是楚国政坛一颗冉冉升起的明星。

"王待晋公子至厚，而晋公子出言不逊，请王杀之！"子玉上前，拱手请令，"不杀之，他日晋公子回国，一定会威胁我楚国大军。"

一个流亡的人会成为威胁楚国大军的人？当年齐桓公没敢做，宋襄公

《第十二章》 双雄的第一次亲密接触

做了却惨败的事情，眼前这个风尘仆仆，四处流浪的人能够做到？

楚成王望向重耳，他突然觉得这个原本听来荒谬的言论或许真有可能成为事实，因为面对死亡的威胁，重耳面色平静，毫无惧意。

曾几何时，面对齐桓公的挑衅，楚成王没有畏惧过，那是因为他知道，齐侯老矣，他们不会是同时代的竞技者。而宋襄公的挑战，对他而言更是一种大礼。这个年纪与自己相仿的晋国公子会是自己真正的一生之敌？

楚成王突然被激起一股英雄之气，他哈哈大笑起来。

"楚师掌控在我手里，除非我管不住了，不然，谁能威胁楚军！"

这个世界上最寂寞的事情就是英雄没有匹敌，孤独求败不得。如果重耳能够匹敌，也未尝不是一件人生快事。

于是，楚成王掉过头，面向子玉，表示重耳公子是个有才能的人，身处困境而不谄媚，又有三位贤人相助，这是上天的安排，岂是杀得了的，你不要信口开河了。

"那就扣下狐偃！"子玉说道。他已经察觉到这一伙突然闯进楚国的人并非善类，总有一天会成为楚国的大患，在他们成气候前，不如先下手为强，将这伙中资历最老的狐偃扣下，等于抽掉了还乡团的精神骨干。

楚成王连忙摆手拒绝了这个请求，一个七老八十的老头子，扣来何用？

以楚成王的才华，他未必看不出重耳的威胁，但他就如三国中的曹操碰上了刘皇叔，隐隐中生出论天下英雄，唯使君与操耳的英雄相惜情结，最终纵虎归山。

酒宴过后没数月，楚成王兴奋地找到重耳，告诉他你们晋国的人质世子圉逃了，秦国震怒，正四处寻找他回去。

"我本想帮助您,但楚国太远。而秦晋接境,秦君又是一个靠得住的人,公子您大胆地往前走吧(子其勉行)!"

楚成王备下厚礼,送走重耳。

他们能否猜到,下一次会面就要兵戎相见?

《第十三章》

秦晋之好

第十三章　秦晋之好

辗转近十个国家，跑遍了天下，重耳终于见到了真正能够左右晋国局势的秦穆公。对两位来说，这都是一次迟到的会面。

看着已经有些老态龙钟的重耳出现在自己的面前，秦穆公竟然有一些内疚。要是十多年前，自己没有受私心影响，立了不讲礼的夷吾，而坚持选择重耳，他也不必四处流浪，而秦晋两国也不会搞到现在这个样子。

带着这样的情绪，秦穆公隆重接待了重耳，还生怕自己有的地方接待不周，特地给重耳送了五个老婆。加上齐翟两国的两个老婆，就是七个老婆了。四处流浪还能娶这么多老婆，这样幸运的人，据我所知，也就只有武侠世界里的韦小宝了。

这对重耳的身体应该是一个严峻的考验，重耳看了一下名单，立刻露出了难色，难倒不是难在腰上，而是这里面有个人的名字让重耳感到不好下手。

在五个老婆里，有一个叫嬴的女孩，她是晋国世子圉的前妻。

世子圉为了回国，抛弃怀嬴，秦穆公将她加到这一场政治婚姻里大概也有惩罚一下怀嬴放走世子圉的意思。

可对重耳来说，这是一个为难的要求，毕竟这是自己侄子的老婆，怎么好意思下手呢？想了一下，重耳还是选择了接受，身在秦国，吃人家的喝人家的，还是听人家的安排吧。

重耳勉为其难娶回了这五个秦国老婆，洞房当夜，怀嬴捧着一盆水请重耳洗手。重耳洗完手后，直接甩了甩手，水甩到了怀嬴的身上。

这个带有侮辱性质的动作惹怒了怀嬴。

"秦晋是两个地位相等的国家，你凭什么轻视我！"

重耳马上意识到自己犯了一个严重的错误，他将水甩到怀嬴的身上，的确是嫌弃她是个二婚。他也告诉过自己，绝对不能让自己内心的嫌恶表露出来。周游列国，他面对过诸国国君的轻视甚至是羞辱，他也受过礼遇，但最后他都能以平常心对待。是什么让自己做出了这样一个冲动的举止，去羞辱一个无辜的女人？

重耳无法得出答案，但高超的政治本能让他做出一个正确的举动。

重耳除下帽子，脱去外衣，把自己关在小黑屋里，其性质大概相当于跪键盘。

听说重耳在新婚夜关了自己禁闭，秦穆公露出了会心的微笑。

将已经嫁出去的女儿夹塞到四个女人之中打包给重耳，这正是秦穆公对重耳的一个考验。各国都在传说重耳克己复礼，但还是要眼见为实，不要再出夷吾这样的事情。

现在重耳在犯了错误之后，能够自我反省，改正错误，果然是一个有前途的……老同志。

《第十三章》秦晋之好

秦穆公连忙跑来见新任女婿，一开口就道歉，为自己没有打招呼就强行把世子圉的弃妻嫁给他致歉，并解释自己这样做只是因为太宠爱这个女儿了。没想到现在累得公子免冠受罪。这是寡人的罪过，收不收这个女儿，全听公子的决定。

重耳平静地听秦穆公说完，再次就自己的失礼表达了歉意，并许诺对于怀嬴一定会给出郑重的答复。

秦穆公心满意足地走了，这个事情说到底是他夹带私货不讲究，现在，他又把选择权抛给了重耳。

还乡团再次聚集起来。他们共同面对过许多困境，但这一次显得太另类，因为会议的主题就是要不要娶秦穆公的女儿怀嬴。

在小黑屋的一夜，重耳的耳边一直回响着怀嬴的呵斥。在那个指责声里，重耳听出了怀嬴的不满：你嫌我是二婚，我还嫌你老呢！

既然大家都不乐意，勉强在一起也是不会幸福的，重耳迟疑了一会儿，说出了自己的想法。

"要不，还是把嬴氏退回去吧。"

这个态度，引发了团员的一致反对。

你老人家要不要娶怀嬴，已经不是你个人的问题，而是关系到所有团员前途的重大问题。大家跟着你四处漂泊，好不容易有了指望，结果你大谈婚姻幸福，这合适吗？

众人纷纷给重耳解释这其中的利害关系，要想得到秦国的帮助，别说是嬴氏了，就是嬴政来了，你也得娶。

"可是，她毕竟是世子圉的妻子啊。"重耳叹着气，说出了自己的心结,"我以后怎么面对……"

狐偃的冷笑打断了重耳的话:"我们将来还要回国夺世子圉的君位,何况是他的妻子呢!"

这个就说得太露骨了,连重耳都不敢相信,于是,他又望向了赵衰,问他这样对吗。谁知道赵衰不但赞同娶嬴氏,还要求重耳按照迎娶夫人的礼节再娶一次。因为只有先尊重别人,别人才会尊重你。

看来自己的婚姻自己是不能做主了,面对团员的热烈请求,重耳只好点头同意,以他六十多的高龄,迎娶比自己小四十多岁的怀嬴,实在是难为他了。

重耳将怀嬴送了回去,并告诉秦穆公,自己将择取吉日,正式迎娶怀嬴。

对于前夫世子圉,怀嬴以大局为重,没有阻拦。对于重耳的羞辱,怀嬴没有忍气吞声,而是义正词严地维护了自己的尊严,她值得这份明媒正娶。

秦穆公更是喜出望外,从这件事上,他看到了重耳的诚意以及对自己的尊重。于是,他随即热情邀请重耳吃饭。

重耳欣然受邀,并让狐偃陪自己去,在还乡团中,狐偃年纪最大,地位也最高,是陪席的不二人选,在楚国时就经常陪重耳出席各种宴会。再者他老人家从楚国千里迢迢来到秦国,在楚国攒下的膘也消耗得差不多了,正好趁机补补。

当重耳叫狐偃一起去时,狐偃却拒绝了,他告诉重耳,这一次我不能去了,你应该带赵衰前去。

第十三章 秦晋之好

"为什么?"重耳疑惑地问道。以前每次吃饭狐偃舅舅都是身先士卒,这一次怎么就发扬风格了呢?

"这不是单纯的吃饭。"狐偃答道,"赵衰的文采比我出众,您应该带他去。"

重耳恍然大悟。秦君的这一顿饭,可谓是临门一脚的一顿饭,席间一定会谈到重耳回国的相关事宜。可问题是,宴会又不是文友会,为什么赵衰文采好就应该去呢?

事实上,这都是当时的社会风气决定的。因为古代娱乐活动比较匮乏,没有唱K这样的娱乐活动,猜拳也没有普及开来,贵族又讲究文化内涵,而念诗这种活动可以活跃气氛,又可以借诗谈事情,遂成为春秋宴会必不可少的环节。春秋各国大夫从小必须接受诗歌教育,不会诗歌,就像西方贵族不会跳舞,是进不了上层社会的。

考虑到自己文采欠佳,狐偃放弃了大吃一顿的好机会,从而推荐了赵衰。

赵衰没有浪费这个会餐名额。

在宴会上,秦穆公果然念起诗来,他率先念了一首叫《采菽》的诗。

赵衰一听,连忙给重耳使眼色,重耳心领神会,立马从位子上站起来,跑到堂下,对着秦穆公拜谢。

秦穆公也慌忙站起来,下堂答拜。

不过念了一首诗,何必行这么大的礼?这其中的窍门全在这首诗里。

《采菽》讲的是诸侯朝见天子,天子下赐礼物给有功的诸侯。言下之意,秦穆公希望重耳成为晋国国君,也能够去朝见天子并获取天子之赐。

主宾双方拍拍身上的灰，坐回去后，赵衰低声对重耳说道："公子应该念《黍苗》。"

重耳点头，念了这首《黍苗》，秦穆公脸上的笑容更盛了，因为里面有一句十分关键的话：芃芃黍苗，阴雨膏之。

我们就像春天的黍苗，仰望着秦君您的及时雨。

秦穆公哈哈大笑，十分谦虚地表示重耳一定能得到他想要的东西，又哪里只是靠寡人一个呢。高兴之下，秦穆公念了一首《鸠飞》预祝重耳展翅高飞，重耳则回了一首《河水》，表示自己就像河流一样，奔向厚德如海的秦君。这首诗彻底征服了秦穆公，他马上念了一首《六月》。

秦穆公话音刚落，赵衰又是一个眼神，重耳迅速起身，小跑到堂下，又是干脆利落的一拜。

这首《六月》跟《采薇》一样，是一首有着浓厚政治寓意的诗，而且更为明显。这首《六月》描绘的是周宣王时期的中兴功臣尹吉甫率军出征，大获全胜的往事。如果说吟《采薇》是秦穆公承诺将扶助重耳为君的话，那《六月》更是希望重耳日后能够佐天子匡周室。

在你来我往的吟诗中，政治场上的讨价还价就这样被风雅地包装了起来。这些才华出众，能够随机应变、诵诗言志的大夫被称为行人，也就是外交官，这种人是各国争先起用的人才。

据我所知，以诗助宴是春秋的独特风景，进入战国之后，文雅的行人被犀利的纵横家取代，优雅的对诗被唇枪舌剑所代替。

看到重耳意会到自己的寄望，秦穆公也再次下堂谢拜。

重耳没有说任何请你帮我回国这样乞求的话，秦穆公也没有讲你以后怎么回报之类的功利话，只是念念诗，大家就把合同谈好了。

《第十三章》 秦晋之好

没过多久,秦穆公找到重耳,告诉他回国的时机已经成熟,你那位忘恩负义的弟弟夷吾去世了。

夷吾在这一年的九月因病去世。算起来他比重耳年轻,重耳还在秦国当五名新娘的新郎,他却撒手人寰,身体状况差得这么远,除了夷吾不像重耳一样经常当驴友到处跑锻炼身体,生存压力大也是一个重要的原因。

当上国君之后,他老人家过得也不怎么顺心,秦穆公老是要他表忠心,国内大夫常拿他跟流亡的重耳比较。在国际上夷吾似乎也不受欢迎,从他继位那年起,除跟秦穆公产生了那些不愉快的外交往来之外,他几乎没有跟其他诸侯有过交集,更不用说参加什么诸侯大会了。

混成这样,实在有损晋献公的威名。去世对他来说,或许也是一种解脱。

夷吾去世后,晋国大夫集体商议,给了夷吾一个惠的谥号。这是一个好评。

柔质慈民曰惠。知其性。爱民好与曰惠。与谓施。

夷吾不是一个合格的朋友,不讲信用,恩将仇报,交上这样的朋友,那是倒八辈子霉了。他也不是一个合格的领导,对于不听话的部下,他从来不手软,也不讲任何情面。他更不是一个合格的父亲与兄弟。儿子被他送出去当了质子,任由兄长流浪,甚至还要杀之而后快。这是一个视权力为生命的人。这样的人,应该不能称为一个好人,但他是一个合格的国君。

碰到国内的灾荒,他没有忘记去秦国骗点粮食过来,被俘之后,还知道及时做出改变,改爱田,做州兵,这些政策虽然不是他提出来的,但最终他还是将这些对国家有益的东西坚持了下来。凭着这些，他当得起惠这个谥号。

滑头的夷吾去世了，逃质回来的世子圉顺利登上国君之位，这位仁兄别的没有继承，他老子的狠劲倒是全盘接手了。上任没两天，就在国内发了一个通告，要求国内所有有亲人跟着重耳在外面混的人马上给亲人写信，让他们马上回国，在规定期限回来的一律赦免，逾期不归的全部从严处理。

命令下来之后，大家还是比较配合的，纷纷写信让亲人回国，毕竟家族的根基还在晋国，要真惹恼了国君，说不定被他连根拔了。

到了冬天的时候，圉一个人也没有等到。怎么效果这么差呢？圉派人去摸了一下底，发现一个让他火冒三丈的事情。

大夫狐突根本没把他的命令当回事，连信都没写。

就人数来说，狐突的两个儿子狐偃与狐毛都是重耳还乡团的成员，就作用来说，两人都是骨干，狐偃还充当着还乡团政委的职务。狐突家算是通重耳的重点户。

看来，要想把这件事办好，必须从狐突下手。

圉将狐突抓了起来，告诉他，什么时候你儿子回来了，你就什么时候出狱。

他相信以狐突的年纪以及平时养尊处优的生活作风，只怕吃两顿牢饭就得投降。可狐突告诉他：

"不用等了，我不会写信给我的儿子们。"

"你为什么不肯写？"圉愤怒了。算起来，狐突是他的外曾祖父，他

《第十三章》 秦晋之好

不明白为什么狐突一定要支持一个在外面流浪的人。

"当年我的这些儿子当官时,我就告诉他们要忠诚,现在我的这两个儿子跟在重耳身边数十年了,现在召他们回来,这不是让他们有二心吗,父亲让儿子存二心,自己还怎么侍奉君上?"

这样的话无可反驳,看来狐突似乎想把牢底坐穿,又加了一句:"我希望国君不要滥用刑法。像您这样企图用刑法达到目的,谁能无罪?"

圉火冒三丈,他本来想抓一下狐突的反面典型,却被这位老头教训了一顿。看来,再费口舌是没有用的了,他盯着狐突歇斯底里喊道:"难道你就不怕死?"

武力威胁常常是管用的,但某些时刻,却会失去它的效力,尤其当我们最需要它的时候。望着狐突的眼睛,圉惊讶地发现那里面没有一丝恐惧。

我已经老了,还有多少年可以活呢。

"君上的命令我已经听到了(臣闻命矣)。"

就这样了,你爱咋咋地吧,狐突闭上眼睛,不再看圉。

气急败坏的圉将狐突斩杀了。当一个权力拥有者只剩下武力可以依靠时,那离灭亡之时也不远了。

晋国著名的预言家郭偃宣称自己有病,关上门再也不上朝,在旷工之前,倒是给出了一个预言:国君只知道杀人,只怕要绝后了。(唯戮是闻,其何后之有?)

此时,重耳已经踏上了回晋的道路。

第十四章

王者归来

第十四章 王者归来

二十四年春，王正月，秦伯纳之。不书，不告入也。（《左传·僖公二十四年》）

这一年的正月，秦穆公派军队护送重耳回国，因为秦穆公没有前来鲁国通报这个事情（不告入也)，所以《春秋》没有记载（不书)。

这是《春秋》写作的习惯，但这一次孔老师确实疏漏了，因为重耳归国这件事情足以评选为本世纪的重大事件，将直接影响接下来数十年的天下大势，其余波更是延续百年。

重耳踏上了久违的土地，他曾经想过自己终有一天会回来，可没想到，这一天竟然是十九年后，而自己也从当年的壮年变成了一个六十二岁的老汉。

但只要踏上正确的道路，什么时候都不会太迟。

渡过黄河，秦军包围令狐，攻破桑泉，占取臼衰，连战连捷。到了二月的时候，晋国的大军终于前来迎战，但从效果来看，说是迎接团也不为过。秦穆公派出公子縶到晋营中走了一趟，也不知道谈了什么，晋国大军就撤退到了郇地，然后，重耳派狐偃同秦晋两国的大夫在郇结了盟，就晋国未来的局势共同做出了规划。

结盟之后，重耳进入晋军军营，直接接管了这一支部队，然后领着部队进入了曲沃，这是太子申生自杀的地方，也是他们这一小宗发家的地方。在这里，重耳只做了一件事：等待。

晋国的大夫纷纷从首都绛城跑到曲沃拜新码头，踊跃程度，拦都拦不住。

在曲沃祭祀先祖晋武公之后，重耳率领晋国群臣向绛都出发。在秦国，他已经夺走了侄子的妻子，现在又要夺侄子的君位，似乎有些尴尬。好在圉没有给伯父重耳添麻烦，看到国内的大夫纷纷逃往曲沃时，他就知道大势已去，转身逃离了首都，似乎想走重耳走过的路，开始亡命天涯。

重耳没有给他这个机会。

逃到高梁，圉被追上来的人刺杀，就此结束了自己六个月的国君生涯。重耳组织大夫给了他一个怀的谥号，这也是他的前妻被称为怀嬴的原因，当然，以后得叫文嬴了。

在谥法里，怀是慈仁短折的意思，慈仁难说，短命倒是事实。

重耳用了十九年的时间四处流浪，等待时机，寻找支持，但真正回国只用了一个月不到，整个过程几乎可以称得上兵不血刃。

但要就此庆祝就太早了，因为越是顺利的事情，越有可能隐藏着致命的危险。

晋国的大夫并不是一边倒地支持重耳，在重耳放松警惕时，大夫吕甥、郤芮准备给重耳致命的一击。

《第十四章》 王者归来

这两位也算是夷吾一党的铁杆支持者了，当年，就是他们里外合作，帮助夷吾登上了国君之位，并逼重耳踏上了逃亡的道路。重耳回到国内，虽然还没有下达清算的命令，但这是迟早的事情。

趁重耳还忙着给自己的还乡团封爵加官时，必须先下手为强。这两位打定主意，他们想到的办法也很简单粗暴：他们商定在重耳的宫室前放一把火，直接让重耳涅槃。

这个方案操作简单，还可以掩盖弑君真相，大不了推到消防事故上，但要操作成功，需要在宫里有内应。经过筛选，他们还真找到了这样一个人。

内应是寺人披。两位大夫之所以挑上他，原因也是显而易见的，这位寺人披曾经两度受命刺杀重耳。

大家都是重耳的仇人，为同一个目标走到一起，自然是水到渠成的事情。但这个事情还是出问题了。

听吕甥、郤芮说完弑君方案后，寺人披举手赞成。可等两位大夫一走，他就悄悄跑到宫城，请求晋见重耳。

重耳一听是寺人披求见，立马派了一个口齿伶俐的人跑出去把寺人披骂了一顿（公使让之），然后叫他滚蛋（且辞焉）。

"蒲城之役，君上让你一晚上赶到，结果天没黑你就杀了过来，要不是我翻墙快，就被你砍死了，后面你又为惠公来杀我，惠公让你三天到，结果你一天就到了，虽然你也是受命于人，但也来得太快了吧。当年被你砍破的衣服，寡人现在还留着呢。你赶紧走，别让我看到你。"

话说到这个份上，还是回去当一个合格的纵火犯吧，前面两次没成功，第三次说不定就干掉重耳了。但在被呵斥之后，寺人披没有退缩，反而阴阳怪气地说了一通话。

"我以为君上流亡这么多年，已经长见识了，哪知道还是如此，这个样子只怕又要遭殃了。我当年只不过是替君除恶，当然尽力而为。齐桓公都能让射他钩的管仲为相，你为什么还念念不忘过去的恩怨。既然你不见我，我自己会走，不劳你下令。而且要走的人很多，又何止我这个受过刑的人！今天君上即位了，难道就没有蒲狄那样的人吗？"

说完，寺人披抬脚就走。

听了回报，重耳意识到自己犯了一个错误，他也察觉到寺人披话中隐含的意思，所谓蒲狄那样的人，其实就是指以前的重耳。以前重耳在蒲跟狄地待过，寺人披就是前往这两个地方刺杀重耳的。言下之意，重耳你现在当了国君，但天底下也有反对你的人。要是你让我去刺杀他们，我也会毫不犹豫去干。说到底，只是一份职责罢了，国君何必耿耿于怀。

想到这里，重耳连忙派人追回了寺人披。

跟他的弟弟夷吾目空一切，狂妄自大不同，重耳是一个很谦虚的人，他能够坦然承认自己有缺点，进而听取各种意见，并做出改正。

重耳将寺人披请进来，听他详细讲解事件的经过，并制定了一个十分稳妥的应对方案。

三月三十，月黑风高，吕甥、郤芮终于动手了。他们潜入宫城，找到重耳居住的寝殿放了一把火，大火将木结构的宫殿烧成一片灰烬。等天亮时打扫现场，没有找到重耳的尸体。

吕甥、郤芮两位慌了，这意味着他们的阴谋已经败露。可国君在哪里呢？经过询问，他们得到了准确的消息，国君已经悄悄出国都，沿着黄河

《第十四章》 王者归来

往下游走了。

没有退路了，一定要追上去杀掉国君。

两位大夫领着自己的私兵追出城，跑到河边，就收到了秦穆公的消息，说他们已经扣住了重耳，请两位大夫快来把人领回去。

这明显就是骗人了，秦穆公怎么会把重耳交给他们呢？或许是纵了一夜的火，两位大夫的脑子烧糊了，竟然毫不怀疑，跑去找秦穆公要人。当然，一去，就再没有回来。

从整个事情来看，重耳玩了一个空城计。在收到确切的消息后，考虑到这两位大夫在晋国执政十多年，根基很深，直接清除会引发动乱，所以重耳没有立即动手，而是先与秦穆公取得了联系，然后偷偷跑出去与秦穆公会合，放任吕甥、郤芮烧了他的宿舍，让反对党成员尽数浮出水面，然后一网打尽。

这是一个极其谨慎的应对方案。采取这样的应对方案，应该源自他多年的流浪经验。

在周游列国的苦旅中，重耳逃避追杀，寻找盟友，同时也学习了各国的治国经验，考察各国的风土人情、地理环境，但最重要的收获却是磨砺了心志。在那些岁月里，他受过白眼，也收获过礼遇，有过顺境，也逆流而上，这些人生的起浮让他变得荣辱不惊，也学会了有所畏惧。

一个有所畏惧的人，才可能成为一个勇敢的人。

秦穆公也很够意思，帮助重耳除掉吕甥、郤芮后，特地送了三千甲兵给重耳，帮助他稳定晋国大局。

领着三千秦甲，重耳再次上演王者归来，这一次再也没有人可以挑战他在晋国的君位。等他坐上大位，自然明白自己能走到这一步，有许多人要感谢，尤其是还乡团的团员们。

大家跟你在外面混了二十多年，现在好不容易混出头，是时候分红了。加官是必须的，封邑可以有，但跟其他团队分红搞批量操作不同，重耳的分封不是一次完成的。

最先受封的应该是狐偃。这位舅舅早早就提醒了重耳。

在回国经过黄河时，大家纷纷登船，准备完成还乡的最后一程，狐偃突然跑到重耳的面前，递上一块玉璧，说是送给重耳的临别礼物，现在，我就要离开您去隐居了。

眼见革命就要成功，老同志这是干什么？

狐偃解释道："臣牵着马绳跟着您巡行天下，臣的罪过很多，我自己都清楚犯了哪些罪，何况您呢？请您批准我离开！"

狐舅舅在给重耳打预防针。流浪这些年，狐偃确实干过一些不太讨人喜欢的事，比如曾经强行绑架重耳离开齐国。当初他差点被重耳给戳死，重耳还叫嚣要吃狐偃的肉，以现在的情况看，狐偃是不用抢二师兄的生意了，但难保重耳不会怀恨在心，以后给他穿小鞋。

重耳明白过来，他将玉璧投入水中："如果我不与舅舅同心，有如此璧。"

舅舅，你就别装了，再装我只有跳河明志了。

狐偃心满意足，回到国内，重耳第一时间对他老人家进行了封赏。平心而论，还乡团中，狐偃功劳最大，辈分最高，第一个领赏也是应该的。

可有一个人竟然也跑来领赏。这就让重耳奇怪了。这个人是竖头须，如果诸位已经忘了他，可以请重耳提醒一下。

《第十四章》 王者归来

你个王八蛋死太监，当年把我们的团费拐走，害得老子要在卫国要饭，现在不找你麻烦算客气了，竟然还敢上门领功。

据《左传》讲，这位竖头须卷款潜逃之后，倒没有包二奶或在国外置业，而是跑回了晋国，用这些钱四下打点，谋求重耳回国的方法。

大概考虑到这个原因，重耳还是控制住了自己的火气，只是表示自己正在洗头，不方便见客。

吃了闭门羹，竖头须不慌不忙，请门人给国君带一句话。

"原来君上在洗头啊，洗头时头脑倒挂，心也不正，难怪不见我。行，那我走了。不过，我想请问一下，在外面牵马的是仆从，在国内为他守国就不行吗？要是君上仇恨留在国内的人，甚至连我这样的匹夫都不谅解，只怕君上要恨的人就多了。"

听到这句话，重耳连忙跑了出来，请竖头须进去。他已经听说了竖头须话里的玄机，接不接见竖头须已经不是叙旧的问题，而是怎么看待没有跟他流亡而留在国内的人。

还乡团的团员是需要重赏的，但也不能忘了留守大夫们。万一操作不当，搞得晋国再一次分裂就不好了。

看到半路开溜的竖头须都领了赏，有一个人放心了，这位大叔叫壶叔，也是还乡团团员，但不太起眼，称他为壶叔，多半是因为他就是替重耳拎水壶的。

虽然工作不太重要，但毕竟也跟着重耳颠沛流离，按一人得道鸡犬升天的道理，也在封赏之列，何况，逃兵竖头须都赏了。

可让壶叔郁闷的事情还是发生了，一拨拨的人晋见国君，然后兴高采烈地出来，他却迟迟没有接得重耳的奖赏。难不成把我忘了？

想到这里，壶叔再也坐不住了，亲自跑去求见重耳，看似谦虚又话中带刺地说了一句："君上赏了这么多人，还没轮到臣，一定是臣犯了错误，请君上降罪。"

连一个跟着重耳打酱油的壶叔说话都这么有水平，重耳还乡团的素质之高可见一斑。这大概也是漫长自助游当中，向狐偃赵衰这些大夫学的。

重耳笑了，他亲切地告诉这位老管家，不是不赏，是还没有轮到。

还没轮到，什么时候能够轮到？

"教我仁义，培育我德惠的人受上赏；帮助我行事而成功的，受次赏；冲锋陷阵，帮助我脱离矢石之难的汗马之劳，也受次赏。大叔你只是凭着力气帮助我，不能帮助我改正缺点，这该赏，但要排在前面的三赏之后。"

壶叔心悦诚服而去，消息传开后，晋国人皆心服口服。这跟夷吾回国就诛杀里克形成了鲜明的对比。

不妄杀一人，也不急于封赏，这是源于自信与原则的坚持。正如孔子老师教导我们的：其身正，不令而行；其身不正，虽令不从。

奖罚是国君治理国家最重要的手段之一，重耳用层次分明的封赏给国人树立了榜样，但他不是圣人，行事也并非完美，在封赏这件事情上，还是犯了一个错误。

他把介子推给忘了。

回国之后，重耳一边要搞外交，一边要重整政务，算得上日理万机，但这还不是忘了封赏介子推的主要原因。

第十四章 王者归来

主要是介子推自己跑了。

当日回晋国渡黄河,狐偃明为请辞,实为邀功时,介子推再也受不了这虚伪的一幕,哈哈大笑起来。

"公子能够兴起,这是上天支持,子犯却在这里邀功,太羞耻了,我不愿与这样的人同行。"子犯是狐偃的字。

说完,介子推乘着船离开,从此再没有出现在重耳的面前。

在十九年的流浪生涯中,介子推没有离开过,他甚至割下自己的肉给重耳充饥。可在革命就要成功的时候,他选择了退出。在他看来,荣耀与赏赐是对自己行为的一种羞辱。

介子推回到了阔别已久的家中,老母还健在,十九年前,介子推穿着件破衣服,拎着破包出了家门,现在还是一身破衣服,拎着当年的破包回家来。

母亲十分惊讶,她已经听说了,儿子跟随的公子重耳当了国君,怎么还空着手回家呢?她劝儿子去找重耳,至少也应该让重耳知道他现在的处境。

介子推拒绝了,他表示语言就是身上的花饰,现在我的身体都想隐藏起来,怎么会再展现自己的花饰呢?

母亲知道这样的决定意味着贫寒的生活,但她依然选择支持儿子的决定。

"你能做到吗?如果能,我跟你一起归隐。"

母子两人一起跑到了绵上山里,过着类原始人的生活。这时,终于有人看不下去了。

介子推的随从跑到晋国宫城,在宫门前挂了一张牌子,上面写了一行字。

龙欲上天，五蛇为辅。龙已升云，四蛇各入其宇，一蛇独怨，终不见处所。

所谓龙者，重耳是也；所谓五蛇，当然是狐偃、赵衰、魏犨、颠颉及介子推，其他四蛇已经登堂入室，只有介子推这条蛇，现在不见了踪影。

这大概算是中国历史上第一张大字报，其主题就是炮打国君，指责重耳没有论功行赏，有失公平。

因为没有城管及时清理乱张贴，重耳出来时就看到了，他这才想起那个清瘦的脸孔，当然还有那碗特别香的肉羹。

一定要找到他！

重耳亲自前去寻找，但茫茫群山，实在不容易找到。于是，重耳将整座绵山封给了介子推，此山遂称介山，重耳以此来记下自己的过错和表彰贤人。

据《吕氏春秋》讲，重耳寻人心切，下令放火烧山，试图逼出介子推，结果把人家母子烧死了。后人为了纪念介子推，特地搞了一个不生火的节日："寒食节"。

《吕氏春秋》是秦国相国吕不韦组织门客编的，门客们一向走夸张路线以吸引东家注意，这个故事的真实性还是留待大家考证吧。

介子推的事情对重耳来说无疑是个遗憾、但他及时发觉自己的问题，并做出改正，在改正的过程中完善自己，树立了在晋国国民中的威信，并成功实施他的治国方略。

从重耳的治国方略来看，明显有齐国管仲之道的痕迹，轻关易道，通

第十四章 王者归来

商宽农，救乏振滞，并开展全民道德大教育，使国民各有其用，各司其职，各得其所。自晋献公开创，晋惠公夷吾继力的晋国经济快车在重耳的手上再次加速前行，成为自齐国之后发展最迅速的国家。

而中原已经久违霸主。

重耳不会忘记流亡中他见过的那些面孔。他瞻仰过齐桓公的豪迈，也记得重病中宋襄公的愤慨，以及郑卫曹等国的谈楚色变。当然，他也见过楚成王本人，这个雄啸中原的雄者。

只有在中原的土地上证明自己，让失序的中原重回正常的道路，才对得起自己近二十年的奔波，才不会辜负这些追随自己的人，才让介子推的隐退变得有意义。

一年之后，一个称霸的绝佳契机摆到了重耳的面前。

第十五章

王室之难

第十章

王室之物

《第十五章》 王室之难

在重耳回到晋国的两年前，也有一个在外流亡多年的人回到了故土，这个人是王子叔带。

当年王子叔带引戎兵入洛邑，想夺取兄长周襄长的王位，结果被齐桓公一出手就给灭了。失败之后，叔带一直寄居在齐国，转眼间已经十年过去了。

在周襄王看来，兄弟之间的恩恩怨怨也成为遥远的记忆。现在还让兄弟在外面流浪，实在不是一个好事，而且当年宠爱弟弟的母亲周惠后也不在人世了，弟弟叔带成了他最亲的人。

在周朝的大夫向他提出让叔带回来时，周襄王十分高兴地答应了。

这说明，周襄王是一个比较善良的人。

而在齐国呆了十年，王子叔带并没有学会齐桓公高尚的情操，反而跟齐孝公学到了一些忘恩负义的东西。

回到京城后，王子叔带发现洛邑发生了不少的变化，哥哥成熟了，城市翻新了，母亲不在了，最引他侧目的是，嫂子也是新的。

周襄王新立了一个王后隗氏，这场婚姻也是一场典型的政治婚姻。说起来，还是周襄王为了对抗郑国采取的一场联姻。

　　周郑关系自从郑庄公射了周桓王一箭之后，就一直处在比较尴尬的处境，郑厉公时情况有所改观。郑厉公曾与虢国一起帮助周襄王的父亲周惠王平定过"子颓之乱"，但在招待问题上，周惠王厚此薄彼，赠给了虢公酒爵，只给了郑厉公腰带，结果把心气颇高的郑厉公活活气死（疑似）。郑国对此一直耿耿于怀。

　　两国之间的这种积怨终于再次爆发了。有一回，周襄王派大夫前往郑国进行访问，并调和郑国与邻国滑国的关系。周王出面，一般人还是给面子的，但没想到郑文公最近投靠楚成王之后，变得有些六亲不认，竟然把周朝的大夫给扣押了。

　　这就欺人太甚了，周襄王一气之下，不顾国内大夫的反对，请来了狄人帮忙，一起攻到郑国，好好修理了一下郑文公。事成之后，为了表示感谢，周襄王迎娶了狄人之女隗氏为妻。

　　这在周朝掀起了轩然大波，堂堂的天子，竟然娶狄人之女，这成何体统！就是一千多年后，中原人也只愿意把女儿嫁给突厥等胡族，而绝不愿意娶胡族女儿为皇后。这毕竟关系到嫡系血脉的纯正性。

　　周襄王要娶，那也就娶了，大夫有反对的，但也有同意的，至少回国后的王子叔带就不怎么反对。

　　回国后没多长时间，这位叔带就跟嫂嫂私通上了，而且还很明目张胆，很快就被周襄王发现了奸情。

　　十年前，你要夺我的王位，十年后，我才请你回来，你就送我绿帽子？！坑哥也没有这样干的！

第十五章 王室之难

愤怒的周襄王拿出了雷霆手段，将隗氏休掉，打发到温邑。然后，就没有然后了。

这算怎么回事？不搞武二哥那样的开胸取心，猪笼多少也浸一个吧，还有奸夫呢？这个事情就这么过去了？

这的确就是周襄王的所有处罚措施。这与其说是报复，不如说是息事宁人。究其原因，周襄王是一个厚道的人。从历史的长河来看，我们往往会得出一个比较悲观的结论，厚道的人总会输给小人。

叔带非但没有反省，反而勾结国内大夫，再次引来了狄人，也就是隗氏的娘家人攻向洛邑，这已经是他第二次革大哥的命了。

成不成功，就看这一把了。

当叔带进攻的消息传来，周襄王的近卫队（御士）组织反击，关键时刻，周襄王突然下了一个莫名其妙的命令：

"你们不要抵抗了，跟着我跑吧！"

虽然狄人很暴力，但王室御士也不是吃干饭的，还没开打，跑什么跑？

周襄王继续解释道："要是冲突起来，杀了叔带，太后在九泉之下要怎么说我啊。你们不要打，还是让我的诸侯们来收拾他。"

劝住护卫后，周襄王逃出了洛邑，拱手将王位腾了出来。

在你死我活的政治斗争中，周襄王最先想的不是怎么保护自己，而是去世母亲的感受，从道义上，这当然是一个值得钦佩的态度，但并不值得大家模仿，至少孔老师就不提倡。

关于这件事，孔老师是这样记载的。

冬，天王出居于郑。(《春秋·僖公二十四年》)

这一年的冬天，周襄王跑到郑居住。这是一个十分怪异的描述。周襄王明明是逃跑，可这里却用了居这个字，像是周襄王跑到了自己在郑国的别墅度假一样。孔老师这样写是有原因的，因为普天之下，莫非王土。别看郑国不把周王放在眼里，他的地皮从产权上讲还是属于周王的，所以天下都是天子的地盘，天子就没有出逃的说法，所以用了居这个字。但为了表达自己的批判，孔老师又在前面加了一个出字。

虽然天子到哪里都是家，没有所谓的出这个说法，但孔老师依然写周襄王出逃，是批评他执着于匹夫之孝，不顾自己的工作职责：天子之重，为了自己的孝道而自绝于周。

好在周襄王只是自绝于周，没有自绝于诸侯，出了事，还知道让诸侯来收拾；没地方，还知道跑到郑国来避难。

这个逃跑的路线说来也是荒唐，因为事情的起因就是郑国。要是郑国不扣押周朝的使者，周襄王就不会生气引狄人进攻郑国，不进攻郑国就不需要把狄人的女子娶回家；不娶狄人的女子回家，自己的弟弟就不会偷大嫂；不偷大嫂，狄人就不会进攻洛邑，周襄王也不需要跑路。

周襄王也算是慌不择路了，主要是他可选择的地方也没多少。秦晋虽然一直跟周王室保持着良好的关系，但据当时的情况分析，周与秦晋之间隔着不少狄人部落。周襄王还不具备打怪通关的能力，而东边的齐鲁宋又离得太远。郑国紧靠周国，论血缘关系，也是春秋中与周王室最近的诸侯国。

就算以前闹过意见，大难临头，只好厚着脸皮去一趟了。让周襄王喜出望外的是，一向不把他当领导的郑文公对他的逃亡非但没有幸灾乐祸，

《第十五章》 王室之难

反而热情地接待了他，还提供城邑给他居住。事情发生了这样的转变，说明郑文公当年的诸侯大会没有白开，对齐桓公一直宣扬的尊王攘夷政策还是支持的。

周襄王就在郑国"居"了下来，生活暂时还没有问题。郑文公妥善安排食宿，定时向周襄王驻地输送物资，还经常与大夫们一起跑到周襄王那里听取指示。

当然，周襄王目前来说也没有什么别的指示。要有，就只有一条。

大哥，想想办法让我回国啊！

包吃包住，郑文公还搞得惦，但要说让周襄王上演王者归来，就不是他搞得下来的。问了数次，郑文公都不答，只是让周襄王安心住在这里。周襄王心里直嘀咕，这不是要把我当宠物养着玩吧？

焦急之下，周襄王把天下的诸侯翻了一下。秦国离得远，晋国重耳刚上位，对周政策还不明朗，楚成王实力雄厚，但这是一个什么事都干得出来的家伙，而宋国还没从泓水大战中恢复过来，齐国自桓公一去之后就一落千丈。只有鲁国的鲁僖公是老同志，当年还参加过扶持他的首止大会，对他家那点事也很清楚。

可向鲁国求援有一个问题，鲁国一直对周王室不冷不热，而且也不是一个爱管闲事的主。怎么打动鲁国呢？仔细谨慎思考，周襄王给鲁国送去了一封信。

冬，王使来告难曰："不谷不德，得罪于母弟之宠子带，鄙在郑地汜，敢告叔父。"（《左传·僖公二十四年》）

这是一封非常谦虚的信。首先，这里周襄王用了"不谷"这个自称。

按照老子"贵以贱为本,高以下为基"的思想,越是高高在上的君王,越要把自己往低了说。所以天子一般自称"予一人",意思是自己跟你们一样,也是一个人。这已经是比较谦虚的自称了,再谦虚一点,就是"寡人",表示自己是个寡德之人,而周襄王使用的这个不谷是最为谦虚的说法,所谓不谷,就是不结果实,不是一根好苗。据史料显示,楚王(比如楚怀王)最喜欢用不谷称自己,他们是山寨王,这样称还算尊重事实,周襄王自称不谷,就太谦虚谨慎,属于国有大难时展开自我批评时才用的贬降名号(降名)。

据史料记载,周襄王不但降名,本人在郑国还一直穿着素服,以示自己有罪。

顺便提一句,朕这个词在春秋时是普罗大众的自称,街上卖烧饼的也可以自称朕:"朕的包子皮薄馅多,大家快来买啊。"朕被君王专用还是从秦始皇开始的。

以这个不谷为开端,周襄王深刻认识到了自己的错误(不德),没处理好兄弟之间的关系(得罪于母弟之宠子带),十分委婉地诉说了自己目前的困境(鄙在郑地氾),并十分谦虚地表示自己只是向叔父鲁侯你打个招呼。

这封诚恳的求援信得到了挑礼的鲁国之高度认可,鲁国大夫臧文仲更是喜出望外地表示天子在外蒙尘,我们现在收到消息了,哪里敢不立即去问候。

鲁国马上派人前去慰问周襄王。可是,仅仅慰问管什么用?人家周襄王是想回家啊,不是求探望。

鲁国向来是语言上的巨人,行动上的矮子,他们也不具备实力,更不

第十五章 王室之难

会冒风险去帮周襄王回洛邑。

东边的诸侯指望不上，只有期待西方了。无奈的周襄王拿出了最后的办法，向秦晋两国求援。

黄河之岸，秦晋联军扎下了营地。

在去年秦穆公与重耳喝酒吟诗时，两位除了达成送重耳回国的协议，更暗示了以后两国可以加强合作，共同开拓中原市场，在中原最重要的事务——扶助王室上发挥作用。

现在王室主动找上了门，可秦晋联军来到黄河边上后，却停了下来。

黄河彼岸，就是群雄逐鹿的中原，对重耳个人来说，那是一片熟悉的土地，但对秦晋两国来说，却是一片陌生之地。秦晋两国的战车从未驶过那片土地，而要帮助周襄王，首先要踏进郑国的国境，还要与王子叔带的狄人军队作战。对于这种跨境作战，秦晋并没有多少经验。

于是，秦穆公下令在黄河岸边停下来，然后提出一个方案，先派使者给周襄王送信，让周襄王自己从郑国的氾邑里出来，走到秦晋军营里来，这样可以避免与郑国的冲突，到了之后，秦国再将周襄王接到秦国去住，从长计议。

这就不太靠谱了，都是流亡，周襄王为什么不在郑国好好待着，而主动跑到秦国去住？难不成陕西油泼面比河南烩面要好吃一些？

重耳同意了这个方案。这是他第一次以国君的身份参加国际事务，听姐夫兼丈人的，应该没有错。

开完会回来，狐偃正在等他，听完秦穆公的计划，狐偃压低声音，告诉国君不能干等，应该主动出击，替周王室摆平这件事情。

"但秦伯已经有方案了啊。"

"他定他的方案，我们干我们的！"

甩开秦伯单干？

重耳怀疑起来，可狐偃告诉他，如果晋国不下手，秦国就会下手。所以必须要快，国君要想继承晋文侯晋武公的大业，就看这一次了。

重耳郑重点了点头，虽然这一次是跟秦国共同出门做生意，但秦晋两国毕竟是同一地区相互竞争的两国。而且在这数十年，秦晋两国一直并驾齐驱，甚至秦国已经走到了晋国的前面。而这一次秦穆公的犹豫正给了晋国一个赶超的机会。

于是，重耳跑去跟秦穆公商量，表示自己愿意主动前往郑国，替周王效力。考虑到晋国跟周王室都是姬姓，有点性急可以理解，秦穆公就没有多想，表示晋侯要是着急，那就先去吧。

在秦穆公的欢送下，重耳率领晋军，渡过黄河东去，很多年以后，秦穆公想起这一幕，总会感叹自己竟然放任称霸的机会从自己的手中白白溜到晋侯的手上。

此时的国际社会，已经淡忘了周襄王还在外面漂泊的事情，这证明齐桓公当年年年开会，重申大家一定要尊重王室，结果会长一去世，会议精神就没了。最后，竟然是一个从来没来参加过齐桓公尊王学习班的人前来匡扶王室，这实在是一件让人唏嘘的事情。

为了顺利平定周王室，重耳采取了用钱开路的方法，用钱向沿路的草中之戎与丽土之狄借路，以最快的时间抵达了周朝。

进入周境，重耳将部队一分为二，一路前往郑国迎接周襄王，另一路

《第十五章》王室之难

将温邑包围了起来。温邑本来是隗氏被休后居住的地方，王子叔带赶走大哥后，没有住在洛邑，而跑到温邑陪隗氏。这证明王子叔带至少继承了周幽王爱江山也爱美人的优良传统。

十多年前，王子叔带就玩过一次引戎入寇，那一次执掌天下的是宽厚仁义的山东二哥齐桓公，结果虽然失败，却未成仁，现在碰上重耳，只能算他倒霉了。

重耳攻破温邑，擒获叔带之后直接杀了。从某种意义来说，齐桓公当年留下叔带，就像是为自己的接班人留下一个建立霸业的契机。

这样的杀气也是必要的，因为接下来还有一项任务，要把周襄王从郑国接回来。虽然周襄王的腿长在自己身上，但他毕竟是住在郑国，要是郑文公从中作梗，也是一件麻烦事。

晋军的气势彻底震住了郑文公，郑文公没敢提出任何异议，就放周襄王回国了，甚至招待周襄王吃了大半年，连周襄王回国的答谢会也不敢去参加。

回国后，周襄王特地设宴，感谢晋侯出手相助。

一出手就斩获颇丰，重耳兄弟似乎有点飘飘然，在答谢会上，提出了一个不太合适的要求。

据记载，在宴会上，周襄王对重耳的无私帮助给予了高度赞扬，特地用甜酒来招待他，还让重耳上前向他敬酒。两杯热酒下肚，重耳提了一个要求：在自己的墓前挖一条地下通道（请隧）。

重耳已经六十多了，此时可能正在开工建设自己的地下CBD，就想申请修一条隧道方便自己的棺木入驻。

这是一个越礼的请求，因为在墓室前修隧道属于天子的待遇，重耳想入住墓室，只能采用空降的办法。从上面打一个洞，用绳子吊下去，也就是今天农村土葬普遍采用的方法。

周襄王拒绝了这个请求，这位周王是礼方面的专家，一听就知道不对劲，而且他颇具口才，一句话就让重耳打消了念头。

"这样一来，天下就有两个天子了，这不正是叔父不愿意看到的吗？"

你刚替我干掉一个山寨天子，难道自己也想当一个？

当然，周襄王更是一个厚道的人，不可能让重耳白干活，他特地赐给了重耳一些地皮:阳樊、温、原、攒茅。

这些地方，我一看就眼熟，再一想，这不就是周桓王当年拿来跟姬寤生交换的土地吗？这些地原本是周朝贵族苏忿生家族的，当初他们就对划归郑国很抵制，后来被姬寤生武装收了一两块，这些年过去了，这些地皮怎么又回到了周王室了？

从史料推断，大概还是这些地方的百姓不愿意跟着郑国混，姬寤生去世后，后来的郑国国君又罩不住，这些地方又回到了周朝。

周襄王又把这些地皮送出去做人情，大概也有这些地方给你你也拿不住的意思。

他还是小看了重耳啊。

从周朝回来后，重耳就拿着周襄王的批示去接收土地，为了接收工作的顺利进行，他是带了兵去的。

果然，在阳樊，重耳就遇到了暴力反收编。这些年，这些城邑被周王室送来送去，已经有一定的反收编经验，大家团结一致，紧闭城门，打死也不开。

重耳愤怒了，要是第一个城邑就收不下来，那剩下的城邑就别指望了，冲动之下，重耳将城围了起来，准备屠城。关键时刻，阳樊城内一个叫苍葛的人爬上城头，喊了一通话，表示这城里的人都是周王室的亲戚，晋君刚平定周王室的祸乱，就来这里屠杀周王室的人，百姓怎么会依附？

重耳冷静了下来。

"这是君子之言也。"

流浪的岁月里，他也曾经受到过武力的威胁，曾经他对这样的暴力嗤之以鼻，可他没有想到，当自己掌握权力之后，却迷上了武力的作用。这是为什么呢？

重耳撤掉包围，让阳樊的人自行选择离城。

阳樊算是划入了晋国的版图，可他知道，在真正得到人们的信任之前，他永远都无法真正收获一座城邑。

重耳将下一个收编城邑定在了原邑，这也是一块硬骨头，大家死活都不肯脱周入晋，对此，重耳依旧率领兵马准备强行收编。

在出发时，重耳下令除去在路上的消耗，只给军士配三天的口粮。这也就意味着晋军将只攻三天，这倒不是因为重耳自信三天就可以攻下原邑，而是因为这是一个合乎古老军礼的做法。

作战是一件极其消耗民力的事情，大家一般不提倡打持久战，讲究速战速决，一般战斗不超过一天，就算大的战役也是争取三天打完。当然，这都是以前的老规定了，而且几乎没什么人遵守。毕竟打仗不是出来开会，逛一天，签个到凑个日期就算数了，怎么着也得弄点东西回去，所以仗也就越打越长，到后面，打个一年半载也就正常了。

这个命令下来之后，晋兵将信将疑。到了原邑，马马虎虎攻了三天，果然没有攻下。重耳召集将士，下达了撤退的命令，这时，有一个消息传来。

重耳派到城内的一个探子潜了回来，给重耳带来了一个好消息：原邑已经支撑不住了，投降就是这一两天的事情。

大老远跑到这里来，又攻了三天，现在就剩一两天了，坚持一下，就可以大功告成，军吏纷纷请示再待两天。

让人意外的是，重耳拒绝了这个建议。

"诚信是一国之宝，民众的庇护，如果得到原邑却失去了诚信，那有什么用呢？"

重耳下令，依旧按原定计划退兵。

退了一舍（三十里）之后，原邑打开城门降晋。

在攻阳樊时，阳樊人拼死抵抗，他们的理由之一就是不熟悉晋君的德行与政令，现在重耳用攻原邑来向大家展示了他是一个重军礼守信诺的人。原邑投降之后，没有出现重耳为收编周襄王赏赐的其他城邑而用兵的记录，这应该是达成了和平移交。

原来这个世界上确实有比武力更为有力量的方法，只是武力因为简单直接粗暴，容易被自负的人选择。而选择以德服人，首先要战胜的就是人性的弱点。

将周襄王开出的地皮支票全部兑现之后，晋国的战略纵深抵达太行山以南，直至中原核心。从此，晋国要想参与中原诸国的游戏，再也不用交纳过路费了。

但重耳的所得，远远不止这些。

回国第二年，重耳就摩拳擦掌，准备拉着晋国的士兵到外面征服世界，一来他的年纪也大了，要只争朝夕；二来，他在中原有许多恩要报，许多仇要还。

狐偃劝住了他，认为现在不是时候，因为晋国的百姓还不知道道义，并告诉他可以通过帮助周襄王回国来昭示道义。

重耳依计而行，诛杀王子叔带，迎回周襄王，一出手就树立了晋君重义的形象。

现在可以出兵了吧。重耳仿佛当年初登国君之位的齐桓公，也想来个跨越式发展，但霸王的修成是有其内在规律的，违反生长规律强行称霸就相当于拔苗助长。比如宋襄公，其后果是很惨的。

狐偃再次告诉他，现在百姓还不懂得信用，不如借讨伐原邑来彰显信用。

于是，就出现了原邑三日还军的一幕。

现在道义与诚信具备的晋国是时候用兵中原，称霸诸侯了吗？

在狐偃看来，还没有具备充分条件。他提出了最后一个条件：礼。

我们已经听过许多有关礼的事情，它像放诸宇宙皆准的真理，按照礼去行事，基本上就能成功；反之，则会招来祸患。事实上，《春秋》以及《左传》通篇都在讲礼。

可礼这个东西看不见，摸不着，无色无味，又没有具体的成例，怎么向百姓宣示礼的存在呢？

考虑了一下，狐偃建议：

"我们搞一次阅兵典礼吧。通过阅兵典礼来整饬武备，尊崇礼法。"

对于阅兵典礼可以宣传礼这一点，我觉得还是应该跟左丘明前辈商榷一下，就我本人看来，阅兵仪式除了练练嗓子，把大腿踢粗脖子扭弯，应该跟礼没什么关系。

大概春秋的阅兵有所不同吧，但有一点应该是相同的，阅兵仪式这样重要的典礼不能随便搞，晋国也没到立国纪念日，也没有发动战争的意图，没来由地搞，劳民伤财不说，也起不到宣示礼法的作用。

重耳说出了自己的疑惑，而狐偃拿出了一封信。

"宋国已经给我们发来了求救信，中原大战一触即发！"

第十六章

诸国的角逐

第六十章

赤四的来历

《第十六章》 诸国的角逐

接下来的这场大战，牵涉国家之广，投入兵力之多，影响之深远，交战之激烈都可以称为春秋第一战。这场战事主要围绕宋国展开，但参战主力是楚晋两大争霸国，战事的发端在齐鲁卫三国。

此时，卫国基本上完成了重建工作。据史书记载，在卫成公晚年，卫国已经攒下巨额资产：三百乘。虽然离大国千乘的标准还有一定距离，但考虑到卫国复国时只有十几乘，这个发展速度也算是惊人了。

卫国能够实现跨越式发展与卫文公省吃俭用有很大关系，但据一些蛛丝马迹显示，卫国能够再次强大起来，应该还是多亏了大地主齐国。

卫国是齐国复立的，而且在齐桓公病重期间，卫文公跟齐国的公子相互勾结，从齐国搞了不少地皮去。

齐桓公去世之后，齐国内乱，卫文公还跟着宋襄公一起参与平定齐国之乱，估计那一次又从齐国身上捞到了不少好处。

卫文公这样干，便宜是占了不少，但也彻底把齐国得罪了，要知道齐国的孝公也不是一个善茬，这位哥们儿连扶持他上位的宋襄公都敢打，何况一向受齐国照顾却来揩油的卫国。

为了对付卫国，齐国特地扶助了两个跟卫国有纠纷的小国：狄国跟邢国。

这个邢国跟卫一样，也是被狄人所灭后由齐桓公复立的国家，两个国家不但没有同病相怜，反而同病相攻。主要原因，两国相近，又因为都是复国，边境划界模糊不定，一直有领土纠纷。而狄国同样与卫国有领土的纷争。

齐桓公死后第二年冬天，在齐国的支持下，邢国、狄国合伙攻打卫国。自此之后，怎么面对邢狄两国的攻击，成了卫文公一生最主要的工作。最困难的时候，卫文公甚至要把君位腾出来，表示谁能治理国家，抵挡住外敌入侵，自己就让贤。

这个撂担子的行为受到了卫国大夫的一致抵制，坚决表示要在卫文公的领导下继续前行。无奈之下，卫文公只好硬着头皮，继续努力。

为了对抗齐邢狄的联盟，卫国积极展开外交活动，很快就成功找到了一个盟友：鲁国。

在鲁国的帮助下，卫国展开了自卫反击，频频进攻邢狄两国，并一举扭转了被动挨打的局面，取得对邢国的压倒性优势，开始策划彻底灭掉邢国。

此时，已经是鲁僖公二十四年，重耳回到晋国已经一年多。

在定下灭邢的大计后，卫文公找到大夫们商议，在这次会议上，大夫礼至提了一个很有创意的想法，他表示，要想灭掉邢国，必须要有内应，自己愿意跟兄弟一起到邢国任官，到时可以与君上里应外合。

这样的无间道之计，在战国经常看到，在春秋倒是第一次见。

《第十六章》 诸国的角逐

卫文公拍板同意，大夫礼至依计而行。到了第二年的春天，卫文公进攻邢国，邢国国君亲自登上城楼，组织守城，刚到城头，就被礼至两兄弟从后面反抓住了胳膊。可能还大喊了一声：谁也不许动！

劫持着国君，礼至打开城门，放卫军入城，就在城外杀掉了邢国国君，从而成功帮助卫文公灭掉了邢国。

这件事情后，礼至先生对此十分得意，专门作了一篇铭文，称赞自己的英勇行为：我扶持并杀死了邢君，无人敢止！

这个行为受到了孔老师的严厉批评，因为邢国是姬姓诸侯，礼至用阴谋来灭掉了同姓之国，不但不感到羞耻，还得意洋洋记下来，简直对不起礼这个姓氏。为此，孔老师甚至批评到了卫文公的身上，在记录这件事情时，特地标明了卫文公的名字。

二十有五年春王正月，丙午，卫侯毁灭邢。（《春秋·僖公二十五年》）

从道义上来说，这是不太正确的，但从国家生存的角度来说，灭掉一个长期骚扰自己的国家，这应该是有利的。在办完这件事情没多久，卫文公就去世了。作为一个复国的国君，卫文公是合格甚至优秀的，他出色地完成了卫国的重建任务，并在晚年有使卫国重回大国竞争行列的趋势，但因为个性上的缺陷：小气以及短视，没有按礼接待投靠的重耳，终将使卫国付出相应的代价。

卫国正在复苏，而老牌大国齐国却在勉力支撑。

鲁僖公二十六年，齐孝公决定攻打鲁国。开战的理由是，鲁国开会竟然不叫齐国参加。

去年，鲁国跟卫国以及莒国三国一起召开了一次大会，在这一年的春天，三国又开了一次会，这次会议，说起来还要追溯到卫文公身上。

为了感谢鲁国这些年对卫国的支持，以及展现卫国的外交风采，卫文公主动帮助鲁国跟莒国讲和。大家可能还记得，当年鲁国庆父之乱时，鲁僖公曾经跟着季友大夫在莒国流浪过一段时间，莒国想趁机敲鲁国的竹杠，结果被季友打败。从此鲁莒两国就结下了梁子，现在二十多年都过去了，两国关系一直没有恢复过来。这对鲁国来说也十分不利，毕竟莒国是鲁国与齐国抗衡的一枚重要棋子。

于是，卫文公主动联络鲁莒两国，愿意替两国开启和平谈判。因为两国积怨很深，又过去了这么长的一段时间，当年的主事人季友已经不在人世，想讲清楚当年的那些是是非非很不容易。所以和谈事业还没有成功，卫文公就与世长辞了。

卫文公去世后，他的儿子卫成公继承先人遗志，接连与鲁莒召开会议，继续商谈鲁莒和谈事宜。

事情就是这么个事情，情况就是这么个情况，卫国是中间人，鲁莒两国是当事人，这里面没有齐国什么事，所以三国也就没有请齐国列席参加，于情于理都是说得过去的，你齐国凭什么就打我呢？

这个说到底，还是齐国有霸主思维存在。齐国数十年都是诸侯大会的召集人、主持人，虽然现在齐桓公去世了，但以齐孝公的思维，霸主的儿子应该也是霸主，大家开会，至少齐国应该参加。即位第二年，齐孝公就参加了由陈穆公倡导的，陈蔡楚郑俱列席，在齐国召开的以怀念齐桓公恩德为主题的诸侯大会。那次会议，宋襄公没来。等宋襄公被射伤大腿后，齐孝公就揍了宋国一顿。

《第十六章》 诸国的角逐

只是缺席,齐孝公都不肯放过,何况这三国在齐国国境附近开会,竟然不叫齐国参加,这明显是不把齐孝公放在眼里。

愤怒的齐孝公为了维持霸主国的地位,悍然出兵,当然,因为是抗议鲁卫莒非法集会,齐孝公没打算大规模进攻鲁国,只是派了一支小军队去宣示不满。

面对齐国这一小撮来犯之敌,鲁僖公施以重拳,亲自出征,大犯齐国,还一直追到了齐国境内才算数。这一仗也总算出了鲁国这么多年被齐国压制的恶气。

但老话告诉我们,冲动是魔鬼啊。

本来这个事情,鲁卫莒照常开会,齐国到鲁国转一圈,放两枪,发泄一下不满然后回国,大家面子上都好看,事情就算过去了。可鲁僖公得理不饶人,一点面子也不给齐孝公留,搞得齐孝公实在下不了台。

看到丢铠弃甲跑回来的齐兵,齐孝公的怒火被点燃了。他点起大军,亲自出征,杀奔鲁国,要向鲁僖公讨个公道。

而他之所以如此当机立断,是因为他已经打听清楚了,鲁国刚刚经历饥荒。

从春秋的记录来看,鲁国的农业生产与粮食储备一直有大问题,一发生天灾,就会演变成饥荒。以前鲁国都是跟齐国买粮,现在,当然就不要指望了。

趁火打劫是齐孝公的专长,趁着鲁国正在抗灾救荒,一举击败鲁国,从而奠定自己的霸主地位。齐孝公不会忘记他的父亲齐桓公当年就是通过征服鲁国而称霸诸侯的。

胜利的前景是美妙的,齐孝公满怀希望领着大军前往鲁国,还没有到达鲁国，齐孝公就迎面碰到了鲁国的使者团。

率领使者团的人是鲁国大夫展喜，这位展喜带来了许多物资，正在国境上等着齐孝公。看到齐孝公后，展喜拿出酒肉，表示我们国君听说齐孝公您大驾光临，怕招待不周，特地派我前来犒劳齐军。

突袭鲁国的计划落空了，齐孝公也不着急，干脆坐下来吃点热乎的。

抹抹嘴，齐孝公突然问了一个问题："你们鲁国人怕不怕？"

别看你们送了吃的给我们，吃完了，我们还接着打你们，你们鲁国人总该害怕了吧。

展喜拱手行礼认真回答：

"小人很害怕，君子倒不怕。"

这是什么意思？齐孝公仔细琢磨了一下。这个带有玄机的话，当年吕甥就用来应付过秦穆公，秦穆公都一时搞不明白，齐孝公就更不用提了，相比不懂就问的秦穆公，齐孝公也没有虚心请教的意思，但他下意识地猜到这不是什么好话。于是，他用笑声来掩饰自己的无知，用张狂来掩饰心虚。

"你们鲁国的仓库空空如也，地里连青草都没有，凭什么不害怕？"

"我们鲁国所持的是先天的命令。从前周公以及太公一起辅佐成王，成王赐给他们盟约，盟约让我们世世子孙不相侵害，现在这个盟约还放在鲁国的盟府里，由太史掌控着，齐桓公这些年合诸侯救其灾，就是照着太公当年的指示办事。等到您即位的时候，大家期望您继承桓公的事业，所以我们都很放心，相信君上您不会抛弃先王的命令。因为有这一点，所以我们有恃无恐。"

这就是成语有恃无恐的出处。展喜说完，齐孝公出了一头冷汗，差

《第十六章》 诸国的角逐

点犯政治错误啊,攻打鲁国就是违背了老祖宗姜太公的指示,背叛了父亲的遗志,差点连霸主的座位也继承不了。齐孝公当下做出了正确的决定:撤军!

介绍一下,展喜这套说辞是他的哥哥展禽教的。这位展禽是鲁国礼仪方面的专家,而他之所以不自己出面,让展喜出面,一来是展禽年纪比较大了,他出生那年,春秋才刚开场,现在他已经快九十了。二来,展禽淡泊名利,不愿抛头露面。顺便再提一下,展禽的封地在柳下,他死后谥号惠,所以历史上又称为柳下惠。没错!就是那个唯一实现"我就抱抱,绝对不动"这个承诺的男人。

以柳下惠的口才,就是在说客辈出的战国也可以有一席之地,但据记载,柳下惠本人并不推崇言语的力量,他更相信道德的力量,这一次只是事情太紧急,不得不教了弟弟展喜这一套退兵之辞。

在他看来,如果鲁国自身不加强道德建设,齐国迟早还会卷土重来。

鲁僖公也意识到了这个问题,这套说辞正大光明,无可辩驳,但毕竟只是一套说辞,万一齐孝公回去清醒了一阵,发现自己被忽悠了,肯定还会卷土重来。

在齐国再次进攻之前,一定要找到彻底解决的办法!

经过慎重思考,鲁僖公终于触动了多米诺骨牌的第一块:他向楚国发出了求援信。

楚国等待这个机会很久了。

四年前,楚国在泓水打败宋襄公,可谓虎啸中原,但毕竟还不能称为真正的霸主,因为要想成为一个霸主,是有硬条件的。一是要主持召开诸侯大会，号令诸侯。楚成王一次大会也没有主持，就是参会，也常常是会议的破坏者，利用开会干一些不地道的事情，比如借开会抓了宋襄公。二要有行动纲领，像齐桓公提出来的"尊王攘夷"。当然，楚成王自己就是夷，让他自己打倒自己有点不现实，但他可以尊王不攘夷嘛。可楚成王别说尊王了，就是周王室的聘礼都没有按时交纳。自然，周王室也不爱搭理这个南方人，更不会赏他两块腊肉了。

当然，对于这些，楚成王是不在意的，他一向不走寻常路，追求的是有楚国特色的称霸道路。他的霸更接近于街头小霸王的霸，而不是诸侯伯主的伯，通俗点讲就是以武服人。

开头的一两年，楚成王就已达到这样的目标，陈许蔡这样的小国早就归顺楚国，卫成公把女儿嫁给了楚成王，曹国向楚国表了忠心，传统强国郑国对楚国俯首称臣，就连一向对着干的宋国，自宋襄公去世后，宋国新任国君宋成公第一时间就到楚国进行访问。鲁齐两国隔得远，但也没有对楚国发表任何不满的言论。一时之间，楚成王颇有在中原千秋万载一统江湖的意思。

但挑战还是不期而至。

秋，秦、晋伐鄀。（《左传·僖公二十五年》）

这一年的秋天，秦国带领晋国共同讨伐鄀国。

鄀国是位于楚秦之间的一个小国，国都在商密（今天河南省淅川县），在政治上一直靠拢楚国，算是楚国罩的小弟。秦国带着晋国攻打鄀国，一来是秦国试图扩展东部势力；二来，也是挑战一直在中原称王称霸的楚国。

《 第十六章 》 诸国的角逐

秦晋一动,鄀国就收到了消息,作为一个长期受罩的国家,基本上国防靠大哥,鄀国没有含糊,马上给楚国送去了鸡毛信。

楚成王倒不是太着急,在他看来,这不过是秦晋之间的试探,而且秦晋也绝不敢与楚国为敌,尤其是晋国,晋国的重耳在楚国受到过招待,收礼收得手软,没理由真的进攻楚国。于是,他只是象征性地下令驻守在析邑的楚军前往商密支援。下达命令后,楚成王特别告诉鄀人不要慌,挺住,我马上调两个县的兵马替你们守城。

楚成王相信,只要楚国的旗帜出现在商密,秦晋必退兵无疑。

接到楚成王的消息,鄀人放下心来。普天之下,还有谁敢跟楚军为敌呢?于是,他们紧闭城门,坐等援兵。

历史告诉我们,当你越是指望别人时,就越容易失望。在一个暮气沉沉的黄昏,鄀人不但没有等到久违的楚军,反而看到了秦晋的大军,不但看到的是秦晋大军,而且看到秦晋大军是押着析人过来的。

来到商密城下,秦国人挖了一道坎,牵来了牛,将牛宰杀在坎边,鲜血注满坎槽,秦国人又郑重其事地在上面摆上帛书。显然,这是秦国在搞歃血为盟,再结合析人已经被擒,很容易就可以推断出,在商密城下跟秦人结盟的就是原本在析邑的楚国人。

鄀国人终于崩溃了,兄弟们这么死撑着,不就指望楚国的大哥能拉兄弟一把吗?没想到楚国人竟然跟秦国人结盟,再一次出卖了鄀国兄弟。要结盟就一起结吧。鄀国人打开城门,集体投降。

等放下武器,请秦晋大军入城后,鄀国人才发现,那些楚军俘虏哈哈大笑。有人上前给他们松绑,拍拍他们的肩膀以示辛苦了,再仔细一看跟秦国人结盟的根本不是什么楚国人。

这是一场秦穆公自导自演的歃血大戏。

在得知楚军前来增援时，秦军先抄近路，奔向了楚军驻扎的析邑，但没有发起攻击，而是虚晃一枪，直接来到商密城下。特地找了一些群众演员（秦兵）装作俘虏，并煞有介事地在商密下搞了一出歃血为盟的戏码，成功引诱鄀国投降。

攻下商密后，秦晋大军杀了一个回马枪，攻破析邑，抓住了楚国的两位公子。

消息传到楚国国都郢城，楚成王着实愤怒了，他的一生，只有不断坑别人的一生，没想到自己竟然栽在了看上去老实巴交的秦国人手上。顺便提一句，楚国人应该吸取这一次的惨痛教训，重新认识一下关中的这些人。不要老是一副老子天下最精明的样子，那样就不会在数百年以后又吃秦国人的大亏。

愤怒的楚成王派出了楚国的精锐，由刚升为楚国第一臣的令尹子玉亲自领军追击，没想到秦晋两国来得快，去得更快，等跑到商密，两国人已经拿着战利品跑走了。

气愤之下，楚国人做出了一个举动，顺势攻打了附近的陈国，还扶持了一直在楚国流亡的顿国国君顿子回国。

楚国人的思维还真不是好捉摸的，人家陈国一直紧密团结在楚国的旗帜下，这件事情跟陈国也没有什么关系，顶多就一围观群众，你无缘无故跑去打它干什么？

这与其说是楚国的愤怒所致，不如说是因为子玉的愤怒。

当年子玉就断定晋国的重耳必将成为楚国的大患，现在果不其然，重耳回国才两年，就跟着秦国和楚国对着干。

《第十六章》诸国的角逐

郜国的被攻,并不是一件大事,楚国也没有受到什么很大的损失,但其中的象征意义不可小视。这象征着楚国通过泓水一战在中原打出来的威慑力已经在减弱的。而作为一个强者,尤其是靠武力维持的强者,是不能露出自己的软弱。不然,像郑蔡许这些天天围着楚成王喊神通广大,法驾中原的人,会第一时间捅楚国一刀。

不能再坐视了,必须给予正面的回击,让中原人再次记起楚军的强大。

正当楚成王为从哪里下手而犯难时,鲁国的来信无疑给他提供了一个跳板。

楚成王欣然同意,并亲自率领大军前往齐国,春秋最著名的一战就此拉开大幕。

就目前介绍的情况来看,卫国是此战最初的源头,齐国是闹事者,鲁国是请外援的,楚国是过江龙,秦晋则是背后隐藏的势力,但一开战,拳头却落到了宋国身上。

冬,楚人伐宋,围缗。(《春秋·僖公二十六年》)

引着大军朝齐国进发的途中楚军突然变向,扑向了宋国,并将宋国的缗邑围了起来。

这一次宋国被打,倒不像去年陈国围观挨板砖般无辜。就楚国的动向来看,这一次出兵主要目标还不是帮助鲁国攻打齐国,而就是对付宋国。

究其原因是宋国最近干了一件让楚成王十分冒火的事情。

收到楚国在郜国吃了败仗的消息,宋成王就跑到晋国进行访问,并与晋国签订了友好合作协定。这是中原诸侯国之中，第一个背弃楚国投奔晋国的。这样的首犯不办，楚国还怎么在中原立足？

在将宋国围住之后，楚军还分兵前往齐国，会同鲁僖公一起攻打齐国。当年齐孝公坐视恩人宋襄公被楚国攻打，这一下，他总算尝到了恶果。

齐军大败，楚成王还发挥所长，做了一件很不厚道的事情，他攻占了齐国的谷邑，然后把齐孝公的兄弟雍安排在这里，成立了一个亲楚的傀儡政权，还特地请了齐国著名大夫易牙当他的助手。除此之外，还把齐桓公的七个儿子全部搞到楚国当大夫，算是建立傀儡储备团。

一辈子对抗楚国的齐桓公要是知道了这个情况，只怕要找管仲大哭一场吧。

至此，鲁僖公终于用楚军将齐国压制了下去，但鲁僖公也不要急于高兴，因为在孔老师看来，你这个行为简直就是惹火上身。

关于这件事，《春秋》是这样记载的：

公以楚师伐齐，取谷。公至自伐齐。（《春秋·僖公二十六年》）

前面这一句，孔老师用了"以"这个词，表示鲁僖公能够随意指挥楚军取得谷邑，这是不正确的，因为楚国人也是人，鲁僖公干吗要用楚国人来替自己卖命？这样的批评还算比较温和，后面这句就要命了：公至自伐齐。直译过来就是鲁僖公从伐齐的战场上回来了。这是一个反常的记录，因为有去必有回，回来是很正常的事情，没有必要特别说明。如果孔老师特别说明了，就是表示别看鲁僖公随意指挥楚军十分潇洒，还取得了胜利，但这一次能够回来简直就是祖宗保佑。楚国人岂是好惹的，把他们关到中原的大门外还来不及，竟然还当带路党，请他们来。更有人认为鲁国的祸患，一定会从这一件事情开始。

一个弱者引强者入境对付另一个强者，这简直就是玩火，要是楚国打完齐国接着打鲁国呢？又或者楚国败于齐国，那请楚国来的鲁国人就成了中原汉奸，只怕逃不了齐孝公的铁拳。

这个情况发生的可能性是很大的，但后面又确实没有发生，后人分析，这主要是两个原因，一个是齐孝公去世了。在大军压境以及兄弟建立临时政府的双重打击下，齐孝公终于精神崩溃以至命丧黄泉了。对于这样一位国君，我只能表示，他实在有辱齐桓公的威名。

齐孝公一死，齐国又陷入争权的内乱当中，十年八载的也不会找鲁国麻烦。而另一个可能则是：晋侯出手了。

第十七章

围卫打曹

第十七章　围卫打曹

重耳同样期待这场中原大战很久了。

宋国被攻打，宋国大夫公孙固跑到晋国告急。

当这位曾经热情招待过他的宋国大夫站到自己的面前时，重耳意识到属于自己的时刻开始了。

他的眼前又浮现出宋襄公的模样，这个重伤却豪气不减的诸侯，他唯一的理想就是守望中原的礼仪。当然，他也记得在楚国受到的礼遇，那个看似平易近人，但霸气横溢的楚王，征服一切是他的目标。

是时候迈出自己的一步了。

这是流浪中的重耳就期待、构思甚至是策划的局面，与最强者直接对话，才能真正成为一个强者，但也可能灰飞烟灭。

在最重要的关口，重耳开始犹豫了。直到晋国大夫先轸的一句话替他下了最后的决心。

"报施救患，取威定霸，于是乎在矣。"

我们于宋国，有恩要报，对中原，有患要救，而我们的理想，我们的抱负，我们的威信，我们的霸业，就在此举！

此时，宋国在楚国大军的围困下度过了艰难的一年，而城外参与围攻的人越来越多。

冬，楚人、陈侯、蔡侯、郑伯、许男围宋。十有二月甲戌，公会诸侯，盟于宋。（《春秋·僖公二十七年》）

这里的楚人就是楚成王同志，他老人家因为在会场绑架过宋襄公，所以终僖公一世，都被孔老师称为楚人。但这一句的批判重点还不是楚成王。

楚成王是一个恶人，恶人固然可恶，但最让人痛恨的是与恶同行的人。

在楚子之后，严格按照公侯伯子男的顺序列出，就像是楚子领了一群跟屁虫。

陈蔡郑许鲁这些都是中原的传统诸侯国，关起门跟宋国都是一家人，可竟然追随蛮夷的楚国攻打宋国。尤其是鲁僖公，竟然跑到宋国专门为楚成王主持诸侯大会，多半已经拜楚成王为江湖大哥，并定下了一起攻打宋国的计划。

楚成王总算主导了一次诸侯会盟，但楚成王同志也不要骄傲，因为相比齐桓公，你这个会议的档次就差了点。因为齐桓公的会议最重要的不是参会人数，也不是与会首领级别，而是会议从来不动用兵车，大家都是宽袖轻衣前往，是为衣裳之会。您老人家搞的这次，大家都操着家伙，还刚从战场退下来，喝完血水，大家还要接着去攻打宋国。这次大会就实在称不上一次团结进取的大会。

人是需要比较的，当年齐桓公开会，有的诸侯还不理解，不服气，这一比较，才显出当年齐桓公的风采来。

当年在齐桓公的率领下兵挥楚国，逼楚国前来结盟的诸侯，现在全成

第十七章 围卫打曹

了楚国的马仔。世事变迁，往往就是让人如此唏嘘。

中原岂无人哉，俯首于楚人而自攻？

在鲁僖公嘻嘻哈哈请楚成王主盟之时，晋侯重耳正在举行晋国立国以来最隆重的阅兵仪式。

重耳是与齐桓公齐名的霸主，有些史学家甚至认为，春秋时期，只有他们两位是名副其实的霸主。两位声望相同，成就相仿，但实现的手段还是有一些差异的。

齐桓公采用管仲这位法家先驱为相，主要从管理入手，建立了一整套行之有效的行政机制，从而一举称霸，而重耳更重视国民教育。

在匡定周王室中，重耳展示了什么是义理，在攻原一战，重耳又展示了诚信。接下来，重耳用大规模的阅兵仪式，向国民展示了礼仪的力量。在这次大阅兵上，重耳设置了一个叫"执秩"的官，专门负责爵秩的设置。这等于重耳自动放弃了国君一个人说了算的权利。

在重耳的示范下，晋国国内的大夫的道德水平远远高于其他中原国家。

阅兵仪式上，重耳扩张军队，建立上中下三军。按照《周礼》所记天子六军，诸侯大国三军，次国二军，小国一军的标准，晋国已经正式跨入一流大国的行列。军队是扩张了，但更重要的是主帅的人选，这个位置很重要，俗语告诉我们，兵熊熊一个，将熊熊一窝。

重耳找到了赵衰。在重耳看来，赵衰是还乡团的骨干，年富力强，上得厅堂念得诗，上得战场杀得敌。

对赵衰来说，这是一个难得的机会，而赵衰拒绝了这个任命，转而推荐了晋国大夫郤縠。

这是一个高风亮节的推荐。因为这位郤縠不是还乡团的成员。

据赵衰介绍，郤縠大夫是礼义方面的专家，他来当主帅再合适不过。

春秋时，礼义是万能药，是放诸宇宙皆准的真理。所以由礼义专家来指导打仗，就不存在专业不太对口的问题了，重耳欣然同意了这个推荐。

赵衰能推荐，重耳还敢用。如此晋国，足以与楚国一战！

阅兵结束，晋军南下，冲向的却不是正被诸国联军合攻的宋国，而是曹国。

这个进攻方案是老同志狐偃提出来的，他认为曹国最近刚刚投靠楚国，如果攻打曹国，楚国一定会抽兵救援，等同于解了宋国的围。

这是传统的围魏救赵之计，曹国比宋国离晋国近，攻打曹国可以避免长途奔袭之苦，还可以调动楚军。但重耳同意这个方案不仅仅是为了救宋。

他从没有忘记在旅舍的澡堂子里曹共公得意嚣张的笑声，也没有忘记那充满温情的一饭之恩。

这是树威定霸的征途，也是报恩与还击之旅。

那就打曹国吧，以偷窥罪论也该判刑了，可重耳却派人跑到卫国，请求卫国借条路给他去打曹国。根据地图所示，卫国确在晋曹之间，但也不是非走卫国不可，据史学家考证，当时诸侯国之间的防范意识还不太强，并没有修建边关险卡。著名的关卡以及长城大多都是在进入战国之后才修的。

不走卫国，换条路，也就多转两里地的事情。为什么要大费周章去卫国借路呢？

原因大家想必也猜到了，当年卫文公也是对重耳不礼的国君之一，在卫国的五鹿，重耳甚至被卫国的野人羞辱过。这么多年过去了，重耳从五

第十七章 围卫打曹

鹿得到的那块土疙瘩一直在家里供着，时刻提醒他那日所受的嘲笑以及当日的许诺。

五鹿之地，天赐予我！

那直接打卫国就好了，为什么要先攻曹而向卫国借路呢？

这里面牵涉一个借口的原因。大家都活在春秋，这是一个基本讲礼的时代，讲究师出有名。平白无故去打卫国是行不通的，因为卫国这些年还是比较讲道义。卫文公小气是小气了点，但却是有名的仁义之君，他的儿子卫成公也还不错，这两年还一直为了鲁莒和平而奔波，向卫国下手，只怕会引起国际社会的反感，而曹国就不同了。

据记载，曹共公不但是一个偷窥狂，还是一个暴力狂，经常欺负周边小国，据史料记载，以前他确实跟着宋襄公干了一些不太道义的事情。

于是，重耳把目标定在了曹国，又向卫国借路，准备来个一石二鸟，据他本人的估计，卫国应该是不会借的，只要不借，他就有了攻卫的借口。

重耳本来是去救宋攻楚的，可去的路上就把旁边打酱油的曹卫两国给扯了进去。他应该是在下一盘很大的棋，一盘将中原所有叫得上名字的诸侯国全部牵扯进去，一举决出雌雄的大棋局。

这样的气势，实是不世出的大棋士。

卫国断然拒绝了晋国的借路请求。

晋国是假道伐虢这种借道兵法的商标持有人，卫国就是用脚指头想，也能猜出来晋国打的什么算盘。被拒绝后，重耳也不着急，条条大路通中原，此路不与爷，爷走他道就是。

放开卫国，晋军从卫国的南面渡过黄河，直扑曹国而去，看到晋国绕道而走，卫国松了一口气，仿佛送走了瘟神。但没过多久，他们就知道得罪重耳的下场了。

晋军冲到曹国扫荡了一番之后，猛然转向又扑向了卫国，而且冲向了五鹿，从这一点上看，重耳应该是属于天蝎座的，报复心理极其强烈。

这种大范围穿插跑动，声东击西之计，我还是从《春秋》上第一次看到。春秋大家都讲究指哪打哪，谁知道这个重耳一点不按规矩出牌。卫国仓促之下，毫无还手之力，没用多久，五鹿就被晋军攻陷，重耳总算报了当年的饭土之仇。

拿下五鹿，围住卫国之后，重耳不慌不忙地跑到敛盂，跟新上任的齐国国君齐昭公会面。在见面会上，重耳对楚国悍然入侵齐国的事情进行了严厉批判，承诺一定会维护齐国的稳定。于是，重耳将齐国这一东方大国争取到了反楚联盟当中。

这个盟会也算是对楚鲁盟会的一个回应。正要杀牲喝血酒时，卫成公的使者来了。

听说晋齐两国元首开会，卫成公连忙派人前来请求参会并结盟。

毕竟当年对你们不礼的是我父亲，你们打也打了，就此收手可好？

如果卫成公面对的是好说话的齐桓公，也许还有得救，但遗憾的是，他碰上了重耳。

重耳断然拒绝了卫国和谈的请求。也不能怪重耳太无情，要知道重耳这一次兴兵也不光是为了报复当年受到的冷遇，可怜的宋国还在受苦受难，要是这么快跟卫国达成和平协议，怎么将楚军吸引过来以解宋围？

第十七章 围卫打曹

卫成公慌了，他刚继位没两年，就摊上这样的大事，慌乱之下，他索性提出投靠楚国。消息传出来后，卫国炸开了锅。

大家应该注意到了，曹卫两国这一次还是比较冤枉的，因为它俩并不是楚国最忠诚的跟班，去年楚鲁郑等国在宋国结盟时，这两国就没有参加，也没有参与攻打宋国。曹国以前一直跟宋国混的，有不少裙带关系，他不来是情面抹不开。卫国不参与攻打宋国，应该是尊严在作怪。

卫国好坏也是文王之子卫康叔的后人所建，立国之初，组织上就交代了要他们多多寻访商朝的贤人，而宋国就是安置商人的国家。两国关系有一种特殊的亲近。春秋伊始，两国就经常合作，这些年虽然有些疏远，但好坏也是阶级兄弟，现在卫成公要彻底投靠楚国，也就是要帮着楚国打宋国，这算怎么回事？

在群情激愤之下，卫国人干脆将卫成公轰出了国都。

卫国算是歇菜了，这对攻宋联盟来说是一个坏消息。可最紧张的还不是盟主楚国。

楚国人依旧紧紧围着宋国，也曾经派出一支偏师救援卫国，但被晋军击败。失败之后，楚国干脆弃掉了卫国这枚棋子。这其中楚国可能对卫国没有前来开会，也没有出兵相助围宋有些意见，也清楚重耳玩的是围卫救宋之计，干脆以不变，应万变按原定计划围住宋国。

真正慌的是鲁国。

鲁国人的思维总是慢半拍，在刚请来楚国时，鲁国还能为指挥楚军而洋洋得意，甚至第二年还嫌天下不够乱，起兵攻到了杞国，其原因就是杞国在自己的国家用夷人的礼节。

人家用什么礼，跟鲁国有什么关系，鲁国狂到这种地步，颇有攀上豪门大户，看谁不顺眼就出拳的意思。

可等晋国把卫国收拾完，鲁僖公傻眼了。他没想到晋国竟然强大如斯，刚出兵就把已经恢复了七成功力的卫国打回了解放前。

考虑到晋国已经跟齐国结盟，而楚国又对卫国见死不救，说不定晋侯接下来就要围鲁救宋。

想到这里，鲁僖公冷汗如雨，他只是想对付一下齐国，现在却把天给捅破了，把晋楚两只大虫引到自己的国境附近。到了此时，怎么脱身才是最重要的。

显然，像卫国那样去乞盟是行不通了，一来晋侯未必答应；二来，要是楚国知道了，楚成王发起火来的严重性，鲁僖公也是见过的。

怎样两面不得罪呢？面对这个被中原二流诸侯国，比如郑国苦苦思索了一百多年的世纪难题，鲁僖公还是想到了一个办法。

他将自己的大夫公子买给杀了。

据史书记载，这位公子买原本是鲁国派去援助卫国的，也许是因为去得慢，也有可能是被晋军击退了，反正无功而返。在楚国，这的确是杀头的罪，但在鲁国历史上，我还没见到打了败仗就要掉脑袋的事，要是这样，春秋鲁国第一君鲁隐公就应该第一个被砍头，因为他就曾经吃过败仗，还在郑国当过俘虏嘛。

杀了公子买以后，鲁僖公做了一件十分不地道的事。他一边派人告诉楚国，自己令公子买去援助卫国，结果他竟然失败了，我就杀了他以示惩戒。然后，他又告诉重耳，自己不敢再与晋国为敌，这就杀了公子买当投名状。

第十七章　围卫打曹

这在写作圈相当于一稿两投，公子买的一头两用，也算是一笔划算的买卖。

楚国没有任何怀疑，而晋国也接受了这个说法，并放弃了攻打鲁国的打算。

那倒霉的就只有曹国了。

曹国很难攻。

将主力从卫国转移到曹国之后，重耳向曹国国都陶丘发动了猛攻，让他感到意外的是，竟然久攻不下。

晋军的士兵一批批死在陶丘城门之下，而重耳还看不到任何破城的希望。

出现这样的情况，应该不是一件反常的事情，而是正常的，因为攻城是所有战斗中最艰苦最没有胜算的。楚成王率领诸国联军攻了商丘一年多还没有拿下，要想短时间拿下曹国谈何容易。

正当重耳焦头烂额的时候，又一个消息如同晴空霹雳而来。曹国人将晋国军人的尸体挂在了城头。这大概是曹国人想挫挫晋军的锐气，顺便让晋军下回攻城时有些忌讳。

这个就太过分了，好坏这些军人大都是士，都是有出身有尊严的。人死万事空，现在像鱼干一样被挂着，这简直是春秋最无耻的行为之一。

那些尸体在初春的寒风中摇摆，重耳的耳边仿佛又响起了曹共公的大笑。

一定要拿下曹国！

可决心易下，方法难得。最后，重耳召集众人，听取群众意见。事实证明，群众的智慧是无穷的，真有一个人提出了一个计策。

将军营移到曹人的墓地上去！

这是一个缺德的主意，但既然曹国人已经无礼在先，这样做就无可厚非了。重耳拍板决定，起营搬迁，到曹国公墓扎营去。

曹国人慌了。那时候道教还没有产生，佛教也没有引进，大家最大的神除了头上的天，就是列祖列宗了。现在晋军住进了曹国的地下CBD，这怎么办才好？军营是临时建筑物，生活污水跟生理污水不分流，军人半夜起了床，也多半就地解决。这住不了两天，就得把墓地办成公厕了。

想了想，还是自己太过分了，晋军才这样干。认识到错误后，曹共公连忙让人把晋人的尸体取下来，并特地装棺送还给晋军。能认识错误自然是好的，但送棺材就有些矫枉过正了。

这么多棺材是极易造成交通堵塞的，在过城门这个交通瓶颈时，就堵住了，而晋国也不忙着接收阵亡者遗体，趁着机会就冲进了曹国。

曹国遂破。

拿下曹国后，重耳先生专程拜访了曹共公先生并热情叙了旧。见面时，重耳倒没有提及当年澡堂子发生的不愉快的事情，而是就曹共公这些年的胡作非为进行了严厉批评，最大的罪状是，曹国的公务员编制严重膨胀，国内享受部级待遇也就是乘高档车子的大夫就有三百人。这个数量到底高不高呢？用发展的眼光来看，不高，但以曹国的实际国情来看，确实太高了，曹国国内兵车可能还不足三百辆，可坐着玩的轩者比兵者还多。

但让重耳更生气的是，曹共公养着这么多闲人，竟然不重用当年曾经送礼给他的僖负羁。气愤之下，重耳脱口而出：将这三百个坐车人的功状

第十七章 围卫打曹

献上来!

这个状曹共公是献不出的,怪只怪他自己不该偷看人家洗澡吧。

被当面呵斥之后,重耳做出了他的判决:将曹共公绑起来,押到宋国交给宋公!

这是一个不合礼的举动。因为抓住了一国国君,唯一正确的处置就是交给周天子,因为诸侯是天子的臣,只有天子才能决定如何处置,而重耳偏偏将曹共公送到宋国,大概是有深意的。

一来可以更彻底地羞辱一下曹共公;二来让宋国挺住,我们已经给你送来了曹共公;第三,当然就是刺激一下楚成王。

你围着宋国不放,我现在连你的马仔都抓了,还要送到你围攻的商丘,看你坐不坐得住。

这个举动彻底让重耳坐实了谲而不正的名声。

重耳这个人看上去谦虚有礼,但实际上招招狠毒。而跟他齐名的齐桓公嘻嘻哈哈,大大咧咧,有时候还要点脾气,动点小心思,但本质上来说是一个十分正派的人。

出现这样的差别,还是得从两人的成长经历上找原因。

齐桓公虽然也短暂流亡过,但毕竟时日比较短,年纪轻轻就登上了齐国国君之位,又有管仲这位大师替他打理政务,这样优越的环境让他显得更为宽容大度,也更洒脱从容。而重耳就没有这么幸运,他二十多岁就在一个严厉的父亲手下当差,到了中年,就踏上了极其漫长的流浪之旅。在那次旅行里,他翻过墙,断过袍,流过浪,要过饭,见过白眼,洗澡还被偷看过。按孟子的话说,是苦过心志,劳过筋骨,饿过体肤,空乏过其身。

强国逐鹿

齐桓公因为幸运，所以人生豪迈，重耳因为坎坷，而变得狡诈。在宋国与宋襄公见面，看着对方裹着纱布的大腿，重耳领略了宋襄公的豪气，同时也吸取了前辈血淋淋的教训。

与楚成王这样狡猾的对手较量，只有比他更狡猾。

重耳相信这次楚国一定会被自己激怒。他在曹国耐心等待终极的一战，可大战来临之前，晋军自己出问题了。

晋军大将魏犨、颠颉这两位放火烧了曹国大夫僖负羁的房子。

一般来说，攻占对方城池，少不得要斗一下曹国的土豪分一下土豪的家产。但两位这一烧就闯大祸了，因为攻进曹国之后，重耳第一时间下了命令，不许进入僖负羁家，并且赦免了僖负羁的族人。这是为了报答当年僖负羁的一饭之恩。

这个命令引起了魏犨、颠颉的强烈不满，这两位早就有不满情绪了，他们都是当年还乡团的骨干，可回到国之后，重耳对他们并没有大加封赏，也没格外重用他们，比如这一次出征，魏犨只混了一个重耳驾驶员（车右）的职务。颠颉更是连名字都没露。

这个不满的情绪在攻占曹国后爆发了。

我们跟着你二三十年，其中还有十九年是在外面流浪，什么苦都吃过了，你也没怎么照顾我们，人家不过是送了一个盒饭，你就让我们不要去抢他的东西？

愤怒之下，这两人合着伙把僖负羁的房子给烧了，也不知道这两位是怎么回事，连纵个火都纵不好，魏犨竟然把自己的胸给弄伤了。晋国第一猛士的牌子该摘下来了。

第十七章 围卫打曹

收到消息,重耳发火了。他下这个命令,不光是报恩,还有树立自己威望,拉拢曹国大夫阶层的意思在里面,这两位愣头青不懂政治,只知道邀功请赏,这以后还怎么管理?

重耳下令将这两人当场逮捕,违抗军令是死罪。但在最后时刻,重耳犹豫了,现在大战在即,正是用人之际,一时就砍掉两位大将,无异于自断双臂,尤其是这个魏犨,他的家族在晋国实力雄厚,本人又能征善战,似乎值得挽救一下。

于是,重耳专门派人去探望了一下魏犨,看看到底有没有挽救的必要。

听说国君的使者到了,魏犨连忙从床上爬了起来,用纱布将胸口的伤层层包起来,然后跑去见使者。

"托国君的福,我现在没事了。"

说完之后,魏犨还往前猛跳了三百下(距跃三百),又横着跳了三百下(曲踊三百),脸不红心不跳气不喘,果然生龙活虎。

这是干什么,不是应该装病博同情吗?等使者走后,魏犨告诉部下,国君来看望自己,就是看我伤得怎么样了,要是我显得半死不活,他肯定要杀我立威,要是我能蹦能跳,就说明还有利用价值。国君一定会赦免我。

有这样的智慧,先前为什么跑去烧僖负羁的房子?

没多久,最后的宣判下来了,颠颉违抗军令,斩首示众,魏犨免去车右的职务,戴罪立功。

处理完这件棘手的事情,重耳再次把注意力放到楚军身上,此时,曹共公应该已经被押到宋国。以楚成王孤傲的脾气,应该会兴兵来战了。

可奇怪的事情出现了,楚军依旧按兵不动。

攻卫，攻曹，盟齐，押曹共公入宋，这所有的举动让人眼花缭乱，但楚成王已经看清楚了，晋国就是希望能够调动楚国，从而在一个合适的时机击败楚军。

看穿重耳的意图后，楚国咬定宋国，晋军攻卫时，楚成王还派了一支偏师去救援，晋军攻曹时，楚军干脆连象征性的援兵也不派了，而是一味猛攻宋国。

重耳，你不必再费心表演了，把你的晋国三军拉到宋国境内，老子与你一决高下！

到了此时，似乎只有丢下曹国，放弃所有的花招，真枪实弹与楚军交战。这对晋军来说，是一个极其没有胜算的下策。

在宋国境内，楚军纠集了蔡陈郑等数国联军，晋国虽然也有盟友，比如传统盟友秦国也派了一支部队前来支援，齐国也结了盟，但这两位都是抱着看热闹的心情来的。尤其是齐国，更是新近结盟，真要对上阵，这些人到底有多少能跟着往前冲的，重耳实在没有把握。

以这样的组合去攻击楚国的多国联军，只怕没有多少胜算，但局势的发展并没有多少时间让重耳去细心地做秦齐的工作了。

宋国又派来了一个使者，告诉重耳最近楚国加强了攻势，如果晋军再不来，只怕宋国就要撑不住了。

进，则无胜算；不进，坐视宋国战败，中原从此落于楚国之手。重耳陷入了困境，直到有一个人给他指明了胜利的关键。这个人就是刚升任的晋军元帅先轸。

第十八章

伐谋与对决

《第十八章》 伐谋与对决

先轸也是赵衰推荐的。

在赵衰将中军元帅之位让给郤縠之后,重耳决定任命他为下卿,率领下军。赵衰再一次拒绝了这个任命,转而推荐了先轸。赵衰的理由是这个人善谋。

赵衰终于做了一个专业对口的推荐。

先轸,姬姓,先氏,他的专长就是军事。他应该是春秋历史上第一个真正意义上的军事家。

要成为家,最重要的不是要有实战指挥经验,而是要上升到理论高度,形成系统的作战思想。有的大神生平没摸过枪,但他称为军事家应该没什么异议。而像姬寤生、公子突、齐桓公这些人经常打胜仗,但没有形成自己的军事理论,就不能称为军事家,只能称为赢家。形成理论的证据之一当然就是有著作了。

先轸是有著作的。据《汉书·艺文志》记载,有一个叫孙轸的人写了五卷有关兵形势的书和二卷图,而这个孙轸据考证很可能就是先轸同志。

先轸是还乡团的成员,但他不像狐偃那样善于从心灵上指引重耳,也不像赵衰那样善于吟诗，更不像魏犨这样受伤了还能横跳三百纵跳三百，所以以前一直不显山不露水。但他还是等到了属于自己的机会。

就在不久前，他被重耳从下军指战员提升为中军元帅，也就等于从下卿升为级别最高的上卿。卿分上中下三级，先轸实现这个跨越式发展，一要靠天意：被赵衰严重看好的郤縠同志在攻打卫国时病逝了。中军元帅的位子空了出来。

二要靠自己努力。据我推测，重耳这一系列的攻卫攻曹之计应该就出自先轸的手笔，在《汉书·艺文志》中，先轸被视为有兵形势方面的专长，《汉书·艺文志》专门解释了什么叫兵形势：形势者，雷动风举，后发而先至，离合背向，变化无常，以轻疾制敌者也。

这大概就是最早的闪电战理论，晋军的大规模穿插跑动，声东击西，飘忽走位，正是这种闪电战最好的诠释。而据我推测，在曹国的祖坟上扎营这样缺德的主意大概也是先轸出的，因为晋国其他人都是以礼著称，唯有这位先轸以诡道闻名。孔老师为先人讳，就没有点名了。

于是，先轸凭着出战以来的出色表现，成功从下卿成为上卿，变成晋军的第一指战员。

能力有多大，舞台才有多大，舞台越大，责任越大。

职位上来了，楚国老是龟缩在宋国不出来的问题自然就归他管。

重耳将先轸召来，介绍了当前的困境。

"宋国局势已经迫在眉睫，不救，宋国人就会向楚国臣服。请楚国撤军，楚军又不会同意，我只有与楚国一战，但齐秦两国又不会帮我们，怎么办？"

第十八章 伐谋与对决

这似乎是一个死局，但先轸只用两句话就解开了这个困局。

"让宋国的使者丢开我们直接跟秦齐接触，让宋国给秦齐送礼，请他们帮宋国跟楚国讲和。我们再把曹卫两国的土地分给宋国。楚国舍不得曹卫的田地，一定不会答应齐秦两国。而齐秦因为被拒绝就会愤怒，他们自然就会参战！"

这实在是一个高明的计策，此计牵扯七个国家、四个阵营，却仅仅用一条计就充分调动了这四方阵营，使得齐秦自愿参战，并激怒楚国以及再一次拉拢宋国。最后，还狠狠报复了当年不礼他们的曹卫两国。

重耳大喜，立刻照此执行。

在重耳看来，楚国人绝不会同意齐秦的调和，齐秦被激怒之后，就会率领兵马前来会合，到时，晋联军的实力就足以与楚联军一较高下。

六年前，重耳似乎感应到了今天，他也做好了执鞭张弓与楚成王较量的准备。可很快，他又收到了一个意外的消息。

楚成王竟然同意了齐秦的调和，率先退兵了。

这是一场极高水平的较量。晋楚双方虽然还没有直接对战，但已经在不同的场合暗中递招。在先轸出策之前，重耳虽然连胜两国，但他并没有撼动楚军。楚成王坐围宋国，胜券在握。而当楚成王收到齐秦两国的调停信后，他很快就猜到了重耳的意图。

是继续赌上楚国大军，一举巩固楚国的霸业，还是就此退去，保留实力？

权衡再三，楚成王选择了退去。

楚成王很久以前就猜到重耳会是自己的劲敌，潜意识里，他可能还期待着有一个匹敌的对手，可就在要上演双雄对决时，他却选择了退让。

这不是一个容易做出的决定，更不是一个懦弱的决定，这是在无比复杂的战局上用难得的冷静与忍让做出的决定。在先轸的计策一出时，楚成王就知道绝不可能取得这场较量的胜利。而承认自己的失败，才有机会赢得下一场。

于是，楚成王先行从宋国退回到楚国申县，然后下令在谷邑扶持齐国傀儡政权的楚军全部退去，又给半围攻半断后的楚国令尹子玉下令，告诉对方不要跟晋国作战，因为晋侯在外面流亡十九年才回国，艰难险阻都尝过了，下面百姓的想法，他也都知道，而且活到现在还挺硬朗，这大概是上天在照顾他了。现在楚国的情况可以用三句话来形容：适可而止，知难而退，有德不可敌。

我们打也打过了，应该适可而止，晋国强盛，我们应该知难而退，晋侯有德，更是不可战胜的。

楚成王得到了子玉的答复。

我必须与晋侯一战！

公然违抗领导意志出战的将军从来都不会是真正的赢家。白起，岳飞都是惨痛的例子。子玉虽然不知道这两位晚辈的故事，但这个道理应该还是懂的，而他之所以甘愿冒天下之大不韪，只不过是意气用事。

子玉是楚国重点培养的年轻干部，他是由楚国功臣子文一手提拔起来的。

子文一生扶助楚成王同志，将楚国送上了图霸中原的大道。但他毕竟年纪大了，万一自己卒了，谁来接班？子文同志可是见过齐国教训的，齐

《第十八章》 伐谋与对决

国自从管仲死了之后就陷入谁管谁不中的局面。

在子文看来，子玉完全可以接过自己的重任，顺便提一句，子玉是他的弟弟，这个也算是举贤不避亲吧。

在泓水大战等一系列战斗中，这位子玉表现出顽强勇敢的作风，他也曾经独立完成过许多军事任务，照子文看来，是时候把重任交给年轻人了，可楚成王似乎并不看好。

在这一次出征之前，楚成王特地请来子文，请他再发挥余热，训练一下军队。子文明白君王还是不放心子玉，想了一下，他答应了。

子文拉了军队，从早上训练到中午，军事训练搞得稀稀拉拉，子文也不在意，大半天一个人也没有惩罚。消息传到楚成王耳里，楚成王明白了。

这是子文在消极怠工。既然老同志已经不想干了，那就年轻人顶上吧。

子玉接替子文治兵，从早上天没亮就开始训练，一直到天黑了才回来，一天之中，打了七个人鞭子，用箭刺穿了三个人的耳朵。

子玉治军之严，着实让人佩服。子文喜出望外，特地鼓励子玉：加油干，国家安定就看你的了（以靖国也）。

楚国大夫纷纷跑去见子文，称赞他为楚国推荐了一个优秀的人才。

高兴之下，子文专门请大家喝酒吃饭，正当子文一边替子玉谦虚一边大笑时，一个人的到来打破了这份祥和的气氛。

一位叫蒍贾的年轻人最后来到宴会场，这位蒍贾大家可能不熟，但他的儿子很有名，他的儿子是楚国名相孙叔敖。

蒍贾大摇大摆地到了宴会厅，来了之后也不向子文祝贺。子文感到很奇怪，就跑去问他原因。

"我不知道有什么值得祝贺的，我看子玉这个人刚愎自用，又不懂礼节。这样的人，治理国家也不行，指挥兵马超过三百乘就必败无疑。现在不要着急相贺，等他安全回国再说吧。"

大家都看好的楚国栋梁在这个蔿贾的嘴里竟然成了废材？

子玉绝不接受这样的评价。

现在是他证明自己的最佳时机。他告诉楚成王自己不是为了要建立什么功勋，只求堵住某些人的嘴。请楚王给我派兵，我必与晋军一战。

用自己的荣誉绑架国家的利益，这是比追求功勋更坏的决定。楚成王愤怒了，虽说春秋时诸侯国的专制力并不是很强，国君常常要受到大夫的控制，楚国大夫分权的情况更严重，楚成王的父亲楚文王还受到过大夫保申的鞭打，被鬻拳兵谏甚至拒之门外，但这种直接不听领导招呼，擅自用兵的情况还是罕见的。愤怒之下，他只是给子玉派了西广、东宫与若敖之六卒。

所谓西广是楚成王的私卒，数量为三十乘，东宫则是太子的私卒，顶多也在三十乘，而若敖是楚国国君若敖的一脉后人，是楚国最为显赫的家族，子玉正是若敖族人。若敖之六卒正是子玉家的私兵，大概六百人左右。

除这些兵力之外，子玉还指挥申息两县的兵力。这些楚兵，就算加上郑蔡陈这些帮闲的，子玉的兵力已经不占任何优势。楚成王大概是想让子玉知难而退，但他还是低估了一个人的自尊心。

看到楚成王派来的楚军偏师，子玉毅然做出了自己的选择。

赌上自己的荣誉与性命，赌上楚国的霸业，与晋军决一死战！

《第十八章》 伐谋与对决

子玉是一个无比自负的人,但他并不是一个没有头脑的人。在清点实力对比之后,他明白楚军的优势已经不再。要想战胜晋秦齐三国联军,必须采取一些措施。经过仔细考虑,他派出一个叫宛春的使者前往晋营,给重耳送了一个消息。

"请你恢复卫侯的君位,再让曹国复国,我就解除对宋国的包围。"

这是一个玄妙不输于先轸之计的提议,这其中的玄妙之处在于你既不能同意,也无法拒绝:如果同意,则等于重耳以一个国君的身份与楚国的大臣达成了一个不对等的和平协议,晋国无功而返,楚国保持霸主地位不变;要是不答应,重耳则会陷于道德批判。

面对子玉挖的这个大坑,狐偃第一个跳了进去。

"子玉太无礼了,他一个臣子敢要求两样,却只给我们国君一样。我们绝不能答应他。"

"我们还是答应吧。"先轸在旁边接口道,"子玉这一句话就安定了三个国家,我们要是拒绝,等于一句话就灭亡了三个国家,这样我们就陷入非礼的地步,还怎么作战?"

"如此一来,我们不就白来一趟了?"望着自己的新任元帅,重耳反问道,他相信对方一定有破解这个难题的办法。

果然,先轸思索了一下,提出了一个方案。

"我们可以私下答应恢复曹卫两国,然后扣住楚国的使者,以子玉的性格,他一定会被激怒。"

先轸说出了最后的决断。

"楚晋一战已经不可避免,一切事情就到战场上决定吧!"

子玉再一次被激怒了，他收到消息，晋国将他的使者扣住，而更让他生气的是曹卫两国已经宣布跟楚国断交。在外交战场上，他再一次输给了先轸。

晋国人老是玩阴的，不能再这样跟他们纠缠下去了。我相信，最终的胜负只在战场之上。

子玉终于放手一搏，他率领楚国联军从宋国撤退，然后直扑晋营。

通过攻曹卫，押曹公赴宋国，结盟齐国，与鲁国和谈，以及扣押楚使一系列的动作，重耳只想达到一个目的，就是吸引楚军，调动楚军，然后一战胜之，从而彻底从楚国手中夺回中原霸主的地位。

可等楚军真的中计冲上来时，重耳却下了起营后撤的命令。

晋国的军人不干了，因为这是一个不合适的行为。

在春秋时，大家都讲究兵对兵，将对将，现在楚国竟然用一个大夫对抗晋国国君率领的大军，这已经是藐视晋国。晋国竟然还不敢应战，这说出去，晋国人的面子往哪里放？

在大家情绪变得不稳定时，老同志狐偃再次站出来做解释，他给大家讲了当年国君在楚国的那些事，解释晋军现在后撤，正是为了兑现退避三舍的诺言。如果不退，就是我们不讲信用，让楚国占据了道义上的制高点。我们现在退了，就等于把选择权交给了楚国。如果楚国就此退去，大家可以握手言和，要是还穷追不舍，那就是楚国不对了。

春秋的战争是各国精英的战争，当兵的都是有文化的，都懂得理直方能气壮的道理，他们接受了狐偃的解释。

晋军按照当年的承诺，一口气退了三舍（九十里）。然后，他们静静

《第十八章》 伐谋与对决

等待着楚国的来袭。

楚国的士兵也是有文化的,知道一个臣子在对方国君的避让下还穷追有违道义,但子玉坚持前往。

子玉素以治军从严而闻名,搞训练都会打残一批,实战大家更不敢怠慢。在子玉的催促下,楚军终于抵达了最后的决战之地。

公元前632年四月一日,经过无数的周旋,晋楚两大阵营终于在卫国的城濮相遇。从人数上看,这是一场势均力敌的对决,晋联盟以晋为主力,齐秦相辅,而楚国率领着陈蔡两国。

重耳的一生都在为这一战而准备,同子玉一样,他也赌上了自己的荣誉与抱负。子玉是违背了楚王的意志来到了战场,而重耳同样有包袱,他的负担来自时间。他已经是一个老人了,如果失败,就不再像年轻人一样有东山再起的机会。

在这样的压力下,重耳做了一个噩梦,他梦到自己跟楚成王两个人打架,以这两位的年纪跟身材,打起架来应该别有趣味。抱着缠斗后,楚成王占了上风,骑到了重耳的身上,将重耳的脑袋砸开,开始吮吸重耳的脑汁。

这样的梦应该是源自重耳内心的恐惧,在重耳的潜意识里,楚成王是一个蛮荒野人式的人物。当然,这是一个极其不好的预兆。

到底要不要与楚军一战?犹豫中,重耳叫上大夫们到晋营里走走,以期在自己的士兵身上得到勇气。

在晋营中,他听到晋兵在朗诵一首诗。

田野里绿草正新,我们正谋划丢掉旧田而耕新田(原田每每,舍其旧而新是谋)。

这是什么意思？这是晋兵埋怨我丢掉在晋国的旧田而跑到中原争新田吗？重耳困惑了，关键时刻，著名心灵导师狐偃告诉他：

"打吧，只要这一仗打赢了，我们就能称霸。就算输了，我们怕什么，晋国外有黄河，内有太行，也出不了什么大事！"

"话虽然这么说，但……楚国对我们有恩啊。"开始打退堂鼓的重耳搬出了当年的老黄历。

"江汉流域的姬姓国，已经被楚灭光了。跟这样的奇耻大辱相比，楚国给我们的小惠算什么？打吧！"说话的是晋国大夫、下军指挥员栾枝。这是一句大实话，七大姑八大姨二舅老爷们已经被楚国人灭光了，吃顿饭实在不值一提。

重耳沉默了，最终说出了那个让他感到害怕的梦。

"君上不用担心！"狐偃马上接口说道，"这是吉梦，我们面朝天将得天助，楚君在伏首认罪，我们必胜无疑！"

这不知道是根据哪个小册子解的梦，但应该不是正版的《周公解梦》。重耳疑惑地望着狐偃，对方眼神坚定，不容置疑。

那就打吧！

成王败寇，就此一战！

在重耳为那个奇怪的梦而胆战心惊时，楚军主帅子玉同样也做了一个梦。他梦到黄河之神对他说："给我琼弁玉缨，我就给你宋国的地盘！"

所谓琼弁玉缨是指子玉一套装饰有玉的帽子以及缀有玉的冠带，这个装备相当豪华，是子玉先生自己亲手打造的，还没有用过。大概子玉准备

《第十八章》 伐谋与对决

打了胜仗，回来领奖时用的。

子玉想都没想就拒绝了这个要求（在梦中）。

梦醒后，子玉同样把这个梦告诉了自己的部下，大家一听，总感觉不对。

平时求神拜佛请神灵享用都来不及，好不容易黄河大神亲自开口了，怎么能不给呢？他们推举楚国大夫荣季前去劝说，建议子玉献出这套玉冠。因为只要夺得胜利，生命都可以献出，何况一个手工艺品呢？

没多久，荣季从子玉那里回来了。看到正焦急等待的楚军将领，他摇了摇头，失望地告诉大家，令尹不肯献出玉冠。最后，他悲观地说出了一个论断。

"不是河神要令尹失败，是令尹不愿为百姓献出，这是自取灭亡。"

子玉为什么不肯献出这套玉冠呢？

这应该不是小气的问题，归根到底这是自尊的问题。

子玉同志要用这一场大战的胜利来证明自己的能力，而且绝不依靠他人。所以当楚成王退下时，他甚至感到十分兴奋，认为是自己的机会来了。而所谓的黄河之神说要助他，在他看来则是一种耻辱。

我不会依靠任何人，包括神灵，我要用自己的能力去夺取胜利。

最自负的人连神都拒绝。而这个梦说到底其实跟神也没有什么关系。

大家都是唯物主义者，知道梦不过是大脑皮层的一种运动。但在历史上，确实有不少人的梦影响到了现实中的事件。这其中的关键不是梦到了什么，而是你怎么解释。

重耳的梦是一个凶梦，但在著名街角解梦大师狐偃的解释下，成了好梦，而明明子玉做了一个好梦，只要按梦操作，黄河大神虽不一定会兑现诺言，但楚军的士气一定会大大增强（参考义和团大神附体说）。

子玉拒绝了黄河之神的要求，他可能不信鬼神，但楚军士兵可是信鬼神的。主帅吝惜宝物，而拒绝河神的阴影已经笼罩在他们心上。

按照军礼，子玉派人前去晋营挑战。与三国张飞以问候对方祖宗开场的挑营方式不同的是，春秋的挑战显得彬彬有礼。

"请与君上的力士角斗，君上可凭栏观之，我有幸也能旁观一下。"

重耳派出了栾枝，同样给出了合乎礼节的答复。

"我们的国君已经听到您的命令了，楚君的恩惠我们不敢忘记，所以退避至此。我们为大夫退三舍，怎么敢同楚君相斗。但你们既然穷追至此，那就准备好你们的战车，明天早晨见。"

大家这么讲礼，倒不全是为了风度，而是为了占据道义上的制高点。在这个回合中，子玉依然败下阵来。

第二天的清晨，阳光驱散残留的夜色，风中有金戈的声音，战马套上皮甲，战车排列行阵，大战在即。

重耳登上一处废墟，据史官所说，这里是古国莘国的废墟。

时光与尘土一起掩盖了过去的辉煌，新的传奇将在旧有的废墟上书写。重耳望着下面的平原，晋军七百辆战车排列有序，士兵庄严肃穆。

"少长有礼，可以一战！"

重耳由衷发出了感叹。

下来之后，重耳下了一个命令：去砍一些树木备用。

《第十八章》 伐谋与对决

与此同时，子玉亦发出了誓师之言："这一天过去之后，天下将没有晋国这个国家了。"

城濮，四月二日。

随着击鼓声响起，数千辆的战车载着全副武装的士兵冲向了中央。

最开始受到冲击的是楚联盟中的陈蔡两军。这两国算是春秋历史上最为著名的龙套演员，尤其是蔡国，几乎是次次大战都有他们的身影。可谓出工最勤劳。同样，被打得最凶的也是这两国。

晋国在下军指战员栾枝的率领下冲向了陈蔡两军。据战场分析来看，虽然是下军，但实质上这是晋军的一支特种部队，起的就是冲击敌营，打乱对方阵脚的作用。这一支突击军装备了在春秋时不太常见的一种东西：虎皮。

冲出来的战马身上都披着虎皮。

陈蔡两军没有武松的胆量，自然被吓得魂飞魄散，没怎么抵抗就溃不成军。

子玉并没有慌，他早就知道这些人都是来凑人数的，打仗靠他们是不行的，关键时刻还是得靠楚国自己的军队。

"左军进击！"子玉下达了军令。

左军由楚军申息两县的军队组成，虽然是地方部队，但战斗力不可小视，子玉对这两支队伍也很熟悉，曾经多次率领他们出征，有一次还率这两军灭掉过一个叫夔的国家。

楚军出马，果然不同凡响，一举扭转了不利的战局，连披着虎皮的晋国特种兵都抵挡不住，节节败退，很快也溃不成军。

眼前的乱尘四起！

根据曹刿当年的经验，观察一支败军要看车辙乱不乱，旗子倒没倒，晋军现在这个样子，何止辙乱旗靡。

于是，子玉下达了中军一并追击的命令，准备一鼓作气，宜将剩勇追穷寇。因为追敌心切，他们忘了他们追的不过是晋军的下军。

人家主力中军以及上军还没有动。

杀到兴起时，楚军渐渐进入了晋军的包围圈，铜锣一响，伏兵四出，晋军中军以及上军冲将过来，将楚军的右军跟中军横截成两段。

子玉此时的心情大概相当于一万辆战车从心头驶过，每一辆车上都写着三个大字：上当了！

的确是上当了，那些逃走时的乱尘不过是晋军大将栾枝用战车拖着树枝在地上狂奔造成的。其逼真程度达到了好莱坞史诗大片的制作水平，这才成功骗到了子玉。

曾经以奸诈横行中原的楚人一直以为中原人都是好忽悠的老实人，可没想到这些中原人经过这么多年教训，已经青出于蓝胜于蓝了。

此时，陈蔡两个楚协军已经跑得无影无踪，申息两县的兵马被晋国分割包围，悲惨与绝望的声音不断冲击着子玉的耳膜，他已经知道，这一战自己必败无疑。

在最后的时刻，子玉终于做了出战以来唯一正确的决定：收拢中军，丢下申息两军，抛下陈蔡两军，全数后撤。

至此，中原第一大战城濮之战以晋军大胜，楚国大败而结束，此战虽名为城濮大战，在城濮的战斗也不过数个时辰，但这场战争从前年六月的夏天，齐国进攻鲁国时就开始了，此间经历鲁国求救、楚国攻齐、楚军围

《第十八章》 伐谋与对决

宋、晋军攻卫打曹等一系列相争，一直到这一天，一共经历了近两年的较量，才终于分出了胜负。

楚军退去以后，晋军跑到楚营里，因对方仓促逃亡，物资都在原地。晋军就住楚军的营房，吃楚军的粮，一共吃了三天，四月六日才回国。

此战，彻底奠定了重耳中原霸主的地位，其成就，就战争一项而言，尤在齐桓公之上。但重耳的脸上依然带着忧虑。

楚国虽然大败，但楚军中军能够不乱阵脚，尽数突围而出，说明楚军实在是一个可怕的对手，他们的主帅子玉虽然指挥不力，但假以时日又能吸取教训的话，依然会是晋国的大患。

直到一个消息传来，重耳终于喜笑颜开。

"这下没有谁可以危害我们了！"

与屈瑕一样，子玉选择了自杀谢罪。

领着残兵，子玉向楚国退去，行到连谷，他将自己囚禁起来，派人向楚国报信。不久后，楚成王的回复到达连谷，这是一句极其冰冷的话。

"您如果回国，怎么对申息的父老交代呢？"

没有退路了，丧师之帅，唯有谢罪。

子玉用一根绳子结束了自己充满遗憾的一生。

这位楚国令尹不失为一个人才，但人才就如生铁，需要经过不断的锻打，经过水与火的淬炼才能真正成为一块百折不挠的钢材。他与对手重耳最大的差别，就是后者经受过曲折与困苦，懂得畏惧与忍耐。

虽然如此，重耳依然重视这位对手，像他的父亲晋献公忧惧虞国有宫之奇，搞得睡眠质量很差一样。子玉一日为楚帅，重耳就坐不安稳

（侧席而坐）。现在楚成王替他除掉了子玉，简直可以开香槟庆祝了（君臣相庆）。

  子玉自尽，子文已老，楚成王的霸图终结了，重耳的雄风方烈。

第十九章

开会的窍门

《第十九章》 开会的窍门

重耳终于成为中原的霸主，摆在他面前的是一道全新的征途。他曾经梦到过这一天，但美梦成真时，却往往发现，现实跟梦想还是有差距的。

霸主很威风，但并不是一项轻松愉快的工作。

就霸主而言，考核指标有很多个，比如能不能主持公道，能不能维护中原文化，能不能维护共主也就是周天子的尊严，等等。实现这些工作目标，最重要的手段大家都懂的，就是开会。能不能开一场胜利团结的大会，是衡量一个霸主含金量最重要的指标，而要成功召开一次诸侯大会，其难度并不亚于打赢一场诸侯大战。

虽然战胜了楚军，虽然赶跑了卫文公，活捉了曹共公，吓服了鲁僖公，又有秦齐相助，但重耳依然没有召集一次诸侯大会的信心。这其中的原因，大概还是晋国涉足中原时日颇浅，齐国有齐僖公奠基，齐襄公开拓，到了齐桓公仍然用了十多年，才算令人信服地召开诸侯大会。重耳是第一个参与中原大国游戏的晋国国君，上场也不过数年。中原诸侯会不会听招呼来参会呢？

为了开好这个会议，重耳做了很多外围工作，城濮之战结束的当月，重耳就跟郑国接触，双方达成了谅解，并最终结盟，重耳不再追究郑国跟在楚国后面混的政治错误，作为回报，郑国答应重耳在郑国践土邑修一座行宫。

这个行宫是为周襄王建的。

重耳下面要开的这个会，就是要围着周襄王做文章。

当年齐桓公开会，周王派人送了块腊肉过来，齐桓公就高兴得不得了。这一次，重耳将要彻底超越前辈，完成一项不可能完成的任务：把周王本人叫到会场来开会。

要是周襄王也来参加会议，想必各位诸侯不会不来吧。

于是，重耳先在践土修了一座行宫，算是筑巢引龙，然后，他给周襄王送了一封信，表示自己准备领着诸侯前来朝王，但有个现实的问题，自己刚会同诸侯与荆蛮大战，手下都领着兵，要是这十来万兵马一起到洛邑来，只怕会引起国民恐慌，还是请周天子亲自跑一趟，到我为周王修的行宫里，好让我率众诸侯朝见天子。

周襄王本来就是一个好说话的人，又欠着重耳的一个人情，现在重耳事做到位，话也说到位了，他欣然答应，还带着不少东西准备劳师。

等周襄王到了践土后，重耳又跑去告诉众诸侯，现在周天子已经到了践土行宫，咱们就在附近，不去朝见一下就太失礼了。

于是，利用这个空手套白狼式的招数，重耳筹办的第一次诸侯大会召开了。

五月，癸丑，公会晋侯、齐侯、宋公、蔡侯、郑伯、卫子、莒子盟于践土。陈侯如会。（《春秋·僖公二十八年》）

这次会议是齐桓公之后，规模最大的一次诸侯会盟，参会人员算上周

第十九章　开会的窍门

襄王达到了十个。在会议上，重耳先是向周襄王献上了战利品：楚国战车一百辆，步兵一千。郑文公作为东道主，担任司仪，用周平王当年招待晋文侯的礼节接待了重耳。

周平王东迁之时，晋郑卫秦是当时的护王主力，时过境迁，卫国彻底沦为小国，郑国变成挨打专业户，秦国也成了陪衬，只有晋国成为时代的主角。这其中的原因只有一个"变"字：应变者恒强。

接下来，周襄王用甜酒招待重耳，这个甜酒频频出现在周王的执行宴上，相当于今天茅台之类的国酒。喝完酒后，周襄王特地给重耳发了霸主认证书（策命晋侯为侯伯），并发了一整套伯主装备豪华车——大辂一辆，休闲时以及作战时的服装若干，红弓一张，红箭百支，黑弓一张，黑箭千支……

最后，周襄王给重耳发了委任状，令他服从王令，安抚四方诸侯，惩奸除恶。

这等同于重耳现在也有了正式授命的征伐权，这个权齐国始祖姜子牙有，但那毕竟是数百年前的事情了，重耳的这个可是新鲜出炉的。

至此，重耳搞的这个会议效果直追齐桓公的巅峰之会葵丘大会。齐桓公用了三十五年才达到这样的高度，重耳一步就到位了。这其中的原因之一是重耳年纪大了，不可能像齐桓公那样稳健前行了，搞得快也是可以理解的，但步子迈得大，总有一些东西会扯到。

这一次大会并不是一次完美的大会。首先，有一些国家缺席了，比如许蔡两国就没有来。这两国是楚国的跟班，不来应该是对晋国还有顾虑。此外，有人迟到了，陈穆公来到会场时，大会都已经开完了。

一个小国，架子却比谁都大，敢最后出场，估计还是想投靠楚国，立场不坚定。联想起当年齐桓公开会，千里之外的江黄两国都来开会，要比威望与影响力，重耳跟前辈还是有不少的差距啊。

其次，这次会议有些不合礼仪。

这个会议的成功就成功在把周襄王搬了出来，但失败也失败在这里。

孔老师特地记载了这次会议举办的具体日期，就是批判重耳这个人太鸡贼（谲而不正），开个会都要玩花招。

开完会后，重耳率领大家正式朝王。

公朝于王所。（《春秋·僖公二十八年》）

这里的公是指鲁僖公，当然朝王的不是鲁僖公一人，但朝王应该在京师周王的宗庙里朝，让祖宗们一起荣耀一下。跑到行宫里来朝见，于礼不合。于是，孔老师就只写了鲁僖公一个人，把其他诸侯的名字隐去了。

平心而论，重耳办的这个事情是有点滑头，但从效果上来说，也不是太坏的事情，毕竟这么多诸侯都去朝王了。自春秋以来，这还是第一次大规模朝王事件，要不是重耳玩这个花招，以周襄王的实力，他一辈子也享受不到这样的待遇。

大概意识到这次会议有许多不太令人满意的地方，到了这一年的冬天，重耳决定再开一次会。

冬，公会晋侯、齐侯、宋公、蔡侯、郑伯、陈子、莒子、邾人、秦人于温。天王狩于河阳。（《春秋·僖公二十八年》）

重耳开会的节奏实在有些太快了。我们都知道，大会嘛，最好四年开一次，开得太快，大家都没有准备，连做议案的时间都没有，会务组织也很仓促，难免就有疏漏的地方。

《第十九章》 开会的窍门

这一次会议说起来比上一次会议更不成功，也更不合礼仪。

首先，这个会议也没提出什么主张。既然开会，盟主总要提一个核心思想，可能是一句话，可能是一系列主张，也可能是一些宇宙真相，不管怎样，多多少少都要有思想作指导。齐桓公的会议核心思想就是尊王攘夷，后来还进行了延伸，涉及维护嫡子制，保护大夫权益等方方面面。

重耳开的这个会，什么实质内容都没有，纯粹是为了展示一下自己的号召力，而且这个会议有一些很不道义的东西隐藏在里面。

首先，这里面有一个叫陈子的人，此人是陈穆公的儿子陈共公，刚上岗。五月份开会迟到之后，陈穆公也不知道是不是受了什么惊吓，还是本来就有病。回国就去世了，此时，陈共公还在替他老子守丧，跑来开会，就只能降级称为陈子，而不能称为陈侯。

当然，这是一个非礼的举动，天下孝为先，老子死了，天大的事情都要放一边，怎么就能跑来开会呢？这个事情以前也发生过，宋襄公当年就是在服丧期间跑来参加齐桓公的大会。宋襄公是齐桓公的粉丝，这样的行为，孔子老师当然要批评他，但陈共公跑来开会，这个错误在重耳身上。

因为这不是陈共公主动要求来的，而是重耳强迫人家从追悼会上赶过来的。

陈共公正在守灵呢，重耳不管三七二十一，为了凑人头拼人气，硬把人家从灵堂上叫了过来。一个霸主开会，不宣扬孝这样的正能量，怎么说都是不太正确的。

另一个更严重的错误是，重耳又把周襄王叫过来了。

五月时，周襄王作为这个世界最大牌的群众演员，已经友情客串了一次重耳的诸侯大戏，现在又把人家叫来。而且这一次又没有行宫做掩护，周襄王是"裸身出场"。

到了这里，孔老师也不好下笔，为了周王的面子，不能写周王被晋侯召了过去，但不写又有违史官忠实记录的原则。

无奈之下，孔老师只好变着法儿写了一笔：天王狩于河阳。

这个河阳，就是这次会议地点温的别称，意思就是周襄王不是去开会的，他只是去河阳打猎，恰好碰上中原组在开小组讨论会，他就顺便参加了一下。

最后，这也不是一次团结中原，倡导和平的衣裳之会，而是一次兵车之会。开完这个会后，重耳就率领着诸侯大军前去攻打许国。

许国又没来开会！

前一次缺席，重耳已经给许国发了整改通知书。这一次温盟，许国又不来，这是明摆着没把重耳这位中原新盟主放在眼里，还想着投靠楚国。对于这样的顽固分子，必须给予重拳打击。

于是，开完会，大家一点人数，许国没来，那就一起揍他去！算上周朝，有十一个国家，十一个国家打一个弹丸般的许国，似乎是十拿九稳的事情。可史书上却没有记载许国被降服的事情。反而在第二年，有了这么一笔记录：公至自围许。（《春秋·僖公二十九年》）

春天的时候，鲁僖公从围攻许国的战场上回来。也就是说，这件事情没办成。

出现这样的意外，原因是多方面的：一是重耳的号召力还没有达到齐桓公那样一呼百应的地步，大家有点出工不出力；二来许国可能早就有准备；三来重耳也没有一定要拿下的决心；四嘛，攻许这个事情太仓促，大

《第十九章》 开会的窍门

家本来在开会，一看许国没来，散会后就去打人家，这明显是黑社会作风，踢个馆还凑合，想攻一个国家却不容易；最后一个原因是重耳并没有把主力放到攻许上，而是借着攻许这个事由，跑去攻打郑国了。

郑国是中原老滑头了，在楚国围宋时，他一看这是压倒式的对决，立马派出兵马加入围宋部队，等晋军南下跟楚军决一死战时，郑国喊着楚王加油，我精神上绝对支持你，然后就把兵马撤走了。

郑国从来不参与霸主的选举，他只在霸主决出之后，第一时间加入到胜者一方。这是一个合格骑墙者的基本素质。

晋军胜了后，郑国马上与重耳联系，与晋国和谈，还提供场地给晋国修行宫。前两次诸侯大会，郑国也积极参加，尤其是第一次，作为东道主，还解决了后勤问题。郑文公也亲自担任了司仪。

做到这一地步，郑文公自认为重耳同志会忘记自己当年怎么对他的了。事实证明，重耳年纪越大，对过去的事情也记得越来越牢。为了彻底了解重耳的性格，我们可以举两个悲惨的例子，也就是曹共公跟卫成公这两位难兄难弟。

最倒霉的应该是卫成公了。

前年晋国围卫，卫成公被国人赶跑了，卫国大夫元咺扶立了卫成公的弟弟叔武为君。

这位叔武是一个厚道的人。战争结束后，叔武主动参与晋国的诸侯大会，获得了重耳的谅解，让流亡的卫成公回国。卫成公回国那天，叔武还在洗头，听说大哥回来了，连头都没擦，披散着湿发跑出来迎接。哪知道刚出城，就被卫成公的随从给射死了。

简直岂有此理！

大夫元咺跑到了晋国，请重耳主持公道，于是，在温地的诸侯大会上，重耳就把卫成公抓了过来，并搞了一场别开生面的庭审大会，结果卫成公败诉。

重耳将卫成公关进了小黑屋，并在食物中给卫成公下毒，幸亏卫国人对重耳的性格都有了解，留了一个心眼儿，卫成公才没有被毒死，最后，卫国请周襄王出面，卫成公才逃过一死回到卫国。

第二个悲情大哥是曹共公。

晋国活捉曹共公并送到宋国之后就一直扣押着他，直到温地的诸侯大会后才放了他。曹共公同志倒是改造好了，回去后，马上带兵参加了重耳的攻许大会，但重耳并没有就此放过他。

重耳将曹国这些年扩张的土地划拉了一下，全部分给了诸侯。

得罪我的，一个也不放过！这就是重耳的人生态度。

当初重耳要称霸，郑国前来求和，他不得不拿出霸主的气量，但欠我的那是一定要还的。

重耳跑到许国看了一圈，就把部队拉到郑国。然后，重耳派人给郑文公送了一封信，命令对方把城上的矮墙给拆了。

这就太盛气凌人了，好比两个人吵架，先命令对方把舌头拔了。

重耳理直气壮，表示当年我在郑国受到的无礼待遇跟在曹国受到的偷窥的羞辱差不多，现在曹国已经老实了，让你们郑国自己拆墙已经算客

第十九章 开会的窍门

气了。

墙是不能推的，郑文公给重耳送了高档宝石请求讲和，表示只要退兵，一切好商量。

重耳给出了他的退兵条件。

把你们的大夫叔詹交出来！

这位叔詹曾经力劝郑文公礼遇重耳，遭到拒绝后，又劝郑文公杀掉重耳。这个人对重耳来说是有恩又有仇，但重耳点名要他，应该是向他爹学习。要对付一个国家，先要把对方的栋梁之材抽掉。

叔詹听到这个条件后，毅然决定亲自前往晋营。

到了后，他发现晋侯正在烧大鼎，显然，晋侯准备把他炖了。这个招数可能是跟宋襄公学的。

面对死亡的威胁，叔詹毫不畏惧。自我牺牲，替君赎罪，这是他的为臣之道。

叔詹上前一步，抓着大鼎的耳把大喊一声，算是交代遗言了：

"从今以后，尽心竭力侍奉君主的人，下场将和我叔詹一样！"

礼已经坏了，道已经崩掉，好人得不到善报，坏人从此横行天下，叔詹发出了对这个世界最后的控诉。

好在这是春秋，礼乐依然残存，不多，但还是有一点。重耳赶紧下令灭火。

如果杀了一个侍奉君王的人，以后晋国的大夫将怎样来对待自己？

重耳将叔詹送了回去，还赠送了丰厚的礼物。

本来想进攻许国跟郑国，一来出口恶气，二来树威，结果两件事情都没办下来，还搭进去不少东西，实在不划算。

强国逐鹿

看来，霸主大业任重道远，还得继续照方抓药：开会。

夏，六月，公会王人、晋人、宋人、齐人、陈人、蔡人、秦人盟于狄泉。(《春秋·僖公二十九年》)

这是一个奇怪的盟会，因为盟会之人几乎全是大夫。相当于在狄泉的这次会议不过是一次部长级别的会议。这些所谓的王人、晋人等等是下面这些人：周王室的王子虎、晋国的狐偃、宋国的公孙固、齐国的国归父、陈国的辕涛涂、秦穆公的儿子小子憖。

大家应该熟悉了，孔子老师不称官职而称人是批判他们，其原因是鲁国去的是鲁僖公嘛！

这一次重耳没有参加，他老人家病了，应该是累趴下的，当霸主不是一个轻松的活，他才当了一年多，就东奔西跑，日理万机，很快就把身体搞垮了。自己不去，只能派大夫狐偃代表一下，狐偃同志在国内开个会还能镇住场，但到了国际社会，人家未必会卖他面子，于是一向狡黠的他请了周王室的王子虎参会。

这个消息传开后，大家都知道重耳又玩阴的了，晋国一个大夫就想搞盟会忽悠国君去喝牛血？闻所未闻！但不去又怕重耳找碴。于是，大家也纷纷派大夫出场。而鲁国消息向来不太灵通，这一次又没收到风声。鲁僖公屁颠颠跑去开会了，可能以为晋国又要大分田地呢，上回晋国分曹国的田，鲁国就捞到了一份。结果到了以后一看，全是大夫，就他一个国君。

这个事情当然不合礼了，现在要是大家开会，人家总统到了，你派一个部长跟他谈，人家不掀了会议桌才怪。而周礼也有相关规定，大国的卿士不能会盟公侯这样高级别的国君，会见伯子男是可以的，比如郑国郑

第十九章 开会的窍门

文公、曹国曹共公是伯爵,许国许僖公是男爵,狐偃跟他们会面还说得过去,现在,竟然敢跟礼仪大邦鲁国的国君鲁侯会盟,鲁国的面子往哪里放?

于是,这个会议从一开始就不是一个成功的大会,但也不是全无收获,因为在这个会议上,正窝了一肚子霸王气的晋文公找到了发泄的出口。

郑国没来开会!

去年刚打了他,他竟然不吸取教训,还敢缺席?

这个原因还得从晋国身上找。

郑国已经从晋国身上看到了疲态,去年气势汹汹兴师问罪,结果什么都没干就退走了,而且连许国也攻不下,还当什么霸主?要知道春秋一开始,郑国可是灭过许国一次的。而这次会议,听说重耳不参加,更引起了郑文公的一些猜想。

在会议上露面是很重要的一件事情,是宣示自己权力在握的一种主要方式。要是突然某个会议没能出席,自然会让人联想到一些东西。

晋文公这个霸主都不来开会,肯定是出问题了。

郑文公再一打听,果然,晋侯生病了,而且病得不轻。

郑国总是能快人一步,齐桓公一死,他就投靠了楚国,重耳一胜,第二天就来拜码头。现在晋侯离崩不远了,中原盟会的主席马上就要换人,这个会参不参加都无所谓,何必多此一举。

郑国的反应实在是快,但这次显然太快,直接抢跑违规了。

重耳毕竟还没死,甚至还可以一战。

听完狐偃狄泉之会的报告,重耳吸取了上次攻许的教训,没有急于出兵，而是用了大半年的时间策划，争取到了秦国的支持后，在第二年的春天才正式发动对郑的军事打击。

第二十章

盟友的背叛

《第二十章》 盟友的背叛

晋人、秦人围郑。（《春秋·僖公三十年》)

这一年的九月，秦晋两国联兵进攻郑国。这一次，可不是为了打出点威风，重耳跟秦穆公亲自出马，势在必得。

两国大军一直杀到新郑，将这座曾经拥有许多荣誉的中原大城围了起来。

大哥楚国还在疗伤，中原各诸侯国也不会帮忙，郑国顿时陷入了困境。郑文公数了一下自己的兵马，很快得出一个比较悲观的结论，以军事实力论，郑国绝不是秦晋的对手。

唯一的希望是，这个世界上的战争通常不仅仅发生于战场之上。考察了一下自己的对手，他很容易就发现，自己跟晋侯有过节，这一次他是必打无疑，而秦国跟自己并无积怨，要是能说服秦国退兵，自然就可以解郑国之围。

想到这个办法后，郑文公将大夫佚之狐叫来，交给他一个光荣的任务。郑文公没有选择去年在退兵上做出贡献的叔詹，而选择这位佚之狐，应该是因为佚之狐在外交上有一些能力。

听完国君的任务，佚之狐却推荐了另一个人。

"国家现在处于危难当中，我去未必成功，如果让烛之武去见秦君，敌师一定退去。"

烛之武，郑国士人，目前岗位是弼马温（圉人）。

既然佚之狐如此推荐，那应该是有把握的。郑文公把烛之武宣来，请他跑一趟。面对这个表现的机会，烛之武直接拒绝了。

"臣年轻的时候尚且不如人，现在老了，哪还能办成什么事？"

这是一句充满着怨恨的话，这位烛之武先生应该是有才华的，无奈伯乐不常有，在郑国一直得不到重用，现在快混到退休了，还只是一个放马的。

于是，这句话可以这样理解：以前你不找我，现在国家有危难了，你知道找我了，早干吗去了？

面对这样的诘问，郑文公低下了头，过了一会，他说道："不能早点用您是寡人的错，但要是郑国灭亡了，对您也没好处啊！"

这是一个诚恳的回答，烛之武接受了国君的歉意，答应去完成这个任务。

夜里，烛之武偷偷从城上放下绳子爬下城。据说，烛之武已经九十了。如此高龄还能翻墙，实在让人佩服。

在夜色里，烛之武偷偷潜向了秦营，他面对的其实是一个极其危险的任务。

要是路上被晋兵抓住了，在重耳的面前玩阴的，只怕去年没用上的那口煮肉大鼎可以重新烧火了。就算成功到达秦营，可秦晋是春秋著名的友好邦交典范，尤其是这些年，两国关系一直很好，保持了秦唱晋随、晋唱秦随的节奏。秦国未必同意退兵，更可能将烛之武送到晋国当礼物。退

《第二十章》 盟友的背叛

一万步说,就算两国交战,不斩来使,但烛之武要是无功而返,按军纪只怕也没什么好果子吃。

很多人据此分析,那位佚之狐大概也是知道这项任务是个吃力不讨好的事情,所以推荐烛之武出来顶包。他这样的做法,倒应了他的名字"一只狐"。

这其中的利害,烛之武也是明白的,但他依然选择了接受。

苟利国家生死以,岂因祸福避趋之!

借着夜色,烛之武成功来到秦营,然后见到了秦穆公。

"秦晋两国大军包围郑国,我们郑国大概是要灭亡了,如果郑国灭亡对秦公您有好处,那请秦军继续进攻!"

烛之武没有求情,反而直接要求秦军加强进攻。

这个表态引起了秦穆公的兴趣,他示意对方继续说下去。

"只是秦国跟郑国隔着晋国,就是秦国得到了郑国,只怕也掌控不住,最后郑国的土地还是要交到晋国的手上吧。如此,秦国就是在帮晋国强大,晋国强大了,不就削弱了秦国的势力?"

秦穆公的脸色凝重起来,烛之武说中了他的心事。

虽然跟晋国建立了友好关系,但从地缘政治来说,秦晋两国永远都是竞争大于合作的两个国家,他们的关系颇似齐鲁关系。

觉察到秦穆公的思想变动,烛之武不再绕圈子,直接将秦晋两国的利害关系摆了出来。

"当年您对晋国有恩,晋国说要报答您,给您土地,结果他早上回国,晚上就开始修防御工事,这些事情您都是知道的。晋国什么时候满足过?等到他在东边将郑国吞并后,只怕接下来就要入侵秦国。"

"不会吧?!"秦穆公开始冒汗了,可他依然挺住问了这一句。

"不会?请问,如果晋国不入侵秦国,又去哪里扩张土地!"

秦穆公郑重点了点头,承认对方说的是事实。

"不如秦君留着我们郑国作为您的东道主,您的使者以后到东方来时,我们郑国就能提供食宿!"

秦穆公连连点头,转忧为喜,当场与郑国结盟,并派人帮助郑国守城。

烛之武出色完成了郑文公交给他的任务,其成功的关键除他精到的分析之外,还有一颗勇敢者的心。

秦军倒戈的消息传到了晋营。

重耳或许已经猜到秦晋不可能永远友好相处下去,但他没想到的是,在这个最关键的时刻,秦国竟然背弃了晋国。

狐偃同志气得胡子都在发抖,当场表示现在就要攻击秦国。

重耳阻止了这个行为。

"不行!没有这个人,我们都到不了这个地步。我们依靠过他,现在却伤害他,这是不仁。跟亲近的国家反目,这是不智。我们是一起来的,现在如果分裂,这是不武,我们还是回去吧。"

说完,重耳下令将自己的大军从郑国撤走。

这一次又是一事无成,而造成这个结果的元凶当然是秦穆公。

大家说好一起打的,结果你跑到人家的城头当志愿军去了。信用两个字,秦国人会写吗?

《第二十章》 盟友的背叛

而重耳选择了克制，引兵退去，但要是认为这件事情就这么过去了，那就是太不了解重耳这个人，此人报复心极强，在跟狐偃的聊天中，他已经用"这个人"来称呼老丈人。

嫌隙已经生成，恨意已经萌发，得罪我的，我就是做鬼也不放过你！

重耳离作古很近了。

重耳本就有病在身，加上年纪也大了，能坚持到如此高寿实属不易。是时候去见晋献公了，但重耳同志还得坚持一段时间。

秦晋两国的直接对话又将到来，在这之前，重耳要确定晋国在未来的战场上能够保有优势。

在第二年，重耳干了一件事情，他将曹国的一大片土地送给了鲁国。

鲁国本来是战败国，按理说，不瓜分他鲁国的地盘已经是开恩了，而他竟然还捞到了曹国的地盘。

重耳这样做的原因，除了再一次报复偷窥狂曹共公，还有拉拢鲁国的意思。

鲁国怎么说也是执礼之国，到时候，秦晋打起来，鲁国虽然出不了兵，但作为顶级道德评论员，发表一两篇有影响的评论文章，给晋国造造势也是很有必要的。

到了秋天的时候，晋国又在清原搞了一次阅兵，建立了五个军。据晋国对外发布的消息，这是为了抵御狄人的进攻，国际社会大可不必担忧晋国在搞军事扩张。

第三年，晋国的国都绛城来了一位稀客，楚国大夫斗章前来进行国事访问，并寻求两国和解。晋国马上做出了正面的回应，派大夫前往楚国进行外交访问（回聘），至此，晋楚两国正式建立了大使级的外交关系。

做完一切，重耳终于可以放手离开。这一年的冬天，晋侯重耳与世长辞。

这位春秋历史上最具传奇色彩的国君，在诸国之间流亡时，已经名满天下。回国之后，不过九年的时间，就平定周室，大败楚军，写下春秋历史上最浓厚的一笔。

其匡扶周室、维护正义、扼制楚国、保全中原文化的功绩大家都懂了，还是用他的谥号来总结其一生吧。

重耳死后，晋国给了他一个十分荣耀的谥号：文。

经天纬地曰文。成其道。

道德博闻曰文。无不知。

学勤好问曰文。不耻下问。

慈惠爱民曰文。惠以成政。

愍民惠礼曰文。惠而有礼。

这是对他最好也最公正的嘉奖。除了一点，重耳，也就是晋文公同志到了地府，报复心理还是收敛一下比较好。

第二十一章

最后的牛鸣

第二十一章 最后的牛鸣

公元前628年的十二月十日，重耳躺在棺材里，他将回归曲沃他们这一脉的祖坟中。葬队出了绛城，送葬的人突然停下来，因为他们听到了一阵奇怪的声音，这个声音颇似牛鸣，等他们搞清楚这个声音的来源之后，殡仪员不禁毛骨悚然。

声音来自重耳的棺木。

正当大家惊慌失措甚至可能失禁时，郭偃披散着头发，突然冲上前，猛地扑倒在地，还大声招呼送葬的大夫一起下跪。

"这是国君令我做大事，将有西师从我们的国境经过，击之，必获大捷！"

也不知道郭大师是怎么得出这个结论的，但他老人家在晋国算命不是一两年了，从晋献公时代就号称晋国第一神算，是国师级的算命大师，他说有这样的事情，那就算有吧。

于是，这支殡仪队来了个一百八十度转弯，又把重耳抬回了绛城，也不管重耳入土为安的事情了，反正是冬天，重耳就再支撑两天。事发紧急，晋军已经得到消息，秦国的大军此刻正在晋国的边境线上。

强国逐鹿

秦国并不是要攻打晋国，他们的目标是郑国。

两年前，秦穆公与重耳联兵攻打郑国，秦穆公中途背叛晋国，反而派兵帮助郑国守城。两年来，那些秦国士兵一直在郑国当志愿军。在这一年的冬天，驻守郑国的秦国大夫派人送回一封密信，报告郑国人对他们十分信任，让他们独掌北门守卫，如果秦军潜师而来，就可以一举拿下郑国。

秦穆公等这一天很久了。

秦穆公是一个努力的人，也是一个很有才华的人，但上天往往喜欢安排"既生瑜，必有亮"的把戏，在秦穆公刚上位时，就碰到了枭雄式的晋献公。面对老前辈，他没有太多发挥的空间，只好老老实实当了晋献公的女婿，为晋国的兼并事业摇旗呐喊。

他可以等，晋献公比他老，时间会帮他赢得机会。

这个机会确实来了，而且超出他的预期。晋献公老年可能患上了痴呆症，逼死世子申生，赶跑两个儿子，晋国一时大乱，秦穆公看准时机，果断出手，扶持夷吾回国，还狠狠敲了晋国一笔，把晋献公花了半生心血才得到的崤函之地弄了过来。后面的事情就不说了，一说，秦穆公全是泪。

好不容易等夷吾挂掉，秦穆公把看上去老实的重耳送了回去，本想着重耳会回报他的恩情，助他开拓中原市场，可没想到，重耳太会抢戏了。打个不恰当的比方，在大国竞争这个游戏当中，重耳就像金钱玩家，秦穆公是普通玩家。秦穆公这个号先练了二十多年，好不容易升上级，离最顶级的霸主只一步之遥。而重耳一加入这个游戏，不过两三年，就追上甚至赶超了。

第二十一章 最后的牛鸣

重耳率先出手摆平周王室，在国际上树立了急公好义的名声，又在宋国埋下伏笔，积极参与中原争霸，大败楚军，一举成为中原新的霸主，从此，重耳年年开会，年年发表重要讲话。这一来，本该跑龙套的重耳一举成为主角，本该领头的秦穆公却成了陪衬。

这一切是怎么变成这样的，秦穆公都未必算得过来。重耳主持召开的三次诸侯大会，秦穆公都没有参加，只是派了国内的大夫代表了一下，这其中的原因，大概还是羡慕嫉妒恨在作怪。

带着这个情绪，秦穆公才轻易被郑国大夫烛之武说服，背晋援郑，等于从背后捅了重耳一刀，算是出了一口恶气。

但这样的行为，改变不了重耳称霸、晋国称雄的事实。秦国渐渐被列国忘记，齐鲁宋郑的使者天天往晋国跑，拜码头交保护费，晋国门庭若市，秦国却冷冷清清，像城管来过的路边市场。

难道秦国永远都玩不过晋国？难道我只能看着别人的精彩，上天对我另有安排？

秦穆公陷入深深的苦闷当中，而这一年似乎是秦穆公的幸运年，他的小舅子兼女婿重耳去世了。这个不世出的天才像一块石头压在他身上，让他相形见绌。但上天总算是公平的，把这个开挂的人收了回去。此后双喜临门，郑国可得的消息又传了回来。

这不是上天在眷顾秦国是什么？得到郑国，秦国的触角就可以直接伸到中原腹地，秦国将成为这个世界上的超级大国！

秦穆公意识到机会来了，他马上跑去见国内的高参蹇叔，向他介绍了这个天大的好机会，并请他提一点具体的实施方案。可让他感到万分惊讶的是，蹇叔竟然第一时间否决了他的想法。

"调动大军长途奔袭,我从来没听过有这样干的,这一去有千里之遥,这么大的一支军队怎么保密?等我们累得半死跑到那里,郑国早就防备好了。"

这是一个冷静的建议,无异于当头一盆冷水,无奈秦穆公现在正燃烧着熊熊烈火,别说一盆冷水了,就是直接将他按到水盆里,都浇不灭这把火。

他掉头就走,不管你支持不支持,郑国我是打定了。

回去后,秦穆公集结大军,命令大夫孟明视、西乞术、白乙丙率领大军奔袭郑国。可能有的同志还记得,孟明视是百里奚的儿子,西乞术、白乙丙则是蹇叔的儿子。

检阅兵马,祭告祖先后,大军从雍城东门而出,门口站着两位送行的老同志。

这两位就是百里奚、蹇叔。据考证,百里奚大概快百岁了,蹇叔也差不了多少,当年使青铜巨锄,挖掘他们的公孙枝以及公子絷都已经不见史册很多年,多半是已经去世了,而这两位现在还能工作在第一线,实在让人钦佩。

两位世纪老人一看到秦国的战车驶过东门,猛地哇哇大哭起来。

"孟子啊(指孟明视),我只看到大军出去,却看不到大军回来啊。"

但凡大军远征,总得说两句祝旗开得胜之类的吉祥话,可大军刚开拔,这边就哭上了,还说什么有去无回的话,实在太不吉利,秦穆公发火了。

"你们知道什么?!要是你们死得早,坟墓的树都有两手合抱那么

《第二十一章》 最后的牛鸣

粗了。"

在秦穆公看来,这两位应该为秦国绿化事业做贡献,而不是跑到这里触他的霉头。

领导发火,后果还是严重的,两位连忙表示自己不敢诅咒国君你的大军,只是大军出征,我们的儿子也在里面,我们都老了,说不定晚上躺下去,就看不到第二天的太阳,所以痛哭而已。

说完,两位老同志相互搀扶着退了下去,似乎意犹未尽,又找到他们的儿子叮嘱了两句。

"晋国一定会在崤山袭击你们!崤有两座大山,南面的山有夏朝后皋的坟墓,北面的山头,是当年文王躲避风雨的地方,你们一定会死在那里,我会去那里替你们收尸。"

因为铠甲在身,三位大将无法下跪,唯有行揖礼向老父告别。

两位老大夫的反常举止并没有影响到秦军的气势。出国都之后,雄赳赳气昂昂,跨过黄河,越过崤山,直赴郑国。

第一站,他们要经过周朝洛邑。

这是天子之地。

按照礼仪,大军过天子之都,必须下车除甲致敬。但这一次是长途奔袭郑国,尤其是进入洛邑之后,也就代表离郑国不远了,人口也开始稠密起来,很容易走漏消息,能快一天就是一天。要是大军老老实实按流程除甲行礼,只怕没有半天搞不下来,但不行礼又说不过去。想了一下,秦军搞了一个折中的办法。

到达洛邑城外时,战车没有停,只是放慢了速度,车上的人脱掉了头盔，跳下了车，朝着天子的方向行了行礼，然后紧跑两步，再次跳上车飞驰而去。这个动作颇似马术表演中的上下马，需要极高的水平，有的秦军士兵基础功不扎实，就有些不到位，礼没有行到就跳回车了，这个心情也是可以理解。要是错过了这二路汽车，可是要跑步去郑国的。

这一幕被一个少年看在了眼里。

听说数万大军从远方跑过来，周襄王吃了一惊，连忙派了自己的孙子王孙满去看看什么情况。

眼前呼呼一片，像是一群毫无章法的蝗虫飞过。等大军走过之后，王孙满给出了他的观察结论：

"秦国大军轻狂而无礼，必败无疑！"

"为什么？"周襄王奇怪地问道。

"轻狂就没有谋略，失礼就会粗心，秦军进入险地却粗心大意，又不能谋划，能不失败吗？"

秦军带着诅咒在奔跑，时间就是胜利，时间就是生命。

他们抵达了滑国，这是郑国附近的一个小国，经常反复投靠于卫郑二国。抵达滑国，也就意味着他们已经靠近郑国边境。

在这里，他们意外地碰到了一个叫弦高的郑国人，这位弦高十分热情，看到秦军马上迎了上去，先是送了四张熟牛皮，接着又送了十二头牛来犒劳秦军，并转达了郑国国君的话。

"听说你们要行军经过此地，我们郑国虽然没什么钱，但当年说了要当秦国东道主的，所以特地来犒军。不知道你们接下来怎么打算？要是住下来不走了，我们就为你们准备好每天的伙食，要是走，我们就为你们守

第二十一章 最后的牛鸣

一天的岗。"

郑国已经收到了消息,就在这里等着呢!

这个充满谦卑的说辞不亚于一颗重型炸弹,将孟明视们搅得心慌意乱。

原本计划的偷袭显然无法再实施。

孟明视决定停下来考虑一下,没两天,他就见到了秦国派驻在郑国的驻军。

在去年,专注骑墙四十五年的郑文公因病永远离开了人世。

郑文公去世后,继承君位的是他的儿子公子兰,这位公子兰是一位亲晋派。

当年,重耳跟秦穆公一起攻打郑国,秦穆公中途背盟,派军入驻郑国,但重耳也不算全无收获,他的手中握着一张王牌。

郑文公因为跟儿子们关系十分紧张,曾经一度把所有的儿子都赶了出去,其中公子兰就在晋国流浪。重耳攻郑时,就把公子兰带在了身边,让他当向导。

公子兰拒绝了这个请求,表示君子教导我们,人在他乡,不可忘父母之国。现在主公要伐郑,臣不敢同往。

这种誓不当带路党的精神感动了重耳,在秦穆公帮郑国守城后,重耳同样跟郑国达成了协议,将公子兰送入郑国立为世子。

现在大家可以看出来水平的高低了,秦穆公出了兵马,累死累活,不过揽了一个力气活,什么也没有得到,重耳却成功将亲晋派的公子兰送入郑国,一举掌控住郑国的未来。这也是秦穆公最近一定要攻打郑国的原因。

郑文公去世了，公子兰顺利成为郑国国君，史称郑穆公。

接到秦军将要袭击的急报，为了稳妥起见，郑穆公特地派人到客馆里查看了一下，结果发现帮忙驻守的秦国士兵已经包打好，刀磨利，马喂饱，随时准备里应外合攻陷新郑。

看来不是假情报！郑穆公吓了一跳，立刻请这些瘟神走人，为了打发他们，借口说是郑国实在太穷，已经养不起你们了，你们还是请回吧。而郑国的野外就跟你们秦国的郊野是一样的，你们别客气，自己随便去打点麋鹿做成腊肉当干粮吧。

看来路费也不会给了。在郑国发火之前，这些准备当内应的秦兵灰溜溜逃出了新郑，跑到滑国与大军会合。

事情到了这一步，情况已经很明朗，郑国这些年虽然甘当小弟，但毕竟也曾经牛过，论实力，在二流国家中还是拔尖的。现在郑国做好了准备，秦军就没有多少胜算了。

权衡了一下利弊，孟明视下达了撤军的命令。秦军踏上了回国的道路。在他们身后，郑国人弦高大大松了一口气。

他并不是郑国的使者，他只不过是郑国的商人。这一次是赶着牛到周朝去做生意，半路上碰到了这一支秦军。他猜到了秦军将要攻郑的意图，马上拿出自己的牛犒劳对方，并第一时间给郑穆公送去了牛毛信。

郑穆公这才视察客馆，发现异状，并赶走秦国士兵，做好了应战的准备。

作为一个商人，弦高的思想境界达到了士这样的高度，这应该跟郑国

第二十一章 最后的牛鸣

执行武公之略，重视商贾，与商人地位一直比较高有关系。

数万秦军就这样被郑国的十二头牛打发了，现在牛肉也吃得差不多了，按道理是从哪里来回哪里去了，大概想到这么远跑过来，空着手回去没办法交代，孟明视率军把滑国给灭了。

这个冲动的举动再为晋军截击秦军提供了一个借口。

把重耳的棺材抬回去之后，晋国国内对是否要袭击秦军分成了两派。先轸认为这是上天赐给晋国的机会，是晋国摆脱这二十多年秦国对晋国影响的最佳机会。而栾枝则认为秦国毕竟对自己有恩，重耳生前一直强调秦晋友好，现在国君还没埋，就去攻打秦国，这怎么对得起国君在天之灵。

先轸是春秋史上第一位正儿八经的权谋家，他的行事里没有规则一说，唯有胜利与利益。这种价值观是战国的价值观，说明先轸同志的思想超前了两百来年。而栾枝还是春秋传统的大夫，处处讲礼。

很难说，双方谁能说服对方，直到秦国灭滑的消息传来。

"秦国趁着晋国办丧事出兵已经不礼，现在还灭掉了我们的同姓国滑国，还谈什么恩惠！现在放过秦军，以后他们将世代祸害晋国。为了子代后代这样做，先君也不会责怪我们的！"

以我对重耳的了解，他也绝不会放过这次机会。

晋襄公郑重地点了点头，同意了出征的方案。对于新上任的他来说，这是一次宣告晋国霸业不会像齐国霸业一样人死旗倒的绝佳机会。

重耳依旧躺在棺木中，如果他还在世，应该可以看到如下的情景：

他的儿子晋襄公穿上染成黑色的孝服，步出了灵堂，晋国的士兵已经列阵完毕，皆是黑衣袭身，一眼望去，黑压压如乌云般遮蔽天空。

晋国的丧服本来是白色的，但穿着白色的衣服出去打仗太不吉利，权衡之下，只好将白色染成黑色。我想重耳是不会计较的。

一场对秦国的胜利，将是对重耳在天之灵最好的祭慰。

夏，四月十三日，崤山。

崤山，高山绝谷，峻坂迂回，其势险隘，扼要守之，足可以一当百。

这是晋献公当年从虢国手中吞并来的军事要塞。是秦国数次想从晋国手中得到，但又无法真正掌控，最终归还晋国的要地。

在这里，晋国将完成对秦国致命的一击。

孟明视、西乞术、白乙丙拿着从滑国搞到的战利品行至此地，当他们看到如同夹壁般的高山，幽肠般的小道，大概也想到了百里奚、蹇叔说的话。

"尔即死，必于殽之嶔岩，是文王之所辟风雨者也。"

据《东周列国志》所说，这里有如下地名：上天梯、堕马崖、绝命岩、落魂涧、鬼愁窟、断云峪。

看这些名字，就知道这里是杀人越货、挖坑埋雷、落井下石、暗箭伤人的黄金地段。

当秦军行至中段时，晋兵伏兵四出，各种招呼从天而降，包括又不仅限于滚石、巨木、飞箭、长枪、火油……

晋军四面发起攻击，在这些攻击的队伍中，还有一队比较特殊的人，他们冲杀在前，下手极狠，仿佛跟秦国有不共戴天之仇。

《第二十一章》 最后的牛鸣

这些人是晋国国内的少数民族姜戎，说起来，他们跟秦国确实有一段血海深仇。当年，秦穆公进攻姜戎，将他们从老家赶走了出来，是夷吾在晋国内找了一块地皮安置他们。当时秦国取地，晋国取人，现在可以看出人确实是这个世界上最宝贵的资源。

这一天对秦军来说是黑暗的一天。在以前和以后的历史中，都找不到比这一天更惨烈的失败。秦国大军尽数折在这片山谷里，没有一辆车、一个人逃回去。秦国三位主帅孟明视、西乞术、白乙丙全部被活捉。

这大概是秦国历史上最丢人的一场战役，其损失的不仅仅是一支军队，更重要的是把脸面都输了。关于这一场战役，孔老师是这样记录的。

晋人及姜戎败秦师于殽。（《春秋·僖公三十三年》）。

孔老师没有用战败而是直接用了败这个动词，是直接贬低秦国，因为秦国越千里之险，进入没有防备的滑国，守又守不住，退回来又吃了大败仗，这一路上还干了不少坏事（乱人子女之教，无男女之别），应该是军队作风问题很严重，行军风格就跟狄人一样。

秦国人后来一直被中原人称为秦狄，就是从殽山之败开始的。

秦国输阵又输人，晋国是真正的赢家。从战场回来后，晋襄公穿着黑色的素衣为重耳发丧，从此晋国丧服为黑色的习俗流传了下来。

殽山一战，足以宣告晋国依然是中原的霸主国！

在晋襄公穿着黑色的丧服替重耳送葬时，黄河的另一边也有一个人同样穿着丧服。这位自然就是秦穆公，秦穆公穿着白色的丧服，正焦急等待着三位大夫的归来。

在庆祝胜利之余，晋襄公做了一个决定，他把孟明视、西乞术、白乙丙三个人全部放了。

这个建议是重耳的夫人文嬴提出来的，据她解释，这三个人挑拨秦晋关系，现在害得秦国全军覆没，秦君得到他们之后，一定会将他们煮了吃，晋君实在没有必要杀他们脏了自己的手。

这个建议跟秦国从楚国忽悠到百里奚的计谋一模一样，文嬴原封不动拿来就用。

这应该是不容易忽悠到晋襄公的，根据我多年的观察，大概可以给各国列一个诈奸程度排名，大至如下：

陈<蔡<宋<鲁<卫<郑<齐<楚<秦<晋。

陈蔡宋是比较单纯的，尤其是宋国，很天真很幼稚，而晋国的同志，恭喜你们，你们得冠军了。

以秦国的智商骗楚国是够用的，但想要骗到晋国人远远不够用，但奇怪的是晋襄公竟然答应了。他应该不是被这个理由说服了，而是考虑到秦晋两国确实关系不错，这次秦国虽然不打招呼，借晋国的道去抢晋国的生意，但自己已经全歼这伙不礼之师，要是再杀了人家三位大夫，就把事情做绝了。再考虑到当年秦穆公捉放夷吾的往事，就更不好意思下死手了。

于是，正准备英勇就义的孟明视、西乞术、白乙丙被放了出来。

三位秦国大夫走了没多久，先轸就来上班了。刚到，先轸就问起了这三个俘虏。晋襄公轻描淡写地说道："夫人替他们请求，我已经放了他们。"

放了？！看着晋襄公一脸淡定，先轸发火了。

"将士拼尽全力才把他们抓回来，夫人一句话就把他们放走了，这是

第二十一章 最后的牛鸣

损害晋国军威而长敌国士气。我看，我们晋国离亡国也不远了。"

"这个，您听我解释嘛。"晋襄公这才意识到问题的严重性，连忙起身。

先轸做了一个让自己无比后悔的举动，他在晋襄公面前吐了一口痰，然后扬长而去。

这种大不敬的行为是为臣的大忌，但晋襄公并没有因此发火。

晋襄公，姓姬名欢，这位仁兄即位之后，继承了重耳的治国经验并继续使用重耳留给他的一套班子。他相信这些贤臣能帮助父亲成就霸业，就同样能够帮助自己守住霸业。

这是一个诚恳的认识，从后面的事情来看，这种不自大的性格正是他能够让晋国继霸的原因。

意识到自己的错误后，晋襄公马上派出大夫阳处父前去追回三位秦国大夫。

这位阳处父是晋襄公的师傅，也是晋国外交方面的专家，曾经出使楚国，促成楚晋和盟，特长是能说会道，想来晋襄公也知道这三个人估计用兵是追不回来了，用嘴说不定还能骗回来。

果然，等阳处父追上这三个人时，他们已经跑到船上去了。此情此景，颇似后来东吴兵追捕拐走孙尚香的刘备。

阳处父没有船，自然就追不上。眼见这三个人就要两岸猿声啼不住，千里"雍城"一日还了，阳处父灵机一动，立刻跳下马，牵着马对着船上喊话：

"三位快回来，我们国君特地让我送此马给诸位。"

这个计策就太小白了。孟明视认真地在船上叩了一个头。

"托晋君之惠,没有把我们杀了,而是放我们回去受刑,如果秦君赐我们一死,我们就死而不朽,如果托晋君的恩惠能够获得赦免,三年之后一定前来拜谢晋君!"

郊外,一身白丧服的秦穆公终于等到了三位大夫的回归。

以楚国的行规,丧一师,主帅必死。孟明视们也是抱着负荆请罪的心情,虽然不至于像文嬴所说的等待他们的是烧开的大锅,但活罪总是难免的。可等他们见到秦穆公,还未等请罪,秦穆公已经痛哭流涕。

"我没有听从蹇叔的劝告,使你们三人受辱,这是孤的罪!"

秦穆公不仅没有撤除孟明视们的职务,还告诉他们,你没有错,这全是我决策失误,我不会抹杀你们的功劳。

秦穆公在错误的时间发动了一场错误的远征,但他终于用一个正确的举动进行了收尾。

我们虽然败了,但我们不能认输,崤山的耻辱,我们要向晋国讨回来!

第二十二章

成王之死

第二十二章 成王之死

楚国世子商臣最近陷入了恐慌当中。这个恐慌来自地位的不稳定。

准确地说,商臣的地位一直都不太稳,这个不稳源于他父亲楚成王的地位太稳了。楚成王已经在国君的位置上干了四十五年,而且从身体条件上看,再干个五百年不太可能,但再干个十五年还是有希望的。而商臣,我查了一下历史,他死于十二年后。

也就是说,如果不出意外,商臣这位太子爷可能要先走一步。就权力而言,这实在是人生的悲剧。

更让商臣感到恐慌的是,他的父亲甚至准备让他从太子的位置上退下来,立他的庶弟为接班人,其理由让商臣抓狂。

"商臣的眼睛像黄蜂,声音像豺狼(蜂目而豺声),长得太残忍(忍人也)!"

这就不太对了,商臣同志之所以长成这样,不是他能决定的啊,要怪就只能怪楚成王本人的基因不太好。再说了,楚成王本人还是鸡胸,大家也没有挑啊。

在楚国,这种议论很有市场,这其中,又以令尹子上最支持这种看法。

因为，这个看法本来就是他的原创。

很久以前，楚成王准备立商臣为世子，就把这位子上请来咨询一下，子上就给出了这个害得商臣一辈子抬不起头来的论断。

"国君您还年轻啊，又有很多爱妾（意思是你还能生啊），干吗这么急？如果立了又废弃，就会引发乱子。不如等等看，我看楚国的惯例是立年轻的王子为太子，而且商臣这个人眼睛像黄蜂声音似豺狼，是一个很残忍的人，不宜立他为太子！"

历史上有过不少闻名的大臣栽倒在立太子这件事情上，这种明明就是吃力不讨好的事情，可偏偏就有不少聪明的人不断冲上去堵这个枪眼，实在是一件让人费解的事情，个中原因就请大家独立思考吧。

楚成王是一个有主见的人，并没有因此否决商臣，但子上的"蜂目豺声"这四个字仿佛钉子一样扎进了他的脑海里。从那以后，他一看儿子的眼睛，眼前就浮现出一只硕大的黄蜂，一听儿子的声音，就感觉身后有一只大花豺。

子上这个人没有相面执业证书，却随便给人看相，这个相面结论又流传了出去，搞得商臣同志在楚国抬不起头来，地位岌岌可危。

要想摆脱这样的困境，一定要除掉子上这个反对自己的中坚派。但这不是一个轻松的任务，因为子上也是有背景的。

在城濮之战后，令尹子玉自杀，楚成王提拔了一个叫芳吕臣的大夫为令尹。

对于这位楚国新任令尹，重耳十分高兴地点了赞：

第二十二章 成王之死

"这下我们晋国安全了,芴吕臣做令尹,顶多只能保全自己而已,他掌控不住楚国的百姓。"

这个评价十分毒舌,但毒舌一般是很准的,芴吕臣确实不是一个有作为的令尹,但出现这样的结果并不是芴吕臣不努力,而是他没办法去努力。芴吕臣是楚国蚡冒(楚武王熊通之兄)的后人,虽然也是名门望族,但比起若敖(斗伯比一脉)来说,就要差很多了,斗伯比、子文、子玉、子上都是若敖这个家族的成员。

从史料显示,蚡冒族一直跟若敖族对着干,楚成王提拔芴吕臣当令尹,也是想打压一下若敖族,加强一下王权。

这个意图是很好的,就是有点超前,楚成王要打掉若敖族还得等他的孙子楚庄王上来,而芴吕臣要压过若敖族,也要等他的孙子孙叔敖熬出头。

芴吕臣就有些摆不平楚国大局,累死累活干了一年就卒了。楚成王只好将若敖族出身的子上提拔上来。

对付这样一个有深厚背景的子上,商臣是没有多少胜算的,但他还是找到了机会。

说起来,这个机会还是晋国人送的大礼。

公元前627年,晋国在崤山袭击秦国,一举宣告晋国的霸业没有随着重耳的去世而消逝。随后,晋国会同郑陈两国再次进攻一直不肯归顺晋国的许国。

楚国没有坐视不理,他在中原也就剩许国这个铁杆跟班了。楚成王命令子上率领大军进军中原。本着"你打我小弟,我揍你跟班"的对应原则，楚军把目标定在了郑国。

郑国已经成了霸主试金石，谁打服了郑国，就等于占据了中原。在攻打郑国之前，子上先跑去揍了陈蔡两国，把两国再次收归门下后，率领陈蔡两个小弟向郑国发起了攻击，大有重新夺回中原霸主的势头。

晋国察觉到了楚国的意图，马上做出了回应，有趣的是，这一次晋军的进攻目标是蔡国。

很多年前，蔡国经常跟在大国后面欺负小国，现在蔡国成了晋楚争霸的一盘菜，说是报应，似乎有点幸灾乐祸的样子，但实情却恰恰如此。

算起来，蔡国其实才是楚国最忠诚的小弟，自从被楚国降伏，尤其是齐桓公借攻蔡伐楚那件事后，蔡国已经对中原失去了信任，死心塌地地跟着楚国混，前些年参加重耳的诸侯大会，多半是当卧底探查晋国情况去了。

这一次，楚国稍发兵，蔡国就回到了楚营。

对于这个情况，晋国心知肚明，算清了要打楚国必须先拿蔡国开刀。

晋国派出的主将是在黄河边上忽悠孟明视三人回头不果的晋国大夫阳处父。

晋军刚到蔡国，还没正式开练，楚国的援兵就来了。

楚晋大军再次站到了战场的对面，两军夹着泜水扎下了营房。

关键时刻，阳处父害怕了。晋楚建立大使级外交关系时，出使楚国的就是这位阳处父。他到过楚国，自然知道楚国虽然在城濮败北，但综合国力并没有受到太大的影响，军事实力依然强劲。而且《春秋》用了侵这个词来形容晋国的攻蔡行动（晋阳处父侵蔡）。

《第二十二章》 成王之死

在春秋时，大张旗鼓的叫"伐"，反之则叫"侵"，轻装突击的就叫"袭"，比如秦国攻郑那次就叫秦袭郑。

足见晋国也就是想偷偷摸摸地来，打一个短平快，没想到楚国反应这么迅速，大军马上就逼了过来。

阳处父发现自己陷入了困境，打又打不过，不打回去又没有面子。情急之下，这位外交人才还是想到了一个绝妙的办法。

阳处父派人给楚军主帅子上送去了一封信。

"我听说，文者不违背正道，武者不躲避敌人。您老要是想开战，那我就退三十里地，您把部队拉过来，我们摆开阵势兵对兵，车对车打一战！"最后，阳处父还催促对方赶紧做决定，免得大家耗在这里浪费粮食。

所谓退兵一舍，还是指当日城濮之战的典故，子上同志气不打一处来，决定立马过河开战。这时，楚国大夫大孙伯劝住他，提醒了他一件事情。

"不能啊，晋国人不讲信用的，要是我们渡到一半，他们攻击我们，我们哭都来不及！"

想了一下，子上同意了这个看法，毕竟晋国人可没有宋襄公那样高尚的情操，专以奸诈闻名天下。

"那怎么办？"子上问道。

"让他们过河来！"大孙伯出了一个主意。

子上点头同意，回复阳处父：

"有本事，你们过来！我们退一舍地给你们。"

"好，成交！"晋国马上回复。子上总觉得哪里不对劲，但话已经说出了，不好反悔，就老老实实率领楚军退了三十里。

退下来后，子上摩拳擦掌，准备跟晋军大打一场，一洗城濮之战的耻辱，可左等右等，就是没看到一个晋兵攻过来。子上派兵一打听，晋军不但没有过河，反而退走了。

原来在楚军退后一舍时，阳处父大喜过望，马上高调宣布楚军逃跑了（楚师遁矣），然后大摇大摆地领着晋军回国了。这种精神胜利法，着实让人瞠目结舌。

阳处父是安全了，可结结实实把子上给坑了，晋楚交战，楚军逃遁的消息很快就传遍了中原，偏偏楚国是个喜欢杀主帅的国家。

领着这么多兵出去，竟然逃了，这让楚国的面子往哪里放，以后楚国还要不要在中原混了？

最后，商臣在后面轻轻推了一把，彻底将子上送进了地府。

"子上接受了晋国的贿赂而躲避，这是楚之耻，罪大恶极！"

子上遂死！

商臣迈出了抢班夺权的重要一步，但很快他就发现，子上并不是自己继承君位最重要的对手。

商臣能不能当上国君，关键还是要看他老子楚成王的态度，可在这个问题上，楚成王有点花花肠子，不说废他，也不给他吃定心丸，还时不时放点风声出来要换人。就这么吊着，着实难受。

老爷子到底是怎么想的？商臣最后实在猜不透他爹的心思，只好跑去请教自己的老师潘崇。据梁启超先生分析，春秋列国各有长处，这其中晋国有名卿，如赵衰、狐偃、先轸等人。秦国有客卿，百里奚是虞国人，蹇叔是宋国人，商鞅是卫国人，李斯是楚国人。而齐国有美女（不举例

第二十二章 成王之死

了），楚国则以世代有贤王而著称于春秋，这其中重要的原因是楚国十分重视下一代的教育问题，为每个王子都配备了高水平的老师，这位潘崇就是一位尖端人才。

听了学生的困惑，潘崇想了一下，出了一个主意。

"你不如请你姑姑江芈吃顿饭，然后故意对她不尊敬，看她怎么说。"

商臣点头同意。

商臣准备了饭局，将姑姑江芈请来，吃饭期间，故意举止失礼，姑奶奶很生气，出口就骂：

"滚开！你个奴才！活该你爹想杀了你。"

商臣出了一身冷汗，我爹原来要杀我啊！他连忙把这位暴脾气的姑姑打发了，跑来找师傅潘崇商量。

"这事是真的！"

潘崇沉默了。作为一名师傅，如果自己教导的王子能够成为国君，则他如同鱼跃龙门，如果王子被废，那就是鱼跃灶台了。过了一会儿，他问了正急得跺脚的商君一句话。

"你能服事王子诸吗？"

如果你能够给你兄弟当臣子，咱们就老老实实让位，以后小心翼翼地过日子，希望你的兄弟会顾念亲情。

商臣马上给出了否定的回答。

"不能！"

"那你能离开楚国逃亡吗？"

"不能！"商臣断然否决，愤怒与羞辱让他的脸变得通红。

强国逐鹿

"那你能干大事吗？！"潘崇的声音变得尖锐起来。

商臣的脸色凝重，他自然知道老师的这句话意味着什么。低着头想了一会儿，权欲终于占了上风。

"能！"

这一年的冬天，十月，经过周密的筹划，商臣成功策反了宫城的警卫，将楚成王包围了起来。

当儿子身着铠甲手持兵器出现在自己面前时，楚成王明白了一切。

子上果然没说错呀，这小子就是凶残的黄蜂豺狼，现在竟然连老子都想杀！

商臣的剑尖在滴血，楚成王突然叹了一口气。

"看来我是必死无疑了，死可以，但我有最后一个要求，我要吃熊掌！"

据说楚成王生平最喜欢吃的就是熊掌，在死之前最后吃一次，免得当一个饿死鬼，这个要求合情合理，但商臣发出了冷笑。

父亲，我还不了解您吗？您哪里是想吃熊掌？熊掌需要慢火炖煮，至少需要一个多时辰，这么久的时间，只怕熊掌没出锅，您的救兵就到了。

商臣断然拒绝了这个请求，请父亲马上上路，不然，我就亲自动手！

在被刺死与自尽之间，楚成王选择了后者，保存了一个王者仅存的尊严。

据史书记载，楚成王死后，要给他上一个谥号，商臣跟群臣商议，给他上了一个"灵"字。

这个就太过分了，"灵"是如假包换的一个差评，解释是乱而不损曰

第二十二章 成王之死

灵，也就是说国家有祸乱却不能制止。

这是一个有失公平的评价，在楚成王主政四十六年间，楚国保持了强劲的发展势头，尤其是他在位期间赶上了中原争霸的高峰期，齐桓公、宋襄公、晋文公先后争霸，尤其齐桓晋文两个人，更是春秋里仅有的毫无争议的顶尖霸主。而楚成王在与他们的较量当中，也不过是稍逊风骚。

齐桓公集八国兵马，兵临召陵，都不敢与楚成王一战。在泓水之战，楚成王挥军渡江，一战成霸，中原各国俯首称臣。后面虽然在城濮一战中败在了更为滑头的晋文公之下，但楚成王在关键时刻懂得收缩，保存了楚国的实力。

这样彪悍的人生，一个"灵"怎么服众。别说人了，就连鬼都哄不了。

这个谥号出来后，楚国人惊恐地发现，楚成王的眼睛一直都睁着，这就是传说中的死不瞑目吧。

大夫们只好退了下来，先把"灵"的差评删除，重新给了一个"成"的谥号。

"安民立政曰成。"

安定百姓，建立政道。这似乎跟楚成王的主要成就并不相符合，在我看来，给他一个"桓"的谥号应该再合适不过了。

"辟土服远曰桓。克敬动民曰桓。辟土兼国曰桓。"

但楚成王是个好讲话的人，当听到楚国大夫拉长着声音说出"成"这个谥号时，他的眼睛闭上了。

第二十三章

称霸西戎

《第二十三章》 称霸西戎

公元前625年的春天,秦国再次进攻晋国,当年孟明视逃回秦国时,曾经许下三年之后回军拜谢的诺言,此刻离当年仅过去了两年。

如此急于出军,原因有二:一是秦国急于洗刷崤山之战的耻辱,秦穆公报仇心切,再者去年楚成王去世的消息对他也有一定的刺激,当年的老对手老熟人一个个都去世了,这也意味着他老人家也有随时崩掉的可能,与晋国的大战,是实力的较量,也是秦穆公与时间的赛跑;另一个原因是晋国发生了一些有利于秦国的变动。晋国最厉害的军事指挥家先轸去世了。

先轸是战死的,从某种意义上说,先轸是自求一死。

自从在晋襄公面前吐了口水之后,先轸陷入了后悔当中,尤其是晋襄公还完全没有把这当回事,任何惩罚措施也没有。这样的宽大心胸在古代君子眼里比鞭打他一顿都难以接受。也就在那一年,有一伙狄人攻打晋国,晋襄公亲自出征御敌,在那次战斗中,先轸做出了战死而正己刑的决定。

"我放任自己在国君面前做出无礼的举动,国君没有计较,我不敢不自我惩戒!"

说完这一句，先轸脱掉头盔冲进狄人的军阵并战死在那里。

战斗结束后，狄国人送回他的头颅，他的面容淡定，看上去犹如活着一般。

错不避罚，人不罚则自罚。先轸是春秋史上第一个阴谋家，但他依然以一个君子的标准来要求自己。

崤山之战，秦军战败的很大一部分原因就在先轸身上，现在晋国已经没有先轸，秦国的机会来了。

秦穆公派出的主将依然是孟明视。

崤山一败后，秦穆公排除众议依旧使用孟明视执政，一是为了表示责己不责人，二是崤山大败是秦国付出的昂贵学费，这个经验值直接反映在孟明视的成长上，只有继续起用孟明视，才不会让这笔学费打水漂。

得知秦军入侵的消息，晋襄公亲率大军前来迎战，他起用先轸的儿子先且居为主帅，让老将赵衰为副帅辅助他。

这一年的二月七日，秦晋两军在彭衙开战。

一个憋了一肚子气要复仇，一个要维持霸主的地位，战斗却没有多少悬念，自重耳回国之后，晋国实力大增，秦军两年前才遭受覆师之难，论实力秦军依旧无法与晋军匹敌。

值得注意的是，彭衙在今天的陕西白水，位于秦国境内。秦军来报仇，可还没有到晋国，就被主动防御的晋军阻击在自己的国境线内，可见晋军在气势上就胜出秦军一大截。

这一战自然以秦国大败而结束。

《第二十三章》 称霸西戎

在这场战斗中，先且居再次证明了将门无犬子的俗语。但在这场战斗中，左丘明先生重点描述的并不是这位将门虎子，而是一个叫狼瞫的勇士。

狼瞫是在崤山一战中脱颖而出的，当日晋军大败秦军，晋襄公想搞一个斩囚仪式，命令自己的车右莱驹用戈斩杀秦国俘虏。

临刑之时，秦国囚犯大声呼喊，莱驹吓了一跳，手一抖戈就掉在地上，晋襄公的战马也受到惊吓，猛地跑起来。一个国君的保镖竟然被秦国的死囚吓住，连国君的车也吓跑了，这传出去，晋国的面子都丢光了。关键时刻，旁边的狼瞫上前一把捡起戈刺死囚，又一把抓起莱驹追回晋襄公的车子。

晋襄公对狼瞫的临危不惧十分欣赏，就此提拔他当自己的车右。

狼瞫的车右当了不过四个月，四个月后，狄国进犯，晋军出战，战斗之前，先轸把狼瞫从车右的岗位上撤了下来，理由是，先轸认为他的行为称不上英雄，毕竟杀的是一个死囚而已。以前没出战，让你当车右玩玩也行，现在就要上战场了，还让你当车右，那就是拿国君的生命在冒险了。

对一个视荣誉为生命的士来说，这是十分丢人的事情。听说狼瞫的车右干不成了，他的朋友跑过来，左看看他，右看看他，然后冒出一句：

"你怎么还不死啊？"

被这样羞辱，你应该去死啊！

狼瞫答："我还没有找到可以死的地方。"

朋友摇了摇头，他倒不是来要狼瞫死的，而是为他打抱不平。

"我帮你干掉先轸，一雪此耻！"

狼瞫拒绝了，他表示死在不道义的事情上，非勇者所为，只有为国家所用才能称得上勇敢。我以前因为勇敢而得到车右这个职务，现在又被认为不够勇敢而免职，对先轸来说，他只是不了解我才做出这个决定，对他来说，也没什么不对。

最后，狼瞫告诉朋友，我会证明自己的勇敢，你不要着急，看我的表现吧。

但狼瞫没有向先轸证明自己的机会了，因为就在后面的一战中，先轸脱盔入阵，身先士卒，英勇战死，但一个人的勇敢显然也只需要向自己证明。

彭衙之战开始后，狼瞫率先率领他的部下冲进秦军，晋军紧随而上，一鼓作气将秦军击败。狼瞫战死沙场。

狼瞫终于证明了自己的勇气，与此同时，他获得了左丘明先生一个很高的评价：君子！

君子是春秋中对一个人最高的评价，要达到这个标准需要满足很多苛刻的条件，比如行为举止、思想境界等等，而左丘明将狼瞫评为君子是因为他认为狼瞫完美地诠释了什么叫君子之怒。

君子之怒，不怒人不知己，而怒己不知人，是谓孔子曰："人不知而不愠，不亦君子乎？""不患人之不知己，患不知人也。"

君子之怒，不迁怒他人，不为难国家，而是不断要求自己，从自己身上找原因，提高自己。正如孟子所说："行有不得，反求诸己。"

狼瞫因为受辱而怒，但他没有冲动作乱，而是奔赴沙场证明自己，这就是君子之风。

重耳回国之后，把工作的重点放到教育国民上，现在，他的施政产生了效果，晋国的礼让之风，仁义之气，君子之范随处可见，这正是晋国霸

第二十三章　称霸西戎

业能够延续百年的最佳保障。

秦国再一次在晋国手上栽了跟头，同样，这次战败不但让秦军在肉体上受到了折磨，在精神上也同样受创不少，不太厚道的晋国人将他们的这次进攻美其名曰"拜赐之师"，是孟明视来兑现当年在黄河上的承诺。

作为失败者，孟明视再一次回到了秦国。垂头丧气的他又交了一次学费，如果他是楚的将领，只怕要死第二次了。

在城外，迎接他的依然是秦穆公。没有指责，也没有失望的表情，更没有惩罚。秦穆公告诉他，败了不要紧，我们继续努力。

面对实力雄厚，人才辈出的晋国。秦穆公的用人不疑再次让秦国回到了与晋国竞争的起跑线上，也同时赢得了国际社会的尊重。

当年秦国突袭郑国，在崤山大败，也因此被中原人正式称为秦狄。这一次彭衙之败后的冬天，作为报复，晋国先且居率领晋宋陈郑四国联军进攻秦国，攻下秦国的汪邑以及彭衙之后才回去。而在记录这场战役时，孔老师特地没有记载各国主帅的卿士名称。作为孔老师知音的左丘明说，这是为了尊重秦国，而之所以尊重秦国，是因为秦穆公尊崇德行。

不以成败论大将，秦穆公相信孟明视终有一天会给秦国带来胜利，洗刷加诸于他跟秦国身上的耻辱。

第二年的夏天，秦军再次披坚执锐，整军进发。

秦穆公亲自率军出征，上一次秦穆公上战场还是跟晋惠公的韩原大战，那已经是二十多年前的事情了。

秦穆公生年不详，但跟他同时代的人基本上都作古了，按辈分，现在他的对手晋襄公算是他的孙子辈。这么大年纪了还亲自出征,精神实在可嘉,但情景略显凄凉。

渡过黄河,秦穆公下令将所有的船只都烧掉。

如果不胜,我们就战死在黄河彼岸;如果胜利,我们就坐着晋国的船只回国!

秦穆公的这个举动后来被著名军事家孙子总结为破釜沉舟,表示不达目的绝不罢休。

这不仅仅是气势上的决断,更是秦穆公的信心。

秦穆公依然起用孟明视,进一步改进执政方式(增修国政),并做了很多有利于国民的事情(重施于民)。秦穆公相信这次一定能够战胜晋军。

事情的发展证明了这个判断,秦军气势如虹,一举拿下晋国的王宫,一直攻到了晋国的都城绛城城郊,晋军竟然缩头不出。秦穆公只好领着大军来到崤山。这是四年前秦军的覆师之地,是无数秦军将士的埋骨之地,也是秦国耻辱之地。

秦穆公下令在这里堆起高高的土丘,作为祭奠秦国战亡者的坟堆,秦穆公重新穿上白色的丧衣,在这座土丘之下哭了三天。

三天之后,他召集军队,为这一场亡灵追悼会发表了重要的讲话。"嗟士卒!听无哗,余誓告汝。古之人谋黄发番番,则无所过!"秦国的将士们!你们静静听我说,我在这里向你们起誓,只有认真听取老者的建议,我们才不会犯错误。

四年前,正是我不听蹇叔、百里奚的劝告,轻易出军,导致全军覆灭。所幸的是,我们没有被失败打倒,我们在这其中得到了教训,并最终取得了胜利。此时，百里奚、蹇叔多半已经不在人世，但或许他们听得到秦穆公的祭告。

秦穆公焚舟出击，显示了必胜的决心。据《史记》记载，各国君子听闻了秦穆公的崤山发言，无不为秦穆公掉下喜悦的眼泪，但这一次胜利并不全是秦国自己争取来的。

晋国没有迎击。做出避战这个建议的人是赵衰。

在重耳的部下中，如狐偃、先轸等人都是属于坑人不倦这一类型的，唯有赵衰是一个厚道人。狐偃的儿子贾季曾经对这位叔父有一个十分精确的评价：赵衰这个人，就像冬天的太阳一样温暖（冬日之日）。顺便提一句，贾季对赵衰的儿子晋国权臣赵盾也有一个评价：赵盾，夏日之日也。

在彭衙之战后，晋国又一次陷入大胜的狂欢，而赵衰却十分忧虑，在这场战斗中，他看到的是秦国必雪前耻的决心。于是，他找到晋襄公，建议如果秦军再来，我们最好避开，因为秦国失败之后在努力改进自己，这样的对手是无法抵挡的。

还有一些原因，赵衰没有说出口。秦晋已经大战数年，这些战斗的根源还是在崤山之战上。那一战，虽然是秦国咎由自取，晋国也是形势所逼，但毕竟做得太过分了些。秦国匹马只轮都没有回去，秦国是憋着一股子气要报复，不让他们把这个气给出了，憋坏了他们倒无所谓，只是好汉怕烂汉，烂汉怕死汉。秦国已经过渡到死汉这个阶段，他们年复一年地缠下去，实在不是个办法，不如干脆让他们赢一次。

又据史料显示，赵衰其实跟秦穆公是同宗，以前也姓嬴，赵衰的祖先嬴造父在周缪王时被赐了赵城，这才以城为姓。在周幽王时，这一脉搬到了晋国。

虽然有同宗的原因在里面，但考虑到现在大家是处在拼命坑自家兄弟的春秋，赵衰的表态依然让人赞叹。

有时候，强大的本质并不在于逼得对方走投无路，反而是在可以进一尺的时候让别人一寸。

秦穆公亲征而来，晋国采取避而不战的策略，大方地让秦穆公出了一口恶气。此战秦穆公获胜而归，史书对他用人不疑，败而不馁，知耻后勇进行了高度评价。但晋国审时度势，大方避战，同样展现了中原霸主的风范。

祭祀了秦军战亡的将士，秦穆公心中积蓄四年的抑郁之气终于得到舒发。他终于可以放下与晋国的仇恨，集中精力去做一些对秦国更有意义的事情。

这是一件百里奚多年前就向他建议的事情。

当年百里奚从楚国坐着囚车来到秦国，跟秦穆公密谈了三天。在那三天里，百里奚给秦国指明了未来的发展方向。这个策略简略来说就是停止向东扩张，转而向西，进行西部大开发。

在春秋开场时，秦国的秦襄公护送周平王东迁，得到了周平王的一纸土地期权书：岐山以西。这些土地当时位于秦国的东边，自那以后，秦国为了兑现这张支票频频用兵，到了秦穆公这一代，岐山以西尽数纳入秦国国境，可秦国的东方快车开得有点快，没能及时刹住车。秦穆公一门心思想到中原试一下水，这才做出干涉晋国君位更迭以及偷袭郑国的事情来。

事实证明，这是一个冲动的行为。

第二十三章 称霸西戎

中原是一块成熟的市场，得之则可称霸天下，但成熟的市场竞争很激烈。郑庄公之后有齐桓公，齐桓公之后有宋襄公，宋襄公之后有楚成王，现在晋国占据着这片市场。秦国虽然实力不弱，但跑到群雄盘踞的中原，并没有多大的胜算。

在崤山讲话中，秦穆公回顾了自己的错误，重新认识到百里奚当年的建议是正确的。秦国的未来不在富饶的东方，而在充满未知与神秘的西方。

相比中原，西边是一片新兴市场，竞争者不多，秦国可以关起门来搞市场兼并，但新兴市场也有它的风险。

秦国的西边是大大小小的戎人盘踞的地方，合称西戎。这些小国虽然文化水平比较低，但战斗水平很高，而且西边还有一位戎王。这位戎王相当于戎人中的霸主，起着齐桓公、晋文公这样的作用，组织戎人对抗秦国的兼并潮。

怎么除掉戎王成为秦穆公西部大开发的关键。百里奚是西进总策划师，但他老人家的一生都在中原游荡，对西部并不了解。秦穆公急需一个对西部了解的人进入秦国的领导班子，主持这项影响秦国未来的大事。

从东方引进人才还算容易的，但要引进一个了解西部的人就太难了。幸运的是，秦国还是等到了这个人。说起这个人，还是那位戎王派过来的。

有一年，戎王向秦国的雍城派了一位使者，这位使者叫由余。据记载，由余本是晋国人，因为逃难才跑到了西戎，会讲中原话，算是精通外语。

戎王听说秦国搞得不错，秦穆公的执政水平很高（闻缪公贤），特地派由余前来参观考察，学习先进国家的先进经验。

秦穆公亲自接待了这位西部来的外交使臣。在中原人面前，秦国是欠发达国家，但在西戎面前，却称得上发达国家了。秦穆公的自豪感油然而生。招待会上，秦穆公重点介绍了秦国这些年的发展，由余对秦国取得的飞速发展表示由衷的赞叹。秦穆公高兴之下，宴会结束后特地请由余去现场参观了秦国的建设成果。

经过这些年，秦国的发展确实突飞猛进，尤其是房地产（主要是宫殿）搞得风生水起，宝物储备（主要还是皇产）也很充实。

参观完毕之后，秦穆公颇为得意地向由余问起了观后感，并再次准备谦虚一番。谁知道由余摇了摇头："这些东西要是让神来做，就是让神操劳，要是让人来做，就是让百姓受苦！"言下之意是：秦公，你的这些形象工程并不值得炫耀。

秦穆公呆住了，他引以为傲的经济成就在对方眼里不过是劳民伤财的东西。气愤之下，他转而跟对方交流起治国经验来。

"中原用诗书礼乐法度为政，依然有乱子发生，像戎夷没有这些东西，那用什么治国呢？太难了吧！"说到底，你们就是落后地区，来学习就对了，竟然敢找我的碴！秦穆公名为交流，实为指导，可让他没想到的是，由余竟然真的跟他探讨起治国之道来了。由余哈哈大笑起来："这就是中原之所以乱的原因。你们的礼乐是由黄帝传下来的，他当年用这个，也不过实现了小治而已。传到现在已经完全变了样，上面用法度来吓人，下面又用仁义来要求上面，最终上下怨恨，篡夺屠杀，甚至家族灭绝。这不都是礼乐法度这些东西引起的吗？"

黄帝也不过小治？礼乐是祸乱根源？

第二十三章 称霸西戎

这个口气有点大了，秦穆公不服气地说道："那你们靠什么？"

"我们上面只用仁德对待臣民，臣民用忠信侍奉君上。一个国家就跟一个身体一样，无须了解什么治理的方法。这就是圣人之治！"

这个思想跟老子的思想比较吻合，算是萌芽状态的无为而治吧。

秦穆公额头开始渗汗，他本以为自己的秦国在物质跟精神文明上都要远远领先西戎人，哪知道物质上被认为是祸民，管理上被认为是落后。这哪里是来参观学习先进经验的啊，明明就是来踢馆子的嘛！秦穆公连忙表示会谈到此结束，以后再跟由先生探讨国家管理方面的事情。

回来之后，秦穆公马上叫来了内史廖，忧心忡忡地说："我听说邻国有圣人，就是本国的忧患，今天我看由余就是这样的一个人，此人必将成为我的祸害，这该如何是好？"

内史是官职，大概相当于以后的中书令，等同于宰相，廖大概是姓，这位也可以称为宰相廖。想了一会儿，宰相廖提了一个方案。

听完宰相廖的方案，秦穆公转忧为喜："就这么办！"

第二天，秦穆公热情邀请由余在秦国多待些时日，至于戎王那里"我会去说的"。

由余本就是中原人，久居西部，对家乡应该是很思念的。秦国虽然不是晋国，但制度毕竟比较相近，文化也相通，由余爽快答应了下来。

从那天起，秦穆公天天请由余吃饭，还特地请他上来跟自己坐到一张席榻上，亲自给他夹菜（传器而食）。平时，秦穆公虚心向他请教西部的地理形势、民俗民风、武装力量分布等等，由余先生有问必答，知无不言，主宾甚欢，一时之间，由余竟有乐不思蜀的感觉。等由余回过神来，已经是一年以后了。

得走了，国事访问，访问了一年，不说领导，就是家里的老婆孩子也该发火了。由余特地向秦穆公辞行，秦穆公爽快地同意了。

由余踏上了回国的道路，离别一年，多半有些变化的，当由余回到国内，却怀疑自己是不是进错国门了，原本他口中的"君上以德，百姓以忠"的国家变得面目全非，到处是牧羊的尸体。

这是怎么回事？由余大吃一惊，向人打听，才知道部落已经有一年多没有迁徙了。

戎人是马背上的民族，逐水草而居，一年不迁徙，那只有一个结果：坐吃等死。

由余连忙跑去见戎王，发现戎王正忙得不亦乐乎，他的身边有一整编的娱乐团队。这些娱乐团队显然不是西戎人，而是带着深厚的秦国风采。

由余明白过来，这些人大概就是秦穆公所说的派来给他请长假的人吧，效果还不错，由余忘了回家，戎王也忘了自己还有一个使者在秦国没有回来。

到了这里，由余才明白自己上了秦穆公的当。接下来，他苦苦劝谏戎王逐走这些乐伎，把心思放到治国上来。但据我所读的一些历史书来看，一百个魏徵都顶不上一个美女。

戎王断然拒绝了由余的劝告，表示寡人有疾，寡人好色，你爱咋咋地。

所谓的无为而治的西戎，不过一队歌伎就给败坏了。可见道德这种东西有时实在是世界上最脆弱的东西。

很快，由余接到了秦穆公的热情邀请，请他跳槽到秦国。

《第二十三章》 称霸西戎

戎王不理他，那边秦公邀请他，数次之后，由余终于做出了投奔秦国的决定。

这是秦穆公一生当中最后的一位客卿，也是他称霸西戎的最后一块拼图。

得到了由余，西戎之地不再是神秘之地。在由余的策划下，公元前623年，攻打晋国一雪崤山之耻的第三年，秦国大举西向，进攻西戎。

此战，秦国击败戎王，吞并十二国（一说二十），开地千里，遂成为西戎霸主。

此时晋国正在中原频频用兵，维护中原霸主的地位，楚国亦在南方兼并小国，秦穆公的西部大开发算是三分天下有其一，他的军事扩张甚至惊动了中央。周王室特地派人送来了象征征伐的金鼓，虽然比不上晋文公当年的待遇，总算也是得到了周王室的认可。

这一年，秦穆公已经为君三十七年，他的一生是波澜壮阔的一生，也是一部秦晋交往的编年史。从晋献公的蛰伏，到晋惠公的崛起，以及晋文公时期的明争暗斗，还有晋襄公时的雪耻，在人生最后的阶段，他终于做出了正确的选择，将人生的目标转移到西方，从而获得了人生当中最重要的嘉奖。

这样的人生，遗憾有之，快意有之，悔恨有之，无悔有之。

成功也夺走了他最后的生气。秦穆公知道自己的大限近了。一年后，秦穆公收到了一个消息，南方的江国被楚国灭了。

楚国攻打江国时，晋国出手攻击了楚国，却没有挽救江国灭亡的命运。据记载，江国跟秦国也是同盟国，晋国救不了，秦国就更救不了。

收到消息后,秦穆公脱下冠服,穿上素服,搬出了正寝,住到了别室里,并撤去一半的食物与歌乐。

秦国虽然已经称霸西戎,但绝没有到傲视天下的时候,如果不保持警惕,秦国也会像江国一样灭亡。

又过了两年,秦穆公卒。

纵观秦穆公的一生,虽然有过失败,但基本上是成功的一生,但在最后的时光里,秦穆公犯了一个错误,这个错误甚至大于他当年奔袭郑国的错误。

这个事情得从一场酒局说起。有一次,秦穆公跟国内的三位贤人奄息、仲行、针虎一起喝酒,饮酒至酣处,秦穆公举杯祝酒:"我们生共此乐,死共此哀。"

三位连忙举杯应和,欣然同意。

这个情况颇似今天的酒局,大家喝高了之后,免不得说一些同生共死之类的话。反正都是醉话,没有多少人当真,可没想到秦穆公竟然当真了,死之前下令让这三位陪葬,以后好在一起喝酒。

这件事情教育我们,跟领导喝酒不要随便承诺,因为你永远不知道对方是不是真醉了。

三位只好陪着秦穆公到地府游玩,再也没有回来。

对秦国来说,这无疑是一个损失,秦国本来就是人才匮乏国,人才培养机制也一直没跟上,治国全靠引进外来人才。现在国内好不容易有三个人才,竟然给埋了。

干了这件事后,秦穆公就得到了"穆"这个谥号,据考证,这个

第二十三章 称霸西戎

"穆"是"谬"的通假字。

谬是荒谬的谬,秦穆公一生勤奋努力,在国君这个岗位上干了三十九年,结果就因为最后办的这件事,只混了一个"谬"的差评。可见,修行是一生的功课。

秦穆公是三国逐鹿时代的见证者,也是这个时代里最后离去的人。

在他去世的前一年,晋襄公也去世了。

晋襄公只在晋国君位上待了七年。这七年,是不虚度的七年,他起用父亲重耳留下的人才,沿用父亲的政策,及时出击,在崤山大败秦军,强有力地回击了晋国霸业这面大旗还能扛多久的质疑。公正地讲,他不是一个进取者,但却是一个优秀的守成者。

这些年,逝去的并不只有国君,狐偃、先轸、赵衰、栾枝、先且居等等还乡团一期(先且居是二期)纷纷离开人世,晋国迎来了还乡团二期的时代。

另一个在这期间去世的人是鲁僖公。

鲁僖公是晋秦崤山大战那一年去世的。

这位仁兄的早年是在鲁国全明星级别的大夫季友的扶助下过来的,他的前半生是追随齐桓公称霸中原的半生,基本上循规蹈矩,没干过什么大事。季友一死,齐桓公一崩,这位僖公在与齐国叫板之中引楚国入中原,算是当了一回带路党。

纵观其执政期间,鲁国倒没出什么乱子,尤其与他的前两任相比,倒有些长进。据史书记载,在他死后,他的儿子鲁文公把他的灵位放到了前任鲁闵公的前面,这个失礼的行为竟然还得到了鲁国大夫的支持,可见鲁僖公在国内还是颇受拥戴的。

最后再介绍一下，鲁僖公死时也犯了一个小错误，他没有死在主卧（路寝），而是死在小老婆的睡房里，左丘明先生不怀好意地写到，这是因为贪图安逸的结果。

人死已是万事空，但睡小寝又何妨。

报复心强的重耳，豪迈的楚成王，厚道的秦穆公，摇摆的郑文公，勤俭的卫文公，恩将仇报的齐孝公，精打细算的鲁僖公……这些曾经活跃在历史舞台上的风云人物一个个被铭记在史册里，时光与灰尘尚未将他们完全掩盖，新的大国游戏竞争者就已经摩拳擦掌，准备登上属于自己的舞台。